누드 본능

– 교육, 본능을 두드리다

누드 본능

교육, 본능을 두드리다

최상균

글앤북
Geul&Book

대통령의 '배신의 정치'란 말이 장안에 화제지만, 사실 평생 생사고락을 같이할 사람의 '진면목'은 정치 분야를 넘어 늘 대인관계의 화두다. 그래서 진면목을 잘 알려면 오래 두고 그 사람을 지켜봐야 한다는 말은 상당히 설득적이다. 이 책의 저자는 내가 20여년 넘게 곁에서 지켜본 사람이다. 지금은 표정만 봐도 무슨 생각을 하고 있는 지 금방 알 수 있을 정도. 생각이 젊어 퇴임이 아직 먼 줄만 알았는데 벌써 교단을 떠난다고 하니 실감이 나지 않는다.

우리의 인연은 오래됐다. 삼보정재를 털어 세운 학교가 한참 혼란스러울 때로 거슬러 올라간다. 산사의 어느 날 아침 내게 손님처럼 반가운 편지 한 통이 날아들었다. 내용은 학교 발전 방향에 관한 것들이었다. 내가 이 학교 이사장에 취임했을 때 서신으로 가까워져 지금껏 인연을 이어왔다.

인연은 억지로 만들어지지 않는다. 아무리 애를 써도 이루어지지 않는가 하면 피하고 외면해도 성사되는 것이 인연이다. 그래서 불교에서는 '인연 없는 중생은 아무리 해도 안 된다'는 말이 있다. 그런 점에서 이 책 저자와 나는 교장과 이사장 이상의 그 무엇인가 있다.

이 책은 대기업에 근무하다 교육현장에 몸담고부터 아이들을 가르치면서 경험한 이야기다. 저자는 첫 대면부터 일반 선생님들과 많이 달랐다. 모든 일에서 튀었다. 열정과 넘치는 패기로 충만 돼 있었다. '교사답지 않아'서인지 아이들도 좋아했다. 주변에 항상 사람들이 붐볐다. 그가 학교에 부임하자 반감도 만만치 않았다. 폐쇄적이고 질서를 중시여기는 교사 사회에 기업에 있다 온 이방인에 대한 당연한 경계심이었다. 더군다나 기존 질서에 순응하고 따르지 않는 그의 성격까지 보통의 교사상과는 멀었으니 좋아할 리 만무했다. 나는 오히려 그런 경험과 성격을 높이 사 그를 임명했다. 당시 우리 학교는 많은 변화가 필요했다. 말이 종립학교지 학생들은 스님인 나를 봐도 합장할 줄 모를 정도로학교 분위기는 불교와는 거리가 멀었다. 법인 이사회에는스님이 있었지만 전혀 영향을 발휘하지 못했다. 주인 없는학교에 교사들마저 무기력과 오랜 습관에 매몰돼 있었다.나태함, 설립사찰과 동문, 동문 교사와 일반 교사의 갈등,교사들 간 소지역주의, 설립 사찰과 지역사회와 문제 등을해결해야 했는데 그 적임자를 찾던 중 저자와 인연을 맺게된 것이다.

이 책은 교직을 떠나는 한 교사의 현장 기록이면서 많은문제를 안고 있었던 종립학교가 어떻게 변화 발전했는지를 보여주는 종립학교 역사이며 더불어 그를 발탁하고 함께 해온 이사장인 나의 성적표이기도 하다.

저자는 이 책에서 원칙에 충실하면서 자리에 연연하지 않는 사람이 교육 리더가 되어야 한다고 강조한다. 학교에서 아이들을 가르치는 교사, 학생, 학부모, 리더들이 갖춰야 할 교육적 가치에 대해 불교적 관점에서 비판하고 대안도 제시한다. 경쟁 일변도의 우리 교육을 불교적 관점에서 일관되게 비판하고 있다. 어쩌면 동네북이 된 우리 교육에 색칠을 한 번 더하는 것에 불과할지 모른다. 하지만 교육의 인위성을 배제하고 자연스러움이 녹아든 교육 실현을 위해 절치부심하고 있다. 그래서 우리 교육의 목표가 미얀마가 되어야 한다는 식의 시대에 맞지 않는 비현실인 이야기도 서슴지 않는다. 하지만 현실에서 저자는 경쟁 일변도의 교육, 대학입시 위주의 교육을 해 온 사람이다. 이것이 교육의 전부가 아님도 새삼 느낄 것이다. 그래서 가슴 한 켠은 늘 헛헛했을 것이다. 현실과 이상적 교육과의 괴리감 때문에 어쩔 수 없는 고민도 담겨 있다.

이상적 교육 실현을 위해 애쓰는 사람들에게 이 책이 이 정표가 되고, 학부모 등 교육에 관심 많은 사람들 역시 깨 달음을 얻게 될 것이다.

동국대학교 이사장
두산 일면 합장

올해처럼 무덥고 가뭄이 심상치 않던 해였다. 방학이 다가오면 힘들고 피로감에 지쳐 만사가 늘어져 심신이 녹초가 되고 모든 것이 귀찮고 할 때쯤 재충전을 할 요량으로 설악산 봉정암에 올라 밤새 기도하고 내려왔었다. 내려오다 '오직 할 뿐'이라는 숭산 선사의 깨달음을 얻었다. 교육자도 오직 아이들 가르치는 일을 '할 뿐'이라며 나름대로 무슨 큰 가르침을 얻은 듯 기뻐했던 기억이 새롭다. 교육계를 떠나면서 과연 그 때의 깨달음대로 매달려 살아왔는지 지난날의 글들을 살펴보다 책으로 까지 펴내게 됐다. 떠나는 마당에 소리 없이 사라져야 하는데, 요란을 떠든 듯해서 민망하지만 한 불교 관점에서 교육을 바라본 현장 경험자라는 '희소성' '특수성'에 솔깃해 책을 펴내는데 까지 이르렀다.

현대는 좋아하는 것을 하면서 재미를 만끽하며 성공 가도를 달리는 위풍당당한 마니아들의 시대다. 당연히 교육의 목표도 우리 아이들이 미래에 이런 삶을 살 수 있도록 도와주는 것이 돼야한다. 나 역시 그런 관점에서 교육현장을 지켜왔다. 한 때 거의 모든 남녀노소가 애니팡 게임에 열을 올렸던 적이 있었다. 학교에서 아이들이 애니팡 게임에 푹 빠지는 바람에 교사가 수업을 진행하는데 엄청 애를 먹었다. 하지만 지금은 어떠한가. 교실을 PC방 방불케 하며 열병을 앓았던 애니팡 게임 모습은 시들해졌다. 학교는 여전히 재미없는 공부만 하고 있다. 이런 현실을 보면서 공부가 애니팡 게임처럼 재미있을 수는 없을까. 교육은 잘 쉬고 잘 놀 줄 아는 아이들이 공부도 잘하는 법이란 걸 어떻게 깨달을 수 있도록 동기부여를 하느냐 여부에 성패가 달렸다는 것에 방점을 찍는다. 재미나는 학습은 저절로 성취감을 일깨워 창의적 사고를 신장시키고 경쟁력을 키운다. 이를 만드는 것이 교육자 역할이라고 생각한다.

지난 겨울방학 미얀마를 만났다. 미얀마 국민들은 부처님 생전 모습을 그대로 빼어 닮았다. 우리 교육이 해결해야 할 가장 시급한 과제라면 정글처럼 가혹하고 삭막한 경쟁 일변도의 입시교육에서 벗어나는 일이 될 것이다. 진보주의자들은 핀란드 교육을 벤치마킹하여 우리 교육 문제를 해결해야 한다고 목소리를 높였지만 부작용이 많아 흐지부지되었다. 그런 점에서 먼저 종립학교만이라도 2,700여 년 전 부처님 생애의 모습은 어떠했을까 체험할 수 있도록 미얀마를 배우다보면 이상적 교육을 실현할 수 있는 길이 열릴 것이다.

나는 늦깎이로 교단에 섰다. 그래서 될 수 있으면 그냥 평교사로 아이들 기억과 추억 속에 남고 싶었다. 나는 채근담의 '대인춘풍待人春風 지인추상持人秋霜'이란 말을 즐겨 인용한다. 남을 대할 때는 봄바람처럼 따뜻하게, 자신에게는 가을 서리처럼 엄하게 대하라는 채근담 가르침처럼 살고자 했지만 그렇게 잘 실행하지는 못했던 듯하다.

책을 내면서 진정으로 무엇이 우리 아이들을 위한 교육인가를 다시 한 번 생각하게 된다. 하루 빨리 시대에 맞는 교육, 다가오는 미래를 위한 교육 실현이 시급하다. 동 시대를 사는 우리로서 이런 문제를 같이 공감하고 해결 방안을 모색해보는 기회가 되기를 바란다.

글을 쓸 수 있도록 지면을 할애 해준 <불교신문>과 박부영 편집국장, 연재하는 동안 글의 내용 교정과 수정의 수

고를 아끼지 않은 김하영 기자, 단행본 출간의 기회를 준 글앤북 한신규 대표, 불교저널 김종만 편집국장, 후배 김영기 차장, 김종렬 선배, 김소영 선생에게도 감사드린다.

가장 고맙고 존경하는 분은 동국대학교 이사장 일면큰스님이다. 대기업에 다니는 나를 부처님의 학교와 인연을 맺게 해주셨고 교감을 이어 두 번의 교장을 맡도록 인연을 맺어준 분이다. 종립학교 정체성을 상실하고 학교가 표류할 때 맡아 운허스님이 세운 건학 정신에 걸맞도록 새롭게 학교를 정비하고 오늘날 경기북부의 명문학원으로 발돋움시킨 주인공이다. 늘 학교를 민주적으로 운영하고 교사들이 내려오는 전통과 교육의 특수성을 거론하며 멈칫할 때 파격과 주장자로 신선한 바람을 일으키며 일깨워주시던 선지식이었다. 그런 덕분에 학교는 최고의 전성기를 달리고 있다. 필자의 작은 공이 있다면 스님의 가르침 덕분이며, 흠이 있다면 큰스님의 가르침을 제대로 따르지 못한 소치임을 이제야 깨닫는다.

2015년 8월
정들었던 佛千學舍를 떠나며
최 상 균

차례

추천의 글 • 5
머리말 • 11

아이의 장래와 교칙 사이의 갈등 ···································· 23
종립학교교장 ··· 27
폭력은 부처님 뜻 아니다 ··· 31
학교폭력 해법 ··· 37
아들의 진로 ·· 43
아이들에게 무엇을 가르쳐야 할까 ··························· 47
'서초 세모녀 살해' 참극의 원인 ····························· 55

추억이 묻어나는 졸업식 ··· 61
진정 아름다운 학교 ·· 65
싱그러운 새내기 ·· 71

여름휴가 단상 ……………………………………… 75

방학, 이대로는 안 된다 ……………………………… 81

선거 앞둔 고교 졸업식 단상 ………………………… 85

마을의 변화와 학교 …………………………………… 89

3

당신은 3696 숫자를 아세요 ………………………… 95

교육계에 밀려드는 창조론 …………………………… 99

애니팡과 학교 ………………………………………… 103

대학수능시험 ………………………………………… 107

'수능 종말론' ………………………………………… 111

교육책임론의 허구 …………………………………… 115

4

선의의 경쟁문화 만들자 ……………………………… 121

학교 교육, 기본으로 돌아가자 ……………………… 125

체육으로 학교폭력 예방 ……………………………… 131

성직聖職, 교육자와 종교인 ………………………… 135

누구의 자기주도학습 능력인가 ……………………………… 141

잔소리가 사라진 학교 · 사회 ……………………………… 145

나에게 국가란 무엇일까? ………………………………… 151

우리 교육목표 '미얀마' 돼야 …………………………… 155

5

사교육 불길에 휩싸인 대한민국 ………………………… 161

교육 공약 어기는 대통령을 보면서 …………………… 165

정치인 교육감의 교훈 …………………………………… 169

문제 더 키우는 정부의 교육정책 ……………………… 173

정권 따라 춤추는 한국의 입시정책 …………………… 177

일의 앞 뒤, 경중도 구분 못하는 교육감? …………… 181

6

부뚜막 소금도 넣어야 짜다 …………………………… 187

이차돈 순교를 생각한다 ………………………………… 191

부처님과의 인연 ………………………………………… 197

연말 유감 … 그리고 추억 ……………………………… 203

숙제는 잘 했는데 … ·· 207
도로명 주소와 불교전통문화교육 ·· 213
진보교육감의 교육혁신과 '인연' ··· 217
동국대를 생각하며 ·· 221

마치며 _ 퇴임 ● 225
　　　_ 9회말 2아웃 ● 231

편지 한 통 ● 237

아이의 장래와 교칙 사이의 갈등

아직 5월인데 연일 30도를 웃도는 때 이른 불볕더위가 기승을 부리고 있다. 이런 날씨에도 아이들은 지친 기색 없이 운동장에서 신나게 공을 차고 뜀박질하며 잘도 논다. 웃고 떠들고, 소리 지르며 정신없이 노는 아이들 모습은 팔딱거리는 물고기처럼 싱그럽고 활기차다.

그런데 아이들에게 뜻밖의 일이 생겼다. 교장으로 재직하는 지난 8년 간 한 번도 일어나지 않았던 아이들 간 폭력이 생겼다. 학생들 내신 평균은 작년에 비해 월등히 높아졌고, 학부모들 학력이나 경제 수준도 높아 상식적으로는 있던 폭력도 줄어들어야하는데 이상 징후가 아닐 수 없어 신경을 곤두세우는 중이다. 자세히 들여다보면 별 일 아니다. 아이에서 성인으로 자라는 과정에 있는 청소년들은 심리적으로 불안하다. 존재를 드러내 보이고 부모로부터 독립하려는 성장기이다 보니 어른들이 보기에 별일 아닌 것 들로 주먹다짐을 하기도 한다. 그러나 이곳은 학교이기 때문에 사소한 다툼이라도 방치하면 폭력을 써도 된다는 잘못된 신호를 줄 수도 있다. 그래서 폭력은 다른 사안보다 아주 엄하고 분명하게 처리한다.

그날 일도 친구들끼리 잘 지내다 서로 주먹질을 한 작은 사건이었다. 때린 녀석은 친구들 사이에 다투다 흔히 있는 일 정도로 생각했을지 모르지만 맞은 아이는 친한 친구에게 맞은 것이 더 억울했던 듯 집에다 알렸다. 당연히 담임을 거쳐 교장인 나에게 까지 보고가 됐고 교칙에 따라 엄격하게 처리했다.

폭력은 학교는 물론 사회 심지어 가정에서도 용인되지 않는 5대 범죄에 들 정도로 중한 범죄다. 훈계차원에서 때리던 이른바 '사랑의 매'나, 집에서 부모가 사람 되라고 때리던 '회초리'도 금지사항이다. 어느 책 제목처럼 '꽃으로도 때리지 말아야'한다. 그런데 문제는 여기서 끝나지 않는다. 친구들 사이에 사소한 다툼으로 벌어지는 작은 손찌검도 폭력이라는 무시무시한 단어로 재규정되어 이 학생의 인생을 좌우할 수도 있다. 학칙대로 '학교생활기록부'에 폭력

기록을 남기게 되면 대학입시에 결정적인 영향을 준다. 대학에서 아주 중요하게 여기는 학교생활기록부의 성적이나 출결사항이 아무리 뛰어나고 전공 분야에 맞는 수행평가서가 훌륭하다 해도 폭력기록이 적힌 학생을 선발할 대학이 몇 곳이나 있을까? 비슷한 성적과 성취도를 갖춘 학생들끼리 경쟁하는 대학입시에서 폭력은 당락을 좌우하는데 치명적 약점으로 작용하리라는 점은 누구나 알 수 있을 것이다. 여기서 학교의 고민은 시작된다. 아무리 친구 사이의 사소한 장난이나 다툼이라 해도 폭력은 안 된다. 특히 피해 학생은 상황에 따라서는 평생의 트라우마로 남을 수도 있다. 가해 학생 역시 어쩌다 한 대 때린 것이 문제가 커져 폭력 학생으로 기록되면 되돌릴 수 없는 치명적 실수가 된다. 평소의 장난이 커져 교장에게 까지 보고된 '폭력사건'의 가해·피해 학생 모두 부모의 사랑을 듬뿍 받으며 귀하고 바르게 자란 온순 성실한 모범생들이었다. 부모에게 알려지지 않았다면 먼 훗날 되돌아보면 학창시절의 추억 한 자락으로 남았을지 모른다.

학칙은 우리 아이들을 미래의 민주시민을 양성하는데 필요한 최소한의 교육적 장치이지 절대적 잣대는 아니다. 일벌백계一罰百戒식의 경직된 학칙 적용에 의해서 학생들의 꿈과 미래가 꺾여서는 안 된다. 교육적 측면만 강조해서 억울한 학생을 남겨서도 안 된다. 교육적 원칙을 훼손하지 않고 자라는 아이들의 성장통도 배려하고 장래도 보장하는 묘책은 없을까? 퇴직을 앞둔 지금도 해답을 찾지 못했다. 부처님께서는 이럴 때 어떤 가르침을 주실까? 가장 좋은 해법은 가정은 학교를 믿고 학교는 가정에 절대적 신뢰를 주는, 서로가 기본에 충실하는 것이다. 학교와 가정이 서로를 믿지 못하고 책임을 떠넘기는 책임회피가 학생들을 피해자로 만들고 그물 같은 교칙을 만든 주범은 아닐까.

종립학교교장

광동고등학교가 소속된 광동학원은 운허스님이 설립했다. 널리 알려진 것처럼 운허스님은 초대 역경원장을 역임한, 근현대 최고의 강백으로 추앙받는 분이다. 운허스님이 해방 후 갓 독립한 신생국가의 동량棟梁을 양성하기 위해 봉선사의 정재淨財로 학교를 설립했다.

동국대학교의 전신前身인 명진학교를 설립, 동국대 초대 이사장으로 역사에 자리매김한 홍월초스님도 봉선사 주지를 역임한 분이니 봉선사가 근현대 불교 교육에 끼친 영향은 실로 지대하다.

설립취지에 얼마나 부응하는지···

종립학교는 모두 부처님의 소중한 재산인 삼보정재를 사용해 설립 운영한다는 점에서 우리 불교계가 모두 소중히 여기고 함께 발전시켜야할 보물이다. 하지만 솔직히 고백하자면 종립학교 설립 취지에 얼마나 부응하고 있는지 부끄러울 때가 많다.

종립학교 교사이기 이전에 부처님의 가르침을 배우고 실천하는 신도로서 부끄러움은 없는지, 학교 현장에서 교과목을 가르치는 것 못지않게 불교로서 인성을 함양하는데 부족함은 없는지 되돌아 볼 때 선뜻 자신하지 못한다. 종립학교는 사실 여러 스님과 불자들을 대신해 아이들을 가르치는 임무를 띤 전법사傳法師이면서 교육자가 아닌가 생각한다.

불교는 최고의 교육철학이며 인생관을 내포하고 있다. 부처님께서 설하신 가르침의 핵심은 행복幸福한 삶이다. 서양 철학의 토대 위에 세운 현대 사회는 경쟁과 성취를 부추긴다. 이는 서양 철학뿐만 아니라 세속의 삶을 중시하는 동양의 유교도 마찬가지다.

반면 불교는 행복은 경쟁이 아닌 조화와 협력 양보 속에서 얻을 수 있다고 가르친다. 조화와 양보는 버림으로써 이루어진다. 채우려는 나는 작지만 버리면 우주를 전부 품고도 남는 것이 인간이다. 불교는 그 원리를 보여주는 인류의 가장 소중한 자산이다.

우리 교육은 그 중 어느 쪽에 위치할까. 현 상황은 정글과 다름없다. 세상에 나가 절대 지지 않을 전사戰士를 양성하는가 착각이 들 정도로 성적과 경쟁을 부추기고 독려한다. 학생도 부모도 교사도 살벌한 경쟁에 몸을 맡기고 아무런 의심을 하지 않는다. 그것이 세상의 법칙이고 인간 삶의 근원이라는 철학이 우리 교육계를 휘감는다.

이를 의심하고 망설이는 자는 파멸이라는 공유의식이 철옹성처럼 강고하다. 종립학교는 이 살벌한 줄타기 속에서 함께 더불어 양보하며 살아가는 가운데 행복을 찾는 교육의 역행자逆行者가 되어야 하지 않을까? 부처님께서 세속의 삶에 순응하는 것이 아닌 역행을 가르치신 것처럼 종립학교가 현 교육을 거스르는 용기와 기백을 보여줄 수는 없을까?

종단과 자주 만나야 한다

　종립학교가 부처님의 가르침으로 가기 위해서는 종단과 자주 만나야 한다. 스님들로부터 자주 법문을 듣고 향이 젖 듯 불법(佛法)에 은근히 스며들어야한다. 그런 점에서 지난 15일 총무원장 스님을 비롯한 종단의 여러 어른스님들이 본교를 찾아 장애인들과 함께 축구경기를 펼친 것은 우리 교사와 학생들로 하여금 정체성을 확인하는데 도움을 주었다.

　교리 경시대회에 이어 총무원장 스님의 방문으로 교사와 학생들은 불교와 스님들에 대해 다시 한 번 생각하고 자신과의 관계를 돌아보는 계기가 되었다. 이 같은 인연이 자꾸 쌓이면 경쟁에 몰두하는 학교 현장을 좇아가는 우리들도 부처님의 가르침을 되돌아보게 되고 가르침을 교육의 지표로 삼는 고민을 거듭하게 된다. 종단과 학교와의 만남을 만들고 교육과 부처님의 가르침이 만나는 그 중심에 종립학교 교장이 서있음을 한시도 잊지 않는다.

폭력은 부처님 뜻 아니다

눈이 부시도록 푸르른 5월이다. 5월은 어린이날, 어버이날, 스승의 날이 있다. 또 뭇 생명의 평화와 안락을 위한 길을 제시하신 부처님오신날도 5월이다. 하얀 도화지 위의 핏빛이 더 붉게 보이는 색채 대비처럼 눈부신 평화의 계절에 들려오는 학교 폭력은 그래서 더 슬프고 안타깝다.

모든 폭력은 나쁘다. 폭력은 상대방의 의견을 무시하고 힘을 통해 자신의 의견이나 이익을 관철하려는, 가장 비인간적 행위이다. 아니, 폭력은 가장 인간적인 모습이다. 인간은 살기 위해 먹고 후손을 남기기 위해 힘 약한 동물을 잡아먹는 짐승과 다름없다. 생존 본능을 유지하는 힘은 폭력이다.

폭력은 동물의 전유물이거나 '짐승만도 못한' 인간의 상징이 아니다. 폭력은 예쁘게 화장을 하고 문명사회 속에 똬리를 틀고 있다. 폭력의 정점은 국가다. 막스 베버는 "모든 국가는 폭력에 기반한다"고 했고 C 라이트 밀즈는 "모든 정치는 권력을 위한 투쟁이고, 그 권력의 본성은 폭력"이라고 규정했다. 마오쩌둥毛澤東은 "모든 권력은 총구로부터 나온다"고 했으니 가장 폭력 친화적 집단은 국가라고 해도 할 말이 없다.

주먹으로 가격하고 발로 차는 것만이 폭력이 아니다. 상대방을 인정하지 않는, 입과 몸과 뜻으로 짓는 모든 행위가 폭력이다. 폭력의 반대는 평화다. 평화는 종교 인종 빈부귀천을 떠나 모든 생명 가진 것들을 나와 똑같이 존중하고 평등하게 여김이다.

내 이웃 내 친구는 물론 지하철에서 어깨를 부딪친 낯선 사람마저 부처님처럼 대하고 존중하는 것이 평화다. 그래서 평화는 어렵다. 도를 닦듯 열심히 수행 정진해서 내 마음속에 가득한 탐욕을 버리고 뭇 생명을 그 속에 담는 한없이 넓은 자비심을 갖기 전에는 결코 실천하기 쉽지 않은 가르침이다.

그래서 폭력은 난무한다. 술 힘을 빌려 약한 자식과 아내를 패는 가장, 부하에게 온갖 모욕을 일삼는 상사들, 힘으로 강제로 밀어붙이는 정치인들, 진실을 알린다는 이름 아래 자행되는 언론의 폭력들, 골목에서 악다구니 쓰며 싸우는 군상들….

아이들은 폭력의 희생자다. 좋은 대학을 가기 위해 푸른 5월 같은 청춘을 저당 잡혀야 하는 것은 부모의 아이에 대한 폭력이다. 좋은 성적을 내기 위해서는 무슨 일이든 해도 된다는 성적 지상주의는 폭력의 정당화다.

공부를 잘해서 높은 자리에 올라가는 것이 삶의 목표라고 가르치는 우리 사회의 가치관은 폭력의 숭상과 다름없다. 학교는 사회의 얼굴이다. 목적이 수단을 정당화할 수 있다는 법을 배운 아이들은 폭력에 무감각해진다. 약한 사람이 보호받지 못하는 사회를 본 아이들은 친구들에게 그대로 적용한다.

학교 폭력을 근절하기 위해서는 사회가 우선 폭력에서 벗어나야 한다. 상대방을 인정하고 대화로서 소통하며 공존의 법칙을 체득해야 한다. 절차와 규칙이 보편적으로 통용되는 정의로운 사회를 만들어야 한다. 고등학교까지의 성적이 일생을 좌우하는, 성적지상주의가 사라져야 한다.

그 무엇보다 절실한 것은 개개인의 자성이다. 아무리 좋은 제도, 환경도 인간 개개인의 자성과 실천이 없으면 무용지물이다. 부처님께서는 중생구제를 위해서 세상에 오셨다. 중생구제란 다름 아닌 온갖 폭력으로부터 해방이다.

그 안에는 국가 사회 타인의 폭력도 있지만 내 안의 탐욕으로 말미암은 괴롭힘도 있다. 재산 자식 지식 권세 이 모든 것을 남보다 더 가지려 하고, 갖지 못함을 화내고 질시하는 욕망이 나와 상대방을 멍들게 함을 스스로 깨우칠 때 폭력은 아침 이슬처럼 사라질 것이다.

학교폭력 해법

   '학교폭력 생활기록부 기재' 논란으로 대학수시모집 전형기간인데 고등학교가 혼란스럽다. 교육과학기술부와 도교육청의 시비가 일선 고등학교에 갈등과 혼란을 불러일으키고 있다.

   도교육청이 긴급 교장회의를 소집하여 학교폭력 생활기록부 기재를 보류하라고 하자, 교과부 간부로부터 초·중등교육법에 따라 학교폭력은 생활기록부^{이하 생기부}에 반드시 기록해야한다는 전화가 빗발쳤다.

   생각할수록 부아가 치민다. 아이들의 평생 진로가 정해질지도 모르는 중요한 시기에 교과부나 도교육청이 학교 상황을 외면하고 무책임한 행정을 펴고 있다. '학교폭력 생기

부 기재' 문제는 이로 인해 피해 학생이 나오지 않도록 좀
더 치밀하고 꼼꼼하게 살펴서 결정해야 한다.

단위 학교의 '학교폭력대책위원회'에서 다뤄진 사안의
경중에 따라 '학교폭력 생기부 기재' 논란의 해법을 풀어야
한다. 예를 들면, 대구의 한 중학교 폭력 사안은 너무 가혹
하고 성인 범죄 뺨칠 정도 수준이라 많은 사람들이 경악했
다.

대부분의 사람들은 이런 사안은 철저히 법적 책임을 묻
길 원하고 '생기부'에 기재하는 것에 대해서 이의를 달지
않을 것이다. 그러나 평소 친하게 지내던 친구들 간의 돌발
적인 폭력 사안에 대해선 분명 다른 장치가 있어야 한다.
말하자면 '학교폭력대책위원회'가 열린 사안이면 무조건
'생기부'에 기재할 것이 아니라 내용을 보고 선별해서 기재
되어야 한다는 것이다.

> 작금의 학생부 시비는 사물의 변화를 부정하는
> 반불교적 철학관이다
> 정을 바탕으로 인간의 변화를
> 인정하는 불교적 동양적 사고가
> 우리 교육현장에 더 널리 퍼지기를 기대해본다

지금 교단은 아이들을 끈끈한 사랑으로 이끄는 스승은 점점 사라지고 시간 강사처럼 주어진 시간에 정해진 학습 내용만 완수하면 되는 직업인, 기능인으로서의 교사가 늘어나고 있다.

　여러 가지 복합적인 문제가 있겠지만, 교사 1인당 학생수가 40명이 넘는 마당에 진정 학교의 책임은 없는 것인지 냉정하게 짚어봐야 할 것이다. 무한경쟁으로 내몰린 학교 교육 현실 문제는 그대로 둔 채 오로지 '학교폭력 기재 시비'만을 가지고 교과부와 교육감이 법적 공방을 벌이는 모습은 바람직하지 않다.

　최근 학교 대상 인성교육 실태조사에서 절반이 넘는 학생들이 '자신의 삶에 대해 긍정적이지 않는 태도'를 지니고 있고, 자신에 대해 '정직'하지 않으며 '더불어 사는 능력'이 현저히 떨어진다고 한다. 교육은 사회체제와 유기적으로 연결되어 있다. 이런 맥락에서 해법을 찾아야 한다.

　오바마 대통령은 공개석상에서 '미국은 한국 교육을 본받아야 한다'고 여러 번 역설했다. 여러 가지 이유가 있겠지만, 우리 교육제도와 철학이 미국처럼 훌륭해서가 아닌 것만은 분명한 것 같다. 현재 우리의 교육제도 철학은 서양으로부터 도입했으니 그 방면에서는 미국이 우리 보다 훨씬 앞서 있다.

우리 교육은 잘 정비된 제도가 아니라 정情을 근본으로 삼는다. "배고픈 학창시절 자신의 도시락을 제자에게 내어주고, 학교를 떠나는 제자에게 저금통장까지 쥐어주는 눈물겹고 끈끈한 애정"을 담은 '검사와 여선생' 영화처럼 스승과 부모를 동일시하고 스승의 그림자도 밟지 않을 정도로 존경하며, 스승은 제자를 자식처럼 아껴 엄격하게 가르치는 정이 한국 교육의 본질이다.

작금 벌어지고 있는 '학교폭력 기재 시비'는 스승이 아니라 교사, 제자가 아니라 학생으로 변한 우리 교육계의 흐름과 무관하지 않다. 폭력학생의 장부 기재 시비는 체벌은 고소 고발로 대체하고 훈계보다는 평점으로 보복하는, 합리와 제도라는 이름의 서양식 교육관이 만들어낸 파생물이다.

세상에 존재하는 모든 것들은 변한다. 인간도 마찬가지다. 작금의 학생부 시비는 사물의 변화를 부정하는 반불교적 철학관이다. 정을 바탕으로 인간의 변화를 인정하는 불교적 동양적 사고가 우리 교육현장에 더 널리 퍼지기를 기대해본다.

아들의 진로

"새해 벽두부터 아들이 1학기만 마치면 졸업하는
대학을 그만두겠다고 폭탄 선언했다
공부가 아닌 음악을 해서 행복하다는 아들의 항변도
사실은 진짜 행복이 아니다
행복은 외형이 아니라 마음 깊숙이 나도 모르는
진짜 나와 마주했을 때 찾을 수 있음을 아들은 알까"

새해 벽두부터 아들이 1학기만 마치면 졸업하는 대학을
그만두겠다고 폭탄 선언했다. 조짐은 있었지만 설마설마 했
는데 기어이 사고를 저질렀다. 대학을 다니는 동안 공부를
열심히 한다는 생각은 안했지만 군대까지 갔다 와서 학업

중단을 외칠 줄은 생각조차 못했다.

이 아이는 중학교 3학년 때 까지만 해도 상위권 성적을 유지한 모범생이었다. 새벽까지 늘 불이 켜져 있었고 살짝 엿본 책상 위에는 책이 놓여 있어 성적 좋은 아이 앞에 놓인 밝은 미래에 아비로서 가슴 벅차고 하루하루가 즐거웠었다. 하지만 꿈은 아이가 고등학교 문턱을 넘어서는 순간 무너져 내렸다. 고교 첫 시험 성적은 상상을 불허했다. 확인 결과 아이는 그 동안 음악공부에 빠져있었다. 문틈 사이로 엿 본 책은 '세계 3대 재즈기타리스트', '록음악의 전설', '작곡 노트' 등에 관한 것이었다. 학교 공부는 뒷전이었고 그 결과 중학교와 달리 기초가 없으면 따라갈 수없는 고등학교 첫 시험에서 그간의 '외도'가 들통이 났다.

놀라고 화난 부모와 달리 오래전부터 이 날을 예상해온 아이는 덤덤하다 못해 결의에 차 있었다. 또래의 아이들이 스스로 진로를 결정하기보다 학교 성적에 따라 인생을 결정짓는 수동적 인생관 보다는, 일찍부터 목표를 정해 매진하는 자신이 학생으로서나 한 인간으로서 훨씬 훌륭하다는 나름의 교육관 까지 곁들여 부모를 훈계 까지 했다. 아이의 항변은 내가 교육자로서 늘 교단에서 혹은 학부모들 앞에서 쏟아내던 교육관과 다르지 않았다. 아마, 모르긴 해도 이 아이 앞에서도 그 비슷한 이야기를 했을 지도 모른다. 하지만 막상 내 자식이 이상理想으로만 여겼던 교육관을 실천하겠다고 나서자 나는 여느 부모와 다름없는 훈계를 되풀이하고 있었다.

'음악공부는 성공하기가 너무 어렵다' '열심히 공부해서 좋은 대학 나와서 직장 다니는 인생이 그나마 가장 수월하고 쉽다' 등등 그동안의 교육관과는 전혀 다른 말을, 명색이 교육자인 아버지가 부끄러움도 없이 드러냈다. 공부와 예ㆍ체능을 같이 배우면 정서가 균형을 이룰 수 있어 학력 향상은 물론 소통ㆍ배려ㆍ공감하는 능력이 저절로 신장되고 사회생활도 더 잘 할 거라는 그간의 신념과 확신은 모두 거짓임이 백일하에 드러났다.

음악 공부를 더 열심히 하기 위해 대학을 관두겠다는 제2차 충격을 어느 정도 가라앉히고 물었다. '공부 하지 않은 세월을 후회하지 않냐'고. 아이는 '음악을 할 수 있어 행복하다'고 했다. 행복하다고 한다. 자신이 할 수 있는 것을 할 수 있어서. 모범 답안이다. 인간의 가장 큰 꿈이 행복 아니던가. 따지고 보면 공부 잘해서 좋은 대학가고 누구나 부러

위하는 직장 가지는 이유가 행복하기 위해서다. 그런데 모두 그 길을 걸을 수는 없다. 또 모두가 그 길을 행복이라고 생각하지도 않는다. 사람 생김새가 다르듯 행복을 느끼는 이유도 제 각각이다. 그런데 나도 우리 기성세대도 오직 한 길 만을 강요 한다. 그 길 만이 행복한 길이라고 단정하는 것도 모자라서 다른 길을 걷는 아이를 불온시 한다. 어른들이 행복을 재단하는 것은 폭력과 다름없는데 내 아이의 진로와 마주하고서야 비로소 그 당연한 가르침을 받아들일 수 있게 됐다.

하지만 공부가 아닌 음악을 해서 행복하다는 아들의 항변도 사실은 진짜 행복이 아니다. 진짜 행복은 무엇을 하느냐는 외형이 아니라 그 깊숙이 나도 모르는 진짜 나와 마주했을 때 찾을 수 있음을 아들 녀석은 알까. 내면의 나를 찾기 위한 끝없는 노력과 고민이 없는 외형의 결정은 그것이 공부든 음악이든 정치든 결국 나 아닌 대상에 휘둘리는 노예에 불과하다. '공부 잘하면 머하겠노, 기분 좋다고 쇠고기 사묵겠제'. 어느 개그맨의 시니컬한 넋두리처럼 마음 바깥의 대상對象을 좇아서 얻는 행복이란 고기 한 점 먹는 기쁨 이상도 못된다. 아들이 진짜 행복이 무엇인지를 찾는 인생을 더 좋아하면 좋겠다.

# 아이들에게 무엇을 가르쳐야 할까

이제 아이들을
사회에 내보내기가 무서워지고
과연 보내도 될지 망설여진다

아이들 입장에서 대한민국은
사해四海가 가시밭길 낭떠러지다

정말 대통령 말씀대로
인성 교육만 제대로 해
모든 문제 해결 될 수 있다면
천 번 더 인성교육 실시하겠다

세상을 통곡의 바다로 만들었던 세월호의 끔찍한 비극에 대한 책임과 진실규명은 유병언의 죽음으로 어렵게 되었다. 나라를 지키는 숭고한 사명을 띠고 군으로 갔던 아들은 동료 병사에게 괴롭힘을 당하다 결국 싸늘한 주검이 돼 돌아왔다.

이유와 장소는 다르지만 둘 다 아직 채 피지도 않은 젊은 이들의 희생, 그것도 정부가 일정 정도 책임을 져야 하는 상황이라는 점에서는 닮았다. 금쪽같은 자식을 잃은 부모의 애간장이 얼마나 더 닳아 없어져야 이 같은 비극이 멈출지 참담하기 그지없는 나날들이다.

세상이 혼란스럽지만 비극을 멈추기 위한 우리들의 노력은 중단해서는 안 된다. 마침 대통령부터 나서 혼란을 잠재울 묘책을 내놓았다. 대통령은 "바른 인성과 창의성을 갖춘 전인적 인간을 길러 내는 게 우리 교육의 목표가 되어야 한다"면서 "이것은 군내 가혹행위와 인권유린, 학교의 왕따와 폭력 문제 해결을 위한 근본방안 중 하나"라고도 했다.

누가 봐도 맞는 말이다. 그러나 대통령의 인식은 반쪽에 머물러 있다. 인문학 교육을 강화하라고만 했지 방법이 빠졌다. 현 대통령의 교육에 관한 인식과 처방이 늘 이런 식이라는 점에서 실망감을 감출 수 없다.

인문학 교육은 이미 전국의 많은 중·고등학교에서 독서
교육을 통해 일반화 돼있다. 수준도 상당하다. 미국이나 유
럽에 미치지는 못하지만 나름 최선을 다하고 내용도 충실
하다. 교실 토론 수업과 학습두레도 활발한 편이다. 교육 현
장에서는 인문 교육을 실시하고 있는데 대통령이 말하는
인문교육 강화는 현재 교육이 부실해서 더 강화하라는 뜻
인지, 지금 교육으로는 안하는 것과 같다는 뜻인지 모르겠
다. 답답해서 말하건대 지금은 인문·교양수업에 대한 실효
성 문제를 고민하는 것이 겉핥기식 인성과 창의성 교육의
문제해결 방안으로 훨씬 나을 수 있다. 차라리 단위학교에
원활한 토론수업 운용을 위한 지원 방법을 찾는 노력을 기
울이는 것이 더 바람직하다.

문제는 군에서의 가혹행위가 과연 개인의 인성 문제가
원인이며 그 책임이 학교 교육에 있느냐는 점이다. 가해자
나 피해자나 모두 가정에서는 착한 아들이었으며 친구들
사이에서도 교우관계가 원만했으며 꿈을 갖고 군에 들어간
지극히 평범한 청년들이었다고 한다. 우리 곁에 흔히 있는
보통의 청년들이 군에서 그 같은 끔찍한 폭력을 저지른 악

마로 돌변했는지, 정작 가장 큰 책임을 져야할 군에서는 자기 잘못을 인정하지 않고 대통령은 학교 교육으로 돌리는지 아무리 생각해도 이해할 수가 없다.

물론 학교가 아무런 잘못이 없다고 변명하는 것은 아니다. 학교가 책임져야할 것이 있다면 저항하라 반항하라 불의를 참지 말라고 적극적으로 가르치지 않은 점이다. 늘 순종하고 어른들 말 잘 듣고, 국가에 충성하고, 부모에게 효도하고 어른들 공경하고 사회의 책임 있는 동량이 되라는, 소위 말해서 모범생 교육만 시킨 것이 잘못이라면 잘못이다.

상관의 명령이라도 부당하면 저항하고, 혹시 위험에 빠졌을 때 어른이 "가만히 있어"라고 해도, 어른들은 모두 거짓말쟁이들이니 반대로 행동하고, 누가 못살게 굴면 사회에 나가 적극적으로 고발하라고 가르치지 않은 것을 지금 백번 천 번 후회하고 통탄한다.

비록 좁은 대학문을 통과하기 위해 치열하게 경쟁하고 때로는 그 경쟁이 부담스러워 스스로 세상과 등지는 아이들이 있지만 그래도 교문 안에서 우리 아이들은 천진한 얼굴을 버리지 않았다. 그런데 이제 아이들을 사회에 내보내기가 무서워지고 과연 이 아이들을 보내도 될지 망설여진다. 사회에 나가서 어려운 상황에 처했을 때 어떻게 행동해야 옳은지 제대로 가르칠 자신도 없다.

그야말로 자라나는 아이들 입장에서 이 대한민국은 사해四海가 가시밭길이고 낭떠러지다. 정말 대통령 말씀대로 인성 교육만 제대로 해 모든 문제가 해결 될 수 있다면 백 번 천 번 더 인성교육을 실시하겠다. 정말 힘겨운 나날이 흘러간다.

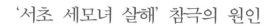

'서초 세모녀 살해' 참극의 원인

"지금까지 우리 교육은

잘 먹고 잘 사는 것을

남들보다 많이 갖는 것으로

가르쳐오고 있다 … 그런데

낙오자만 희생되는 줄 알았는데

치열한 경쟁에서 살아남은 사람은

더 위험하고 극한으로

자신을 내몰고 있음을

이번 참극에서 목격했다"

을미乙未년 양羊의 해가 밝았다. 올해는 우리 아이들이 더 밝고 건강한 분위기 속에서 자라고 공부할 수 있었으면 하는 원력을 세워본다. 생각해보면 교육이 별 것 아니다. 기성세대가 아이들이 어른들보다 더 건강하고 행복하게 살기를 바라는 마음에서 지식과 지혜를 전달하는 것이 교육 아니겠는가? 지식과 지혜란 한 마디로 잘 먹고 잘 사는 것으로 요약할 수 있을 것이다. 잘 먹고 잘 사는 것은 사람이 살아가는데 가장 필수적인 의식주를 해결하고, 이왕 사는 김에 다른 사람과 사회에 보탬이 되는 인생을 사는 것, 두 가지로 정리할 수 있을 것이다. 지혜란 그 과정을 무리 없이 다른 사람들과 어울려 살아가는 법이라고 본다.

그런데 세계 10위의 경제대국이라는 대한민국이 경제 수준 세계 최하위권인 방글라데시나 네팔보다 훨씬 못 먹고 못 산다고 아우성이니 그 나라 사람들로서는 도저히 이해 못할 일이다. 자살률 세계 1위, 청소년 노인 자살률 1위, 인터넷 댓글은 온통 죽는 것이 차라리 낫다는 글이 수없이 올라오고, 남부러울 것 없을 것 같던 강남의 중산층 가장까지 못살겠다며 그 예쁜 어린 딸과 부인을 죽이고 동반 자살을 기도하는 나라다.

우리가 왜 이 지경까지 왔을까? '잘 먹고 잘 사는 법'을 가르치는 교육이 1차적 책임이 있다고 본다. 왜냐하면 교육은 사람이 살아가는 근본 이유와 방법에 대해 가르치기 때문이다. 지금까지 우리 교육은 잘 먹고 잘 사는 것을 남들보다 많이 갖는 것으로 가르쳐오고 있다. '공부 1시간 더 하면 아내 얼굴이 바뀐다'는 상품 광고 속에 우리 교육의 실체가 들어있다. 무슨 수단을 쓰든 나만 배부르게 먹으면 된다, 내가 잘되지 않으면 아무도 날 지켜주지 않는다는 정글의 법칙만을 가르치는 교육이 그 경쟁에서 낙오한 사람들의 목숨을 위협하고 있다. 그런데 낙오자만 희생되는 줄 알았는데, 치열한 경쟁에서 살아남은 사람은 더 위험하고 극한으로 자신을 내몰고 있음을 이번 강남 중산층 가장의 참극에서 목격했다. 서울의 명문대 경영학과를 나오고 10억이 넘는 강남의 40평형대 아파트를 소유한 40대 가장은 우리 교육시스템이 낳은 우등생이다. 오늘도 학교 교실에서는 20~30년 뒤에 그 가장과 같은 모습을 꿈꾸며 열심히 영어를 외우고 수학문제를 푼다. 희생자는 물론 승리자까지 참혹한 지경으로 몰아넣는 교육 시스템임이 이번에 발가벗겨진 셈이다.

이를 한 사람의 일탈로 치부하고 넘어가면 우리 사회는 굴레에서 영원히 벗어나지 못한다. 교육적 견지에서 볼 때 참극을 저지른 40대 가장이나 승객을 공포에 빠트린 '땅콩

회항'의 재벌 3세나, 무릎 꿇린 백화점 모녀나 고객을 향해 오해할 손짓을 한 아르바이트생이나 모두 대한민국 교육이 만든 '학생'들이다. 나만 잘 먹고 잘 살면 되며, 낙오자는 사람 취급조차 않으며, 배려와 관용, 더불어 사는 법, 사람을 고귀하게 여기는 철학을 가르치지 않는 우리 교육의 희생자들이다. 잘 먹고 잘 사는 것은 혼자 배불리 먹는 것이 아니라 여러 사람이 어울려 함께 사는 길임을 어른들이 몸소 보이고 교육 시스템으로 바꾸지 않으면 희생자는 끝없이 나올 것이다. 무리지어 초원을 누비는 양떼처럼 평화롭고 한가로운 세상을 정말 염원한다.

2

추억이 묻어나는 졸업식

이제 학교마다 졸업식을 갖게 된다. 20년이 넘게 교직생활을 하고 있지만 졸업 시즌만큼 가슴 설레는 일도 없다. 가족, 친지들의 꽃다발 축하를 받으며 기념사진을 찍는 모습, 일부 학생들이 옷에 밀가루를 뿌리고 교복을 찢는 경우도 있지만 대체로 즐겁고 행복한 모습들이 졸업식 풍경이다.

그런데 '알몸 졸업식 뒤풀이' 사건으로 졸업식을 앞두고 학교마다 비상이 걸렸다. 그 일로 대통령은 "나 자신부터 회초리를 맞아야 한다"며 어른들의 사회적 책임을 통감하기도 하였다. 소위 '알몸 졸업빵'으로 물의를 빚었던 학교는 졸업생들의 일탈행위가 재발되지 않도록 만전의 준비로 긴장하고 있고, 많은 학교들이 졸업식을 마친 뒤에는 전 교사들과 경찰. 교육청 등이 협조해 자정까지 순회 지도에 나선다고도 한다.

잘못된 '젊음의 특권' 의식

그리고 전통적으로 교장선생님의 회고사, 재학생의 송사와 졸업생의 답사로 행해지던 졸업식 행사도 공연과 작품 전시회 등 축제 형태로 치를 예정이란다. 졸업식 풍경에도 많은 변화가 생길 것이다. 바람직한 일이다.

하지만 씁쓸하고 답답한 마음이 든다. 작년 조사에 따르면 우리나라 초·중·고 학생의 24%[177만 명]가 '위기의 학생'인 것으로 나타났다. 학생인권조례 발효 후 학교에서는 학생들의 행동에 상당한 변화가 일어났고 생활지도에도 많은 어려움을 겪고 있다. 이미 인터넷 동영상을 통해서 세상에다 알려진 이야기지만 선생님을 놀리고, 선생님에게 대들고, 폭력을 휘두르는 학생들도 문제지만 아무 때나 학교에왔다가 자기 가고 싶을 때 아무 때나 말도 없이 집으로 가

버리는 학생들에 대한 지도는 난감한 게 현실이다. 이러다간 '야, 애들한테 얻어맞는 직업이 뭐가 좋다고 선생이 되려고 그래'하는 소리를 듣게 될지도 모르겠다.

졸업시즌 만큼 사람을 설레게 하고 마음을 사로잡는 것도 없을 것이다. 졸업시즌이 되어서만 분주하게 졸업식을 챙기며 일탈행위에 대한 경계심만 키우기보다는 감동이 있고 추억이 묻어나는 졸업식 풍경을 보기 위해 선행되어야 할 과제는 학교의 비현실적인 요소들을 개선하는 것이 먼저라고 생각한다. 학생들에 대한 교사·경찰·교육청의 합동 순회지도도 해야 하지만 학교에서 위기의 학생들에 대한 좀 더 세심한 관심과 지도를 통해서 그들의 위험요소를 찾아내어 해결해주고 '피할 수 없으면 즐기라'는 말처럼 치열한 입시경쟁제도에 억눌려 있는 상황까지도 긍정적으로 생각하는 힘을 기르도록 하여 젊음의 특권을 맘껏 누릴 수 있는 환경을 만들어 주는 노력과 인식의 전환이 필요하다.

지혜로 아이들 대하기

교육 현장에서 말썽꾸러기들을 볼 때면 늘 앙굴리라마를 떠올린다. 살생을 일삼고 난폭했던 앙굴리라마는 학교에서 보면 최악의 문제학생이다. 모두가 피하며 무서워하던 말썽꾸러기를 부처님만 유일하게 말을 걸어 자신의 잘못을 보고 스스로 깨닫도록 했다. 열심히 정진해서 최고의 수행자가 된 앙굴리라마는 그 심정을 이렇게 노래했다. '소를 길들이려면 채찍을 쓰고, 코끼리를 다루려면 쇠갈퀴를 쓰지만, 하늘이나 사람을 길들이려면 칼이나 막대기를 쓰지 않나니'. 난폭하게 굴던 자신을 힘으로 누르려는 사람들에 대한 원망을 담아 사람은 막대기로 다스릴 수 없다는 항변을 쏟아냈다.

그러면 사람은 무엇으로 다스려야 하나. '칼을 갈 때는 숫돌을 쓰고, 화살을 바루려면 불을 쓰고, 재목을 다룰 때는 도끼를 쓰며, 자기를 다룰 때는 지혜를 쓴다'고 했다.

나는 지혜로 아이들을 대하는가. 졸업 시즌이면 늘 되묻는 화두다.

진정 아름다운 학교

  이솝 우화 속에 나오는 '개미와 베짱이'는 햇볕이 쨍쨍 내리쬐는 무더운 여름날 땀을 뻘뻘 흘리며 열심히 일하는 개미와 시원한 나무그늘에 앉아 노래를 부르던 베짱이가 겨울이 되자 서로 처지가 뒤바뀌어 베짱이가 개미에게 구걸을 하는 처량한 신세가 되었다는 이야기이다. 편하게 살려면 개미처럼 열심히 일을 해야 한다는 교훈을 주는 이 우화는 놀고 싶어 안달인 학생들에게, 베짱이처럼 살다가는 머지않아 거지 신세가 된다는 협박?에 곧잘 동원된다. 어떤 기업은 이 개미와 베짱이 일화를 '5분 덜 자면 아내 얼굴이 바뀐다'는 광고로 각색해 내보내 큰 반향을 불러일으켰으니 2000여 년 전 그리스의 한 노예가 만든 이야기가 한국에서 이토록 맹위를 떨칠지 누가 알았겠는가.

'행복 유예' 이데올로기

이 우화가 학생들에게 던지는 메시지는 간단하다. 지금
놀고 싶은 것, 하고 싶은 것, 만나고 싶은 이성 모두 참고
견뎌라 그러면 좋은 날이 올 것이다. '좋은 날'은 이른바
'SKY'로 부르는 서울의 명문대나 지방의 '좋은' 학과에 진
학하는 일이다. 사실이 그렇다. 일단 좋은 대학, 좋은 학과
에 진학하면 돈, 명예, 이성이 고구마 줄기처럼 뒤따라온 것
이 그간 한국사회의 실정이다.

그런데 이런 물음을 따라가 보자. 왜 개미는 그토록 죽어
라 일만 했을까? '잘 먹고 잘 살기 위해서'라고 답할 것이
다. 그러면 '잘 먹고 잘사는 것은 무엇일까' 우리사회에 만
연한 '개미형 인간'들은 즉각 이렇게 답한다. '힘들여 일하
지 않고 즐겁게 노는 것'이라고.

그런데 어떡하나 베짱이는 여름부터 그렇게 살았는데. 하
지만 우리는 한 여름 개미처럼 일하지 않고서는 행복한 겨

울은 없다는 확고한 신념을 결코 버리지 않는다. 그 믿음이 바로 우리의 교육현장을 지배하는 가장 강력한 이데올로기다. 이는 '유예된 행복'이다.

명문 대학을 가기 위해 학창시절의 행복은 절대 용납할 수 없다는 철칙이 오랫동안 우리의 교육현장을 옥죄고 있다. 물론 명문대 진학을 위해 한 순간의 고통은 얼마든지 감내하겠다는 학생들이 많다. 문제는 공부를 하든 그렇지 않든 행복을 느껴야하는데 우리의 개미 찬양 이데올로기가 '공부는 불행'이라는 등식을 심어준다는 데 있다.

학생들은 당연히 배워야하며 배움의 과정은 세상 그 어떤 일보다 행복해야한다. 그런데 어느 순간, 심지어 '공부가 가장 쉬웠어요'라며, 요즘 아이들 말로 '망언'을 서슴지 않는 전교 1등의 우수학생까지 공부는 불행한 노역이라는 인식에서 벗어나지 못한다. '학이시습지學而時習之 불역열호不亦說乎'라고 외친 공자님의 가르침이 우리나라에 와서는 불행으로 바뀐 이유는 바로 '행복 유예'이데올로기 때문이다. '5분만 참으면 남편 얼굴, 아내 얼굴이 바뀐다'는 그 개미 찬양 이념이 공부를 불행의 근원으로 만든 것이다.

아이들이 행복해야 한다

대학 진학 때까지만 참고 견디면 좋은 날이 온다는 식의 대한민국 교육방식은 진정한 공부가 아니며 행복도 아니다. 설령 명문대를 진학한다 해도 유예된 행복이 지불되지 않는다. 그 사람에게는 또 다시 '유예된 행복'이 기다릴 뿐이다. 진정 아름다운 학교는 아이들이 행복해하는 학교여야 한다. 대학 진학 때까지 행복을 유보하고 친구를 적으로 삼고 순위 경쟁에 목매는 학교와 공부는 허상虛像이다.

'과거는 지나갔으며 미래는 오지 않았으니 오직 남은 것은 오늘 뿐'이라는 불교의 가르침이 우리 학교가 지녀야 할 참 교육상이다. 대학에 합격하면 그때부터 인생을 즐겨도 늦지 않다고 가르칠 것이 아니라 지금 이 순간을 의미 있게 살아가도록 가르쳐야 한다. 지금 이 공부가 최고의 행복임을 알도록 보여야한다. 학교 현장을 지키는 나의 오랜 화두다.

싱그러운 새내기

학교 현장의 3월은 입학식과 새 학기로 분주하다. 파릇파릇 돋아나기 시작하는 새싹처럼 밝고 싱그러운 새내기들의 조잘거리는 모습을 보면 극락이 따로 없다. 언론은 문제 아동들로 인해 학교가 문제라고 목소리를 높이지만 '문제없는 아이가 문제'지 아이들 문제는 하등 문제될 게 없노라며 조용히 소리쳐 본다.

좋은 대학 가기 위해 책과 씨름하고 나태해지려는 자신과 싸움하다 보면 어느새 지식도 늘어나고 몸도 마음도 훌쩍 커져서 나간다. 그 시작이 3월이다. 시끄러우면서도 들떠야 할 3월은 유난히 어지럽다. 아무래도 학교 현실과 동

떨어지고 학생들의 사정을 잘 모르는 학생인권조례 때문이 아닌가 생각한다.

학생인권조례'는 기본교육 목표가 분명한 학교와 학생들에겐 별 문제가 되지 않았다. 두발자유화나 복장 같은 학업 외 요소들이 학생들에게 더 관심을 끌 것 같지만 공부를 잘하든 못하든 모든 학생들의 관심사는 학업신장이다. 1학년 신입생들에게 희망하는 대학을 조사하면 최소가 서울소재 4년제 대학이다. 2학년, 3학년 올라가면서 희망 커트라인이 점차 낮아지지만 마음은 여전히 1학년 때의 목표를 버리지 않는다.

이 사례가 보여주는 사실은 하나다. 공부를 잘하든 못하든 공부를 잘하고 싶다는 욕망은 모든 학생들이 갖고 있는 공통 사항이라는 점이고, 공부를 시키지 않는 학교를 학생들은 별로 좋아하지 않는다는 것이다. 단지 여러 현실이 이를 뒷받침하지 못할 뿐이다.

이럴 때 학교는 어떤 행동을 취해야 할까. '그래 너는 목표달성이 턱도 없으니 공부는 그만하고 머리도 마음대로 기르고 옷도 자유롭게 입어라'며 내버려 두어야 하나. 그 학생은 공부에 관심이 없으니 밖에서 어떤 친구들을 만나든 무슨 행동을 하든 방치해야 하는가. 아니다.

병아리가 알에서 나오기 위해 새끼가 안에서 쪼고
어미닭은 밖에서 쪼아야하듯
교육도 학생의 노력과 교사의 가르침, 훈계, 탁마가
학업성취와 좋은 품성을 기른다.

그럴수록 학교는 아이의 손을 끝까지 붙들고 놓지 않아야 한다. 하나라도 더 가르치려 애쓰고 회초리를 한 번 더 들어야 한다. 학업이 부진한 학생일수록 더 채찍을 가하는 것이 스승의 도리며 학교의 책무다.

일선 학교행정을 책임진 입장에서 볼 때 학생인권조례는 학생들을 위한다는 명분과 달리 실상은 공부에 관심 없거나 부진한 학생들을 방치하라는 아주 비교육적 결정이다. 대학 진학이 목표인 고등학생에게 공부 외 다른 모든 일은 관심 밖이다.

머리 기르는 것은 고사하고 공부하느라 며칠씩 감지 않는 학생들도 있다. 이 학생들은 분위기만 만들어주면 알아서 잘한다. 문제는 학업이 뒤처지는 학생들이다. 큰소리가 나는 것은 이 아이들 때문이다. 이 아이들은 대학진학과 탈락의 경계에 서 있다. 야단치고 때로는 매도 들어야 한다. 교사와의 접촉도 많다.

그래서인지 졸업 후 찾아와서 인사하고 소주라도 한잔

기울이는 제자들은 대부분 학창시절 말썽꾸러기들이다. 학생인권조례는 조금만 관심을 기울이면 밝은 미래가 열려있는 경계선의 아이들을 내버려두라는, 아주 비교육적인 처사다. 그래서 학생인권조례는 '미운 놈한테 떡 하나 더 주는' 격이다.

불편한 마음이 없지 않지만 그래도 3월이 되면 늘 설레면서 기대에 부푼다. 이 아이들을 어떻게든 잘 가르쳐서 훌륭한 인재로 키워낼 것인가 생각하면 어깨가 무거우면서도 가슴이 벅차오른다. 그 때마다 떠올리는 것이 <벽암록>의 줄탁동기啄同機며 '초발심시변정각初發心時便正覺'이다.

병아리가 알에서 나오기 위해서는 새끼가 안에서 쪼고 어미닭은 밖에서 쪼아야 하듯 교육도 학생의 노력과 교사의 가르침, 훈계, 탁마가 어우러져 학업이 성취되고 좋은 품성이 길러진다. 이를 위해서는 초심을 잃지 않아야 한다.

출발하는 첫 마음이 바로 정각인 것처럼 학기가 시작되는 3월의 각오가 얼마나 오래 지속되느냐 여부가 그 학생의 미래를 좌우한다. 따스한 봄날 어미 곁에서 조잘거리는 병아리처럼 뛰어오는 아이들을 바라보며 새 학기 첫 걸음을 내딛는다.

여름휴가 단상

올 여름 불볕더위가 사람 숨을 막히게 할 정도로 위력적이라 아이들 말로 '멘붕'이 올 지경이다. 방학을 맞아 두 군데로 휴가를 떠났다. 한 곳은 어릴 적 외갓집을 찾듯 산골의 한 마을을, 그 다음은 힘겹게 산중 기도처에 올랐다.

지인이 있는 무주의 산골 마을에서는 여유와 편안함을 느꼈다. 작은 개울을 따라 들어선 허름한 집들이 열 대 여섯 채도 안 되는 작고 조용한 마을 풍경은 아이들과 씨름해 온 한 학기 힘겨움을 일거에 잊게 했다.

무성한 호두나무가 시원한 그늘을 만들어내고 담벼락 밑

으로 고운 색깔의 야생화가 줄지어 핀 앞마당과 가지, 고추, 옥수수가 풍성하게 열린 뒷마당을 보노라면 자연의 풍요로움에 절로 미소가 지어졌다. 하지만 나는 자연에 안겨서도 마음껏 즐기지 못했다.

학교 생각, 아이들 생각으로 다시 돌아가는 자신을 발견한다. 다들 미션 수행을 잘해내고 있는지? 이번 여름 방학은 아이들이 마음껏 놀게 '방학을 돌려주자'며 학생들에게는 '공부' 생각하지 말고, 교사들에게는 '학교' 생각하지 말고 오로지 신나고 재미있게 놀자고 했는데.

정작 교장은 마음껏 즐기지 못했다. 교육가든 실업가든 정치인이든 우리 세대는 일이 우선이었다. 놀이는 죄악이었다. 집에서는 아버지로부터 학교에서는 선생님에게서 늘 일과 공부가 최우선임을 배웠다.

지금을 흔히들 감성시대라고 한다. 책 <재미>는 "재미있게 즐겨야 창의성이 발휘되고 거기서 좋은 아이디어가 나온다. 세상이 급변하고 있다. 전투적 인간의 시대는 막을 내리고, 좋아하는 것을 즐기면서 성취를 이뤄가는 마니아들의 시대가 도래한지 오래"라며 이제 잘 노는 것이 성공임을 가르친다.

  우리가 배우던 시절과 전혀 다른 이야기를 한다. 책이 말하는 것과 반대 되는, '일=재미없음' 공식을 100가지는 더 댈 수 있는데 하며 책에 반감을 가진 채 봉정암에 올랐다. 백담사를 지나 영시암에 이르는 계곡 길은 힘겹지도 않고 시원한 계곡을 끼고 걸어 낙원이 따로 없는 황홀경 그 자체였다.

  영시암을 지나서 부터는 점차 숨소리가 거칠어지더니, 봉정암 500m 지점부터는 현기증이 날 정도로 가파른 길이 이어졌다. 휴가 때 무슨 사서 고생인가 하는 후회가 물밀듯 밀려온다. 땀 흘리고 몸 움직이면 일이다. 술과 노래가 있어야 흥겨워지고 쉬는 것이라는 우리 세대의 휴가 공식이 또 봉정암 가는 길을 사로잡는다.

  산 초입부터 만났던 20대 젊은이를 '뜻밖에' 봉정암 가는 길에서 만났다. 젊은이들은 몸 움직여 힘겹게 산에 오르는 '일'을 싫어한다는 선입관을 가진 나로서는 이해하기 어려운 친구들이다. 이직離職을 앞두고 인생 경로를 새롭게 다지기 위해 대청봉으로 간다고 한다.

젊은 친구들이 구상하는 미래가 무엇인지는 알 지 못하나 인생의 중대기로에 서서 산을 오르는 것 하나만으로도 밝은 인생이 열릴 것이라고 덕담을 건넸다.

기도하고 밤을 샌 뒤 봉정암을 내려왔다. 숭산전 화계사 조실 선사는 '오직 할 뿐'이라고 하셨다. 밥 먹을 때는 밥만 열심히 먹고, 놀 때는 열심히 노는 것이 곧 선禪이라고 했다. 그런데 나는 휴가를 가서도 학교 생각하고, 기도하러 산에 가서는 이런 것은 휴가가 아니라며 후회했다.

일과 휴가, 재미와 고생을 분리해서 생각해온 그간의 습관 탓임을 봉정암을 내려오면서 깨달았다. 지금 이 순간을 즐기고, 소중하게 여길 때 최선을 다해 일을 하게 되고 진정한 휴식은 일을 떠나서가 아니라 일 가운데 있음을 그제서야 알아챘다. 아이들은 여름 동안 얼마나 달라졌을까.

방학, 이대로는 안 된다

해병대 캠프에서
5명의 아이들이 숨지는
사고가 일어났다
학교는 다르지만
고등학교를 책임지는 교장으로
두 아이의 아비로
내 자식과 학생을 잃은 것 같은
아픔에 지금도
몸을 못 가눌 지경이다

　해병대 캠프에서 5명의 아이들이 숨지는 사고가 일어났
다. 학교는 다르지만 고등학교를 책임지는 교장으로 그리고 두 아이의 아비로 내 자식과 학생을 잃은 것 같은 아픔에 지금도 몸을 못 가눌 지경이다. 방학이 되면 대부분의 학생들이 과학, 문학 등 다양한 캠프를 찾는데 그 중에는 병영체험 캠프도 있다. 학생들이 개인적으로 외부 캠프를 찾아가는 경우도 있고 이번처럼 학교가 직접 마련하는 예도 있는데 캠프를 찾는 이유는 순전히 대학 입시 때문이다. 대학들이 학교생활에서 학생들의 인성평가를 강화하니 이에 맞추기 위해 체험활동을 활성화 하는 것이다.

그런데 그럴듯한 명분하에 추진되는 체험활동 운영에는 구조적인 문제가 있다. 문제의 핵심은 캠프가 학생이 아닌 '교사 중심'이라는 것과 획일적 평등주의다. 참사가 빚어진 이번 해병대 캠프에서도 드러났듯 학생은 단순히 동원된 군중에 불과했다. 학생들의 인성과 창의성 발휘를 위해 해당 프로그램이 정말 필요한지, 같은 캠프라 해도 개개인에게 어떻게 적용할 것인 지 등은 완전히 무시된 채 캠프 주체 측에서 정한 스케줄에만 맞춰 진행됐다. 아마 모르긴 해도 이를 정하는 기준은 단가^{單價}나 일정 등 순전히 교사들의 편의성에만 의존했을 것이다. 획일적 평등주의는 말하자면 하향평준화다. 서로 경쟁해서 잘한 사람 격려하면 서로 잘하려고 노력해 발전을 이룬다는 것이 경쟁의 원리인데 이를 피곤해 하는 교육계에서 경쟁하지 말고 다 함께 나누자는 것이 속된말로 'N분의 1' 즉 획일적 평등주의다. 해병대 캠프 문제 역시 이 평등주의에서 비롯됐을 가능성이 크다. 비용도 절감하고 더 좋은 프로그램을 찾게 되면 이를 찾아낸 교사는 칭찬 받지만 이전 교사는 직무유기를 한 셈이 된다. 그래서 관행이라는 명분으로 잘못을 답습하는 것이다.

학기 동안에는 정해진 수업을 진행하느라 교사도 학생도 바쁘다. 그런 점에서 방학은 못다한 학업을 보충하고 각자 소질을 계발하는 아주 좋은 기회다. 캠프는 학교가 못 채워주는 학생들의 욕구를 보완하는 좋은 공간이다. 한 번의 문제로 인해 캠프 전체가 매도당해서는 안 되는 이유가 여기에 있다. 좋은 점은 살리되 보완을 통해 학생들이 정말 원하고 필요한 캠프가 만들어져야한다. 그런 점에서 카이스트가 실시하는 과학캠프는 이상적이다. 원하는 학생을 대상으로 학기 초부터 온라인 과제물을 주어 꾸준히 준비한 학생에게만 참여 기회를 주는 이 캠프는 학생의 자율성과 창의성을 잘 살려준다는 평가를 받고 있다. 문학 어학 운동 환경 등 다양한 분야의 캠프가 이처럼 학생들의 자발적인 참여아래 이뤄지도록 어른들이 신경을 기울이면 학생의 학업과 정서 신장 그리고 대학의 만족도가 같이 향상될 것이다.

이처럼 이상적인 캠프가 다수 생기면 방학은 훨씬 더 즐겁고 유익한 시간이 될 것이다.

스님들이 여름 한 철 산중 선방에서 결제를 마치고 나면 산철에는 걸망을 지고 세간의 다양한 모습을 보면서 화두를 드는데, 학생들도 방학은 다양한 경험의 장이 되어야한다. 이를 위해서는 사찰도 힘을 보태야한다. 학생들의 다양한 욕구와 흥미를 충족하면서도 학업에 도움도 되는 그런 프로그램이 필요하다. 가령 외국인과 한국 학생들이 함께하는 '국제 참선 캠프'나, 우리 문화재의 우수성을 과학적으로 입증하는 '전통사찰에 숨은 과학이야기', 불교의 마음을 수학적으로 풀어보는 '수와 마음' 등 학생들의 욕구를 찾다 보면 얼마든지 훌륭한 프로그램을 사찰에서도 만들 수 있다. 문제는 학생 입장에서 들여다보는 정성이다. 지금처럼 참선이나 명상 수련과 차※ 그리고 사찰 풍경 중심의 일률적 프로그램으로는 다양한 욕구를 가진 학생들을 모을 수 없다. 이번 방학에는 더 많은 학생들이 산사를 찾아 학교에서 못 채운 꿈과 활력을 찾았으면 좋겠다.

선거 앞둔 고교 졸업식 단상

　학교의 2월은 졸업식과 새 학기 준비로 분주하다. 학교에서 졸업만큼 가슴 설레는 일도 없다. 졸업과 동시에 새롭게 출발하는 졸업생들의 앞날에 대한 기대와 희망이 크기 때문일 것이다.

　몇 해 전 '알몸 졸업식 뒤풀이' 사건으로 인해 사회적으로 큰 문제가 된 적이 있어 졸업식에 생뚱맞게 정복 차림의 경찰까지 등장했다. 덕분에 알몸 졸업식 뒤풀이니, 교복 찢기니 하는 아이들의 일탈은 언론에서 자취를 감췄다. 하지만 그 보다 더 기막힌 일이 벌어졌으니 이번에는 우리 사회 최고 지도층이라는 정치인들이 졸업식을 시끄럽게 했다.

졸업식의 백미白眉는 역시 상賞이다. 공부를 잘하는 학생에게 주는 학업우수상, 3년을 결석 한 번 하지 않은 성실한 학생에게 주는 개근상, 친구들을 잘 보살피고 궂은일을 마다하지 않은 학생에게 주는 봉사상 등 3년 간 저마다 노력한 만큼 보상하는 상이야 말로 졸업식을 빛내주는 영광의 선물이다.

상을 주는 교사도, 받는 학생도 이를 지켜보는 부모 친척도 이 순간이 학창 시절 중 가장 아름답고 빛나는 시간일 것이다. 물론 다른 상은 하나도 받지 못하고 졸업장 하나만 손에 든 학생들도 어느 상 못지않은 영광을 손에 쥐는 셈이다.

그런데 이 고귀한 자리에 자신의 이름을 먼저 내세우려 드는 사람들이 있다. 바로 일부 정치인들이다. 올 6월 지방선거에 출마하려는 몇몇 예비 후보들이 자신의 이름이 새겨진 상을 주고 축사를 하고 싶다는 의사를 보내왔다. 그 중에는 학부모를 통해서 은근히 압력을 넣는 경우도 있었다.

상을 줄 사람과 받을 학생까지 서로 상의하고 학교에 의사를 타진하는 일도 있었다. 몇 년 전에도 이런 일이 있어서 교육과 직접 관련된 상이 아닌 외부 상은 일체 받지 않기로 결정했는데 막는데도 한계가 있었다.

일부 학교들은 난처한 입장을 피하기 위해 공연과 작품 전시회 등 축제형태로 졸업식을 치렀다고 한다. 소란스러움은 벗어날지 모르지만 이렇게 되면 교장선생님 회고사, 재학생 송사, 졸업생 답사로 진행되는 전통적 졸업식 풍경은 사라진다.

일부 정치 지망생 때문에 평생 한 번 밖에 없는 졸업식이 상처를 받게 된 것이다. 곤란한 순간을 피하고자 마음껏 울고 웃으며 학창시절을 추억하는 졸업식을 빼앗을 수 없어 원래 방식대로 치렀더니 아니나 다를까 잡음이 일어났다.

동문들이 여러 당으로 나뉘어 출마하다 보니 챙겨야할 정치인도 많아지고 심지어 자기 자식은 상을 못 받았다며 교육청에 항의한다는 부모까지 나왔다.

사실 평소에는 정치인을 모셔서 상을 주려 해도 쉽지 않다. 워낙 바쁜 분들인데다 학교가 그 분들에게 딱히 줄 선물도 마땅치 않으니 내켜하지도 않는다. 얼굴 한번 뵙기 어려운 분들이 이처럼 너도 나도 상주겠다고 나서는 것은 올해 치러지는 지방단체장 선거 때문이다. 예비 정치인들의

'선거철 장사'에 비하면 학생들의 소란은 애교수준인지도 모른다.

졸업식이 소란스럽고 화제가 많은 것은 그만큼 인생에서 귀중한 순간이기 때문이다. 그 중에서도 고등학교 졸업식은 사람의 인생을 결정짓는 순간이다. 한국에서는 특히 태어나서 이 순간을 위해 부모와 당사자가 20년을 달려왔다고 해도 과언이 아니다.

어느 대학 무슨 과를 갔느냐가 인생의 좌우한다고 해도 틀린 말이 아닐 정도로 고등학교 3년은 아주 중요하다. 그래서 교문을 나서는 학생, 떠나보내는 교사, 곁에 있는 부모 모두에게 잊지 못할 3년이다. 졸업식 소란과는 상관없이 진학을 했든 사회로 나갔든, 이제 막 새로운 세상으로 발걸음한 졸업생들은 인생에서 가장 빛나는 순간을 맞이했다.

그러므로 허공에 흩어질 티끌만도 못한 소리라는 점은 알지만, 자신을 사랑하고 세상을 밝고 긍정적으로 보며 나를 사랑하듯 이웃과 주변을 사랑하며 아껴 그 빛나는 용모만큼이나 아름다운 마음을 가져주기를 간절히 발원한다.

마을의 변화와 학교

근본적 변화는

학교 내부에 있다는

평소의 지론은 틀리지 않았다

외적 환경이 변수이나

근본 동인動因은 결코 아니다

올바른 교육관에 따라

학생들에게는 동기 부여하고

교사는 목표 성취하도록

도와주는 학교 내부 교육이

학교 주변을 변화시키는 힘

    필자는 경기북부 도농복합도시에 위치한 고등학교 7년
차 교장이다. 부임할 때만해도 1차선 꼬불꼬불한 도로라 교통이 혼잡하고 불편했다. 앞 차가 고장 나면 차들이 길게 꼬리를 물고 늘어설 정도로 길이 좁았다. 지금은 모두 옛 이야기가 됐다. 도로는 넓어지고 곡식이 여물던 들판은 아파트촌으로 변했다. 아파트 주변 상가에는 대형학원, 대형마트, 극장, 도서관이 줄지어 들어섰다. 농촌이 신도시로 탈바꿈한 것이다.

변화는 학교에도 불어닥쳤다. 승용차를 타고 등교하는 학생들이 늘어나고 학부모 총회 빈자리가 없어졌다. 본교로 오고 싶어 하는 교사들도 많아졌다. 더 좋은 학교와 교육시설을 찾아 인근 도시로 떠났던 학생들이 다시 돌아오고 있다. 덩달아 학생들의 성적도 올라가고 진학률도 좋아졌다. 수험생과 학부모들의 꿈이라는 서울의 4년제 대학 진학생들이 많아졌다. 물론 선생님들의 헌신적 노력이 더해진 덕분이다.

학업성취도를 올리고 진학률을 끌어올리는 것이 지상 최대의 과제인 고등학교 교장으로서는 춤이라도 추어야할 일이지만 마냥 기쁘지만은 않다. 학교의 변화가 학교 주변 환경변화 덕분임을 무시할 수 없기 때문이다. 농촌의 신도시화와 경제력을 갖추고 경제력에 걸맞는 사교육을 감당할

능력이 되는 학부모의 등장과 이들의 학교에 대한 관심이 결국은 학교의 변화를 불러오는 주요한 변수임을 부정할 수 없기 때문이다. 이 함수 관계가 맞다면 우리 학교는 대한민국 최고의 학군으로 꼽는 대치동이나 목동은 고사하고 서울을 비롯한 주요 대도시는 끝내 따라갈 수 없다는 결론으로 이어진다. 나의 씁쓸함은 바로 이 때문이다. 우리들의 학교가 학교 내부의 노력과 학생들의 동기가 아니라 주변 환경이라는 외부 조건에 의해 좌우된다는 현실이 슬픈 것이다.

처음 교장을 맡고나서 당황스런 일도 많았다. 아이들을 배려한다고 학생식당을 교실 가까이 두었는데 서로 먼저 먹겠다고 다투는 바람에 질서가 무너지고 작은 사고도 많이 일어났다. 가끔 외부 손님들이 이 광경을 목격해 민망한 적도 많았다. 궁리 끝에 교장실 벽에 책꽂이를 만들어 급식을 기다리는 짧은 시간동안 책을 읽도록 유도했다. 처음에는 머뭇거리던 아이들이 일찍 내려와 배식을 기다리는 동안 책을 보면서 급식 질서가 잡혔다. 축구를 좋아해 틈나는 대로 아이들과 어울려 공을 찼다. 교장이라는 권위와 위엄을 버리고 함께 땀 흘리고 뒹구니 아이들도 좋아했다. 시골학교는 학업성취도가 떨어진다는 편견을 떨쳐버리기 위해

서울의 유명 학교에서 하는 학업방식도 여럿 도입했다. 그리하여 많은 성과를 거두었다고 교장과 우리 학교 교사들 모두 자부하는데 이 같은 학교의 노력 보다 주변 환경의 변화로 인한 학생과 학부모의 변화가 더 근본적 변화를 가져왔다는 주변의 평가에 힘이 빠진 것이 사실이다.

그럼에도 불구하고 근본적 변화는 학교 내부에 있다는 평소의 지론은 틀리지 않았다고 생각한다. 외적 환경이 변수임은 분명하지만 근본 동인動因은 결코 아니다. 그것은 무정란無精卵을 아무리 오래 품고 있어도 병아리가 되지 않는 것과 같다. 올바른 교육관에 따라 학생들에게는 동기를 부여하고 교사는 목표를 성취할 수 있도록 도와주는 학교 내부의 교육이 오히려 학교 주변 마을을 변화시키는 힘이라고 생각한다. 아직은 길도 좁고 논에는 허수아비가 서있던 시절에 어렵게 들어간 우리 학교 졸업생이 대학에서 눈부신 발전을 보여주자 그 콧대 높던 대학에서 처음으로 추천서를 보내왔다. 교사 학생 학부모들의 긴 시간 노력이 주변의 변화와 더불어 새로운 바람을 불러일으킨 것이다. 인연因緣이란 이런 것임을 새삼 깨닫는다.

3

당신은 3696 숫자를 아세요

'3696'은 영화 '달마야 놀자'에서 스님과 조폭들이 둘러 앉아 손뼉 치며 놀던 게임이 아니라 입시를 앞둔 자녀를 둔 학부모들이라면 꼭 알아야 할 숫자다. '3696'은 올해 전국 220개 4년제 대학에서 발표한 2012학년도 대입시안試案 개수이고, 수시모집이 2561개, 정시모집이 1135개라고 설명했더니 장내는 "와"하는 소리와 함께 술렁거렸다.

많은 수의 입시요강

교육은 사회체제와 유기적으로 연결되어 있음에도 불구

하고 우리의 입시정책은 지난 60여 년간 늘 사회 구조적 특징이나 문화적 풍토에 대한 고려 없이 입시제도만 손질해 왔던 게 현실이다. 과도한 입시경쟁과 사교육비 부담이 사회 정치적 문제로 부각되면 마지못해 규제를 조였다 풀었다를 되풀이하는 임기응변식 처방으로 일관해왔다. 그 결과 입시가 난수표처럼 복잡해져 3696 가지에 이르렀다.

많은 수의 입시요강 만큼 다양한 방식으로 인재를 선발한다면 더할 나위 없이 좋겠지만 현실은 정 반대다. 그야말로 '갠지스 강의 모래 수' 만큼이나 많은 대학 들어가는 길은 창의성이나 혁신과는 아무런 관련이 없고 결국 한 가지 방식으로 귀결되고 만다. 그것은 바로 획일성과 행정편의주의다. 오늘날 입시의 전형으로 자리 잡은 입학사정관제 역시 그 틀에서 벗어나지 못했다.

미래 성장가능성을 지닌 인재를 선발하겠다는 야심 찬 포부를 안고 태어난 입학사정관제는 해방 후 명멸해간 수많은 입시제도의 전형과 같은 길을 가고 있다. 그리고 '3696'개로 급격하게 불어난 난수표 같은 입시안들과 1500쪽에 이르는 대교협 발간 입시요강집을 생산했다.

수많은 대학입시 제도가 나타났지만 결국 실패하고 사라진 근본적인 이유는 학생을 중심에 놓지 않기 때문이다. 우리 입시제도는 말은 학생과 학부모 학교를 위한다고 하지만 정작 큰 힘을 발휘하는 것은 정치 경제와 관료 논리다. 지난 정권과 다른 입시정책, 기업화된 학원과 그 학원에 소속된 종사자들의 생업과 교육 관료들의 기득권을 유지하는 선에서 변화가 인정되는 입시 학원 정책 속에 학교와 학생은 없다.

그 결과는 참담하다. '남과 더불어 사는 능력' 세계 최하위 수준에다 OECD 국가 중 청소년 자살률 1위가 오늘날 우리 학생들의 자화상이다. 어른중심, 경제중심 정치 중심의 입시제도, 학원정책이 낳은 업보業報다. 아이들은 미래의 희망이 아니라 지금 있는 그대로 존귀하다. 그들은 미완성체가 아니다. 지금 그대로 완성체다. 미래를 위해 이들의 권리가 침해되어서도 안 된다.

인간존중 철학 회복해야

우리 아이들은 지금 당장 마음껏 행복을 누려야한다. 왜

냐하면 이들도 똑같은 불성佛性을 지닌 거룩한 존재이기 때문이다. 석가모니 부처님께서는 천상천하 유아독존 삼계개고 아당안지天上天下 唯我獨尊 三界皆苦 我當安之라고 선언하셨다. 모든 생명 가진 존재들은 고귀하다는 인류 최초의 인간 존엄성 선언이다. 이 인간존엄은 교육의 목표며 철학이다. 학교뿐만 아니라 정부와 가정에서 당장 지체 없이 실현되어야할 양보할 수 없는 가치다.

복잡한 입시 방정식이 쏟아져 나오고 청소년 문제가 발생하는 이유는 학생들을 하나의 완전한 인격체, 인간으로서 존중하지 않다 보니 생긴 필연적 결과다. 해법은 입시정책의 변화가 아니라 인간존중의 철학을 회복하는 데 있다.

부처님오신날이 다가오는 화창한 봄날, 텅빈 운동장 한가운데로 인간 존엄을 설파하신 석가모니 부처님의 음성이 아지랑이 마냥 퍼져 오르는 꿈을 꾼다.

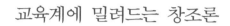

교육계에 밀려드는 창조론

　세계적인 과학저널 ≪네이처≫가 한국이 창조론의 요구에 항복했다는 기사를 싣고 학문적 차원의 우려를 표명했다고 한다. 보도에 따르면 한국의 교과서진화론 개정추진위원회라는 단체가 고교 과학교과서에서 진화론의 증거로 사용돼 온 시조새를 삭제하도록 청원해 관철시켰다.

　이 단체의 청원에 따라 6개 교과서가 관련 부분을 수정하거나 삭제하기로 하는 등 진화론이 한국 교육에서 속속 퇴출되고 있다. 더 큰 문제는 한국의 과학계다. 창조론의 공격에 대해 생물학계는 무대응으로 일관, 사실상 특정 종교의 교리가 교과서에 반영되는데 일조하고 있다.

진화론이 공교육에서 퇴조한다는 사실은 종교적 교육적 측면에서 매우 심각한 상황이다. 우선 진화론에 대한 공격은 미국 보수 기독교의 오래되고 집요하게 전개된 기독교 복음주의의 산물이라는 점이다. 다윈의 진화론 출간 이후 창조론이 여러 주에서 퇴출되자 미국보수 기독교계는 '지적설계론'intelligent design theory이라는 변형된 창조론을 들고 나온다.

창조라는 용어 대신 '지적설계'라는 탈 기독교적 용어를 쓴 이 학설은 '세계와 생명의 어떤 특성들은 자연 선택과 같은 방향성 없는 과정 보다는 어떤 지적인 원인intelligent cause 에 의해 더 잘 설명 된다'는 주장이다. 아직은 완벽하지 못한 진화론의 틈새를 파고들어 교묘하게 음지의 창조론을 대중들의 관심사로 끌고 들어온 것이 지적설계론이다.

> 개신교와 과학이 유착
> 공교육에 침투한 변형된 창조론이
> 미국보다 더 근본주의적 경향을 가진
> 한국 기독교계에서 그대로 재현되고 있다

더 큰 문제는 개신교와 과학이 유착해서 공교육까지 침투한 변형된 창조론이 미국보다 더 근본주의적 경향을 가진 한국 기독교계에서 그대로 재현되고 있다는 사실이다. 한국에서는 한국창조과학회KACR가 변형된 창조론 전파의 중심부라고 할 수 있다.

이 단체는 현재 석박사급 과학자 의사 교수 교사로 구성된 1100명의 회원과 1만2천여 명의 온라인 회원, 그리고 16개의 국내 지부와 5개의 국외 지부를 가진 비영리 사단법인으로 성장했다.

이들의 목표는 진화론만 가르치고 있는 한국 공교육기관에서 과학적 증거를 통해 창조론을 가르치도록 하는데 두고 있다. 이를 위해 이들은 몇몇 기독교 재단 대학들이 창조과학 관련 과목을 개설하도록 지원하고 강연회 및 학술대회를 개최하는 등 창조과학회의 대중화와 창조신앙의 회복을 위해 노력해왔다.

그 중 가장 우려되는 점은 전국교사연합회를 결성해서 일선 교육현장에서 창조론 교육을 실현시키기 위해 노력해오고 있다는 점이다. 기독교인들로 구성된 이들 초·중·고 교사들이 창조과학론으로 무장해 일선 교육 현장에서 활동한다면 학생들에게 미칠 파장은 상상을 초월한다.

<네이처>가 한국교과서에서 진화론의 퇴조를 우려할

정도로 창조론과 진화론의 처지가 뒤바뀐 데에는 이 같은 배경이 작용하고 있다.

교육은 생명체의 유전자처럼 정신적 유전자를 한 세대에서 다음 세대로 전이하는 통로다. 창조론이 현재 정상 교육을 받은 사람들로부터 외면 받는 이유는 교과서가 진화론만을 가르치기 때문이다. 하지만 이대로 간다면 우리 후세대는 진화론을 비웃게 될지 모른다.

특정 종교인들이 자신들의 종교적 신념을 강조하는 것을 나무랄 수는 없다. 문제는 소극적으로 대처하는 우리 과학계다. 현재로서는 과학자들의 학자로서 양심과 열정에 의지할 수밖에 없다.

더불어 자연과학적 태도와 인간존중 가치로 지식인들로부터 각광받는 불교가 자라나는 아이들을 가르치는 교육현장에서는 아무런 존재감이 없는 현실이 안타깝다.

애니팡과 학교

'학교폭력 기재 시비'가 잠시 주춤하는 사이 학교는 모바일 게임 '애니팡'에 푹 빠졌다. 보통 게임은 10~20대들의 전유물이어서 세대별 확산에 한계가 있고 내용이 폭력적이어서 어른들이 경계하는데 애니팡은 전혀 다르다.

정해진 시간 안에 가로 세로 같은 그림으로 세 개를 맞추면 되는데다 전화번호를 공유하는 지인들과 서로 교류하고 경쟁하는 체제여서 중장년 심지어 노인들까지 푹 빠진 국민 게임으로 자리 잡았다.

필자 역시 지난 주 입문해서 그 재미에 한참 젖어들고 있던 차 뜻밖의 행운을 얻었다. 평소 집에서 말이 없던 딸이 애니팡을 하는 아빠를 보고 게임 매뉴얼과 높은 점수 기록 요령을 알려주면서 급속도로 친해지게 됐다.

장점만 살리고 단점은 없애면 좋으련만 빛이 있으면 그늘이 있는 법. 학교에서는 애니팡이 공부에 매진하는 학생들의 시간을 빼앗는 골칫덩어리다. 게임은 경쟁을 기본적 특성으로 삼고 있어 누구든 승부욕을 발휘하는데 이기기 위해서는 그만큼 시간과 노력을 투여해야 한다.

학생들이 삼아야 할 경쟁 대상은 자기 자신이다. 몇 분 더 이불속에 있고 싶어 하는 잠과의 싸움, 반복적으로 틀리는 문제와의 싸움, 뛰어놀고 싶어 하는 교실탈출 욕망과의 싸움 등 경쟁상대가 많다.

미래를 결정하는 중요한 일전-戰을 매일 매일 치러야하는 학생들에게 애니팡은 최대의 적이다. 학생들의 심리와 문화를 조금이나마 알고자 지극히 교육적 동기에서 시작한 게임에 장년의 교장마저 푹 빠졌으니 아이들의 마음이야 불문가지不問可知다.

학생들의 휴대전화를 함부로 수거할 수 없는 인권이 강조되는 요즘 학교 현장에서 게임을 막는 것은 근본적으로 불가능하다. 가장 근본적인 해결책은 교실수업을 애니팡보다 더 재미있게 하는 길인데 차라리 필자가 애니팡 1등을 기록하는 것이 더 빠를 듯싶다.

사실 학생들의 눈과 귀를 빼앗는 재미는 수도 없이 많다. 아이들은 무엇이든 놀이로 삼아 재미있게 노는 특기가 있다. 어른들 눈에는 재미라고는 티끌만큼도 찾을 수 없는 도구를 갖고서도 아주 재미있게 논다.

그래서 학교가 아이들에게 더불어 재미있게 놀 수 있는 약간의 환경만 조성하면 굳이 작은 휴대전화를 들고 눈 아프게 들여다보지 않고도 재밋거리는 많다.

문제는 다양한 성향의 아이들을 똑같은 조건을 갖추고 길러야 하는 학교현장에 있다. 공부를 잘하고 좋아하는 아이만 흥미를 느낄 수밖에 없는 현재의 학교 교육현장에서 아이들은 끝없이 일탈을 꿈꾸고, 다른 재미를 추구하게 된다.

애니팡은 교육의 친구도 적도 아닌 그냥 하나의 게임일 뿐이다. 아이들은 잠시 그 게임에 빠져든 것뿐이고 학교는 여전히 제 갈 길을 갈 뿐이다. 아이들에게 지금 가장 중요한 것은 배움 밖에 없으므로 끝없이 채찍을 가하고 다듬는 교육 본연의 업무, 그 길을 묵묵히 가기한 하면 된다.

아이들이 가장 듣기 싫어하고 재미없어 하는 '공부해라' '사람되라'는, 끝없이 한 말 또 하고 핏대 올리고 훈계하는 인기 최악, 재미 최하의 악역을 충실히 수행할 뿐이다. 왜냐하면 지금 학교에서 그 재미없는 과정을 거쳐야 평생을 재미에 푹 빠져 살아갈 수 있음을 교사들은 잘 알기 때문이다.

석가모니 부처님이야말로 제자들이 보기에 가장 재미없고 작은 일 하나까지 관여한 스승이셨다. 제자들이 싫어하는 말씀을 얼마나 많이 하셨으면 부처님께서 열반하자 몇몇 비구들인 '이제 잔소리꾼이 없으니 마음대로 해도 된다'며 춤을 추었을까.
석가모니 부처님께서 엄한 교육자로서 제자들을 훈계하고 배움의 길로 이끌었기에 훌륭한 제자들이 나오고 수천 년을 건너 세계적인 종교로 자리 잡았다.

아이들의 눈과 귀를 사로잡은 게임은 많았지만 모두 사라지고 아이들이 가장 재미없어 하는 교육만이 살아남았다. 순간의 재미는 결코 학교를 지배하지 못한다.

대학수능시험

매년 11월 둘째 주 목요일은 국가에 특별한 일이 없는 한 대학수학능력 시험이 치러지는 날이다. 학교는 정문에 수능시험 한 달 전부터 '수능 대박, 선배님 힘내세요!' 문구가 적힌 현수막을 높이 걸고 마지막 정진을 당부한다.

수능 당일 날 새벽에는 방송에서 늘 보는 것처럼 후배들은 줄 지어 서서 응원하고 학부모들은 정문 앞에서 합장 기도한다. 결과보다는 노력이 더 값지다.

그러니 지나치게 긴장하거나 초조해하지 말고 자신감을 가지고 최선을 다해 시험 잘 보라는 의례적인 말만 던지고 법당에 올라와 '시험을 망치지 않고 제 실력 발휘할 수 있게 해달라'고 부처님 전에 기도드린다. 이 날 만은 교장도 의지 할 데라고는 부처님 밖에 없다.

요즘 아이들은 기성세대와 달리 나약한 체질이라 늘 걱정이 앞선다. 다양한 입시전형 덕?에 과거 예비고사나 학력고사처럼 시험에 대한 아이들의 부담은 다소 완화되었다지만 힘들기는 마찬가지다.

새벽부터 밤늦게 까지 열심히 공부 하면서 짧게는 고교 3년 길게는 초등학교부터 12년간 오직 이 날을 위해 달려온 아이들이 자랑스럽다. 대학 진학만을 위해서 놀고 싶은 것, 하고 싶은 것, 만나고 싶은 이성 모두 참고 견뎌온 3년 동안의 고교생활이 단판 승부로 결론 지어야하는 입시제도가 가혹하다.

2008년부터 입시 전형방법은 어느 고3 수험생 어머니의 하소연처럼 '갠지스 강의 모래수' 만큼이나 많아져서 수천 가지에 달하고 복잡해졌다. 오죽하면 세상에 신기한 사람을 찾아 방송하는 프로그램에 입시제도를 줄줄 꿰고 있는 입시 전문가가 등장했을까.

현 정부 들어서 도입된 입학사정관전형의 수명이 다 돼 간다는 대학입시관련자의 이야기는 반갑기보다 불안감만 더해준다. 내년 에는 또 어떻게 바뀔 것인가. 제발 이번에는 누가 대통령이 되든 한번 정해진 룰이 바뀌지 않았으면 하고 바라지만 헛된 기대라는 것을 잘 안다.

입시제도가 수천가지 아니 수만 가지에 이르든 흔들리지 않는 원칙은 '콩 심은데 콩 나고 팥 심은데 팥 나야 한다'는 사실이다. 선善한 업業을 지으면 선한 과보를 받게 되고 악을 지으면 악업을 받게 되듯 교육도 자신의 행위한 바를 그대로 받는 입시제도를 세워야한다.

그런데 현재 입시제도가 과연 지은대로 가는 불교 사상에 맞는지 솔직히 의문이다. 방법이 워낙 많다 보니 구멍도 많다. 성적이 모자라더라도 입시제도를 잘 익혀서 수를 잘 부리면 능력 이상의 대학을 가는 경우도 심심치 않게 본다.

그 길을 찾는 것 역시 자신의 능력이라면 할 말이 없지만 지나치게 복잡한 제도는 기본 원칙을 훼손할 우려가 많다. 더 큰 문제는 많은 경우 고등학교에 오기 전 중학교나 심지어 초등학교에서 대학이 어느 정도 결정된다는 사실이다.

사실 대학입시 이전보다 그 후 더 큰 문제가 벌어진다. 대학에 들어가면 부모 특히 엄마의 역할은 거의 사라진다. 그 공허함과 상실감이 보통이 아니다. 엄마 아빠 아이들로 이루어진 가정은 아이가 고등학교를 졸업하는 순간 거의 해체 수준에 접어든다.

불교계는 대학입시 기도는 열심이지만 그 후에 대한 대책이나 관심은 제로 상태다. 불교가 오히려 더 관심 기울여야할 곳은 아이의 입시만 보면서 달려오다 한 순간에 공백 상태로 빠져든, 수능 이후의 '보살님들'인지도 모른다.

이래저래 말도 많고 탈도 많으며 생각해야할 일도 많은 대한민국의 대학 입시다. 그래도 어쩌겠는가. 못난 어른들이 만든 제도이지만 인생의 한 단계를 오르기 위해서는 꼭 거쳐야할 단계이니 최선을 다하며 부딪칠 수밖에.

아직 결과가 나오기 까지는 얼마간 시간이 남았으니 그 짧은 기간이나마 대학도 지난일도 잊고 마음껏 즐기고 밝게 웃기를 바란다.

'수능 종말론'

흐트러진 고3 교실이 보기 싫으면
어른들부터 바뀌어야 한다
아이들에게 대학이 아니라
인생을, 무엇을 위해 살 것인가 보다
어떻게 살 것인가 라는
철학을 들려줄 수 있어야한다
아이들의 행복뿐만 아니라
어른들의 행복을 위해서도
달라져야 한다.

드디어 대학수학능력시험^{이하 수능시험} 결과가 나왔다. 결과에
따라 희비가 엇갈린 수험생들의 모습이 매스컴을 통해서

보도됐다. 현장에서 마주 대하는 교사들의 마음은 더 착잡하다. 한국의 부모와 아이들은 태어나면서 오직 이 날 만을 위해 사는 사람마냥 대학입학을 위해 달려왔으니 오죽하겠는가. 정말 잔인한 제도라는 말 밖에 달리 할 말이 없다. 이런 폐단을 막기 위해 다양한 대학입시 방안을 마련했지만, 수능점수가 입시의 전부를 좌우한다는 점에서는 옛날과 달라진 점이 없다.

그런데 정말 문제는 또 있다. 수능 시험 전에는 학생 지도라는 게 필요 없다. 자신들의 인생이 걸린 문제니, 대단한 사고뭉치도 수능을 앞두고는 조용해진다. 그러다 수능이 끝나면, 마치 지구의 종말을 앞둔 사람들 마냥 일대 혼란이 빚어진다. 지도 교사가 있는데도 불구하고 교실에서 포커를 펼치고 바닥에 아예 이불을 깔고 자는 녀석 마저 있다. 인생 다 산 것처럼 구는 입시 끝난 아이들을 통제할 방법은 전무하다. 아이들이 가장 무서워할 출결, 인성 등 점수는 이미 산정해서 대학으로 넘어갔으니 아이들이 교사를 무서워할 까닭이 없다. 학교도 태어나 줄 곧 '대학' '대학' 만 귀에 못이 박히도록 듣고 살아온 아이들에게 더 이상 잔소리 할 만큼 잔인해지기 싫다. 그래서 지금 고3 교실은 종말론 맹신주의자들이 모인 집회장 같다.

이렇게 만든 주범은 물론 어른이며 대한민국의 교육제도며 교육당국이다. 그리고 아이들을 닦달해 온 부모와 교사들 책임이다. 돌 때 연필이나 청진기 잡으면 마치 이 아이가 장차 교수가 되고 의사가 될 것처럼 모두 기뻐할 정도로 공부에 목맨 사회니 대학 입시 끝난 아이들에게 무슨 말을 하겠는가. 사실 어른들은 수능 이후의 일에 대해서는 준비한 바가 없다. 수능을 치른 다음에는 뭘 해야 하는지, 대학을 가지 않는 아이들에게는 무슨 말을 들려주고, 이 아이들의 미래를 어떻게 설계해야 할 지 관심을 가진 적이 없다. 그러므로 수능 이후 삶은 없는 '수능종말론'은 지구 종말론의 현장과 진배없는 것이다.

며칠 전 중학교 동창을 만났다. 고등학교 생활이 너무 답답해 중도에 학업을 포기하고 산업전선에 뛰어들었던 친구는 학연과 지연으로 얽힌 이 사회에서 산전수전 다 겪었지만 부지런히 뛴 덕분에 해외 무역을 통해 상당한 명성과 부를 쌓았다. 그의 말에서는 많이 배우지 못했지만 이제는 어떠한 상황에서도 쉽게 무너지지 않을 수 있다는 자신감이 묻어나고 있었다. 그 친구뿐만 아니라 대학을 가지 않고도 성공한 사례는 무수히 많다. 그런데 말은 그렇게 하면서도 교육 현실은 오직 대학 입시뿐이다.

흐트러진 고3 교실이 보기 싫으면 어른들부터 바뀌어야한다. 아이들에게 대학이 아니라 인생을, 무엇을 위해 살 것인가 보다, 어떻게 살 것인가 라는 철학을 들려줄 수 있어야한다. 아이들의 행복을 위해서 뿐만 아니라 어른들의 행복을 위해서도 달라져야한다. 돌이켜 보면 부모들의 지금 안락이 공부를 잘해서 얻어진 것은 아니다. 대학과 공부만이 자식의 밝은 미래를 담보하지 않는다는 당연한 진실도 잘 안다. 그 사실을 뻔히 알면서도 '설국열차' 속 인간들처럼 낙오될까 두려워 벗어나지 못하다 자식을 위해 젊음과 돈을 다 바치고 난 뒤 늙어서야 후회한다. 아이들은 자신의 교육을 위해 모든 것을 바치다 늙고 병든 부모를 위해 효도하지도, 할 수도 없다. 자식은 떠나고 늙고 병든 몸은 사회의 책임으로 남는다.

'수능 맹신주의' '수능종말론' 은 그래서 아이들을 위해서가 아니라 어른들의 남은 미래를 위해서라도 한시 바삐 벗어나야한다.

교육책임론의 허구

교육에 책임을 떠넘겨
당장의 책임에서는
벗어날 수 있을지 모르지만
병은 치료되지 않고
교육 역시 잘못된
처방전을 쓰게 돼 결국
국민 전체가 손해를 입는다

교장 대상 '청렴 연수'를 갔는데 교육감이 세월호 참사 원인을 교육과 결부시키는 강연을 했다. 패널들도 줄 세우기식 교육, 경쟁 일변도 입시 교육, 돈에 물든 청소년 실태 등을 들며 교육문제를 세월호 참사의 한 원인으로 꼽았다.

교육이 세월호 참사의 한 원인이라는 지적은 수긍하기 어렵다. 만약 돈을 우선시하고 경쟁에 젖은 교육을 받은 아이들이 인간보다 물질을 우선하고 상대방을 이기기만 하면 법과 원칙은 무시해도 된다는 괴물로 자랐다는 식의 지적이면 어느 정도 수긍은 할 수 있다.

그와 달리 세월호 참사가 현재 교육과 관련돼 있다는 지적은 설득력도 합리성도 없다. 세월호 참사는 법을 제대로 안 지킨 부패한 자들에 의해 저질러진 끔찍한 인재이지 교육 책임이 아니다. 우리 사회가 법을 엄격하게 적용했다면 세월호 참사는 일어나지도 않았을 뿐더러 일어났다 해도 그토록 엄청난 희생자가 발생하지 않았을 것이다.

세월호 참사뿐만 아니라 우리사회 문제 근원을 교육에서 찾는 경우가 적지 않다. 대표적인 사례가 '88만원 세대'로 상징되는 청년실업문제, 노후 빈곤, 군대 폭력 등이다. 과도한 대학등록금을 마련하느라 부모는 노후를 준비하지 못해 빈곤노인으로 전락하고, 당사자인 학생은 등록금 융자금을 갚느라 졸업 후에도 빚에서 벗어나지 못하는 현실을 교육에서 찾는 전문가들이 적지 않다. 물론 전혀 엉뚱한 진단은 아니다. 분명 과도한 사교육으로 인해 부모는 나이 들어 빈곤계층으로 전락하고 등록금이 없어 빚을 내야했던 학생은 사회 진출을 하고서도 빚에서 벗어나지 못해 청년 실업문제를 가중시킨다는 지적은 타당성이 있다. 군내 폭력 역시 학교에서 과도한 입시경쟁에 내몰려 학우를 배려하고 양보하는 미덕을 함양하지 못한데서 일정부분 원인을 찾을 수 있다.

그러나 교육 근인根因론은 결과와 원인을 혼돈한데서 빚어진 잘못된 진단이다. 무한경쟁에 내몰린 사회, 정규직과 비정규직의 신분차이, 노동을 통한 근로수입을 훨씬 앞서는 자본수익으로 인한 빈부격차 심화와 같은 사회 문제가 교육의 과열경쟁을 불러왔지, 교육이 사회 문제를 일으키지 않았다. 군내 폭력 역시 젊은이들의 개인화, 자유분방한 문화를 따라가지 못하는 경직된 군대문화, 폐쇄적인 조직체계, 군 간부의 보신주의 등 군 내부 문제가 직접적 원인이지, 교육이 책임질 일은 아니다. 교육이 거의 전 분야에 걸쳐 뭇매를 맞는 까닭은 교육이 전 국민과 세대가 경험을 한가장 보편적 관심사인데다 피부에 와 닿는 민생 영역이어서 대중을 선동하고 설득하기에 가장 적합한 주제이기 때문이다. 그런데 교육에 책임을 떠넘겨 당장의 책임에서는 벗어날 수 있을지 모르지만 병은 치료되지 않고 교육 역시 잘못된 처방전을 쓰게 돼 결국 국민 전체가 손해를 입는다.

교육은 사회를 비추는 거울이다. 사물을 있는 그대로 비추는 거울처럼 교육은 그 사회를 있는 그대로 보여줄 뿐이다. 거울에 비친 내가 내가 아니듯, 교육 현장 속의 모습은 교육이 아니라 우리 사회의 맨 얼굴이다. 물속에 비친 자신을 보고 짖다 입에 문 뼈다귀를 물에 빠트린 어리석은 개가 되지 않으려면 진보 보수 모두 교육에 책임을 떠넘기는 행렬을 멈추어야한다. 교육에 책임을 떠넘겨 교육도 사회도 치유되지 않고 병이 깊어가는 이것이 한국사회가 안고 있는 문제의 본질임을 직시해야 한다.

선의의 경쟁문화 만들자

협력과 균등의 가치 아래
벌어지는 적당주의와
안일, 나태의 폐해는
결국 학생과 학부모, 멀리는
우리 사회가 짊어지게 된다

   삼성 이건희회장이 천재 한 명이 4만 명을 먹여 살린다는
얘기가 화제가 된 적 있다. 우리의 기업들이 세계기업들과
경쟁에서 이기려면 기존의 패러다임 갖고는 그들을 이길
수 없기 때문에 창의성 있는 인재를 키워야 한다는 것이다.
거기다 열심히 일하는 사람 뒷다리를 잡지 말라고도 했다.

재계 총수의 위기의식 발로로 이해된다.

경쟁은 사람의 창의성을 발휘케 하고 개인의 성취를 넘어 사회와 국가에도 큰 기여를 하는 요인이 된다. 성장기 학생들은 외부에서 조금만 자극을 주어도 빨리 흡수하고 이를 쉽게 체화한다. 전문가가 아닌 보통의 성인이 사용하는 영어 단어나 학습지식 대부분을 중 고등학교 때 습득한다는 사실이 이를 뒷받침한다. 그래서 어른들은 학생들에게 이르기를 '머리가 잘 돌아갈 때' 열심히 배우라고 한다. 이때 친구들 간의 경쟁은 서로를 북돋우어 성적 향상을 꾀하고 개인의 발전을 가져온다.

그런데 요즘 학교는 경쟁의 부정적 요소만 지나치게 내세우며 경쟁이 아닌 협력과 협의, 평등을 내세우는데 현실은 둘 다 놓치는 우를 범하고 있다. 협력도 제대로 하지 못하면서 경쟁의 긍정적 요소마저 사라져가는 실정을 교육현장에서 쉽게 마주하게 된 것이다. 경쟁 없는 학교 현실을 대하는 젊고 유능한 교사들은 절망에 빠져들고 있다. 학교 주변을 둘러싼 상황 역시 무경쟁의 폐해가 적지 않다. 경쟁 대신 도입한 학교, 교사, 지역사회의 협의체는 다양한 의견을 수렴하여 민주적으로 운영한다는 좋은 취지는 사라지고 안일과 형식적 균등주의만 남아 교육활동을 저해하고 있다. 그 대표적인 폐해가 'N분의 1'문화다.

학교의 N분의 1문화는 예를 들면 학교의 역사나 처한 현실, 도농都農 격차 같은 조건들은 도외시 한 채 일률적으로 학교 예산을 배정하는 문화를 일컫는다. 언젠가 교육청 '교육시설 환경개선 예산 심의위원'으로 활동을 하면서 개교한 지 60년이 넘어 최근 개교한 학교들에 비해 시설이 낙후한 곳이 많아 예산이 더 필요한데도 무조건 예산 배정을 학교 수와 대비對比해 나누는 것을 본 적이 있다. N분의 1 문화의 대표적 사례다.

이것 뿐 아니다. 교원 포상, 교원 성과급 등 무엇이든지 지난해는 저 선생님이 가져갔으니 올해는 이 선생님에게 준다는 식으로 배당한다. 학습준비를 열심히 하고 학생지도에 성실히 한 교사나 오래 전부터 해오던 대로 적당히 가르치고 노는데 더 치중하는 교사와 차별도 구분도 없다. 협력과 균등의 가치 아래 벌어지는 적당주의, 안일, 나태의 폐해는 결국 학생과 학부모, 멀리는 우리 사회 전체가 짊어지게 된다. 그런데도 이른바 진보 교육감들은 경쟁의 폐해만 강조하며 여전히 ' N분의 1'을 강조하니 학생들의 학습을 책임져야하는 학교장으로서는 답답한 마음을 금할 길 없다.

최근 사회문제가 되고 있는 학교폭력에 대해 일부 진보주의자들은 학교 내의 지나친 경쟁을 원인으로 삼고 있는 듯하다. 경쟁을 없애고 균등하게 배분한다던 공산국가가 망했듯이 경쟁 없는 개인도 필연적으로 도태될 수밖에 없다. 인간이 나무에서 내려와 현생 인류로 진화하게 된 것은 살기 위한 경쟁 때문이었다. 인간이 경쟁에서 살아남게 된 것은 힘이 있어서가 아니라 약하고 느렸기 때문이다. 이처럼 경쟁은 약자를 강하게 하고 힘을 갖게 한다.

<선가귀감禪家龜鑑>에 이르기를 '불행방초로不行芳草路하면 난지낙화촌難至落花村'이라, '우거진 풀밭을 걷지 않으면 꽃 떨어지는 마을에 언제 가리'. 경쟁으로 인한 폐해가 우려된다 해서 이를 외면하면 우리 아이들의 행복한 미래는 영영 보장할 길이 없어지며 그 피해는 가난한 학생들이 더 크게 짊어지게 될 것이다.

학교 교육, 기본으로 돌아가자

학교의 경쟁력은 학생들의 '학력과 인성'에서 나오고 이것이 학교가 존재하는 이유이기도 하다. 때문에 학교의 모든 지원과 구성원들의 역량은 이를 실현하기 위한 유기적인 조직이 되어야 한다. 우리의 교육은 이러한 길 위에서 경쟁력을 키우며 선진국들이 부러워하는 교육을 실현해 왔다.

근데, 한편에선 '무상급식', '학생인권조례', '주5일제수업' 등이 본래의 정책 취지를 무색케 하며 학교 현장에 혼란을 가중시키고 있다. 그것도 국가의 경쟁력이 절실한 시점에서 말이다. 참으로 답답한 일이다. 그 이유가 무엇일까

곰곰이 생각해 본다.

이유는 늘 똑같고 분명하다. 학교 정책의 중심에 학생을 두지 않는 것이다. 학생을 위한다는 정책들에 대해 정작 학생들은 공감하거나 반기지 않고 있다.

문제가 개선되지 않는 이유도 마찬가지다. 획일적 수업을 지양하고 수업혁신을 위해서 노력하라고 다그치면서 이에 대한 의견을 외면하는 일은 다반사인 것이다. 교육청에 보고하는 학교 행정업무들은 불필요한 것들도 많고 일방통행식이다.

또, 어떤 지침이 학교현장에서 시행될 때쯤이면 이런저런 상황에 부딪혀 본래의 취지가 변질되고 반복되다보니 불신과 냉소적 분위기만 키우는 꼴이다. 그러는 사이에 학생들과 학부모들은 학원에 목을 맨다.

이제 시행착오도 이만하면 되었다. 학교가 존재하는 본질을 회복하는 노력을 기울여야 한다. 방법은 지극히 간단하다. 앞서 말했듯, 모든 학교가 좀 더 많은 권한을 가지고 '학력신장과 인성교육'에 전력투구할 수 있도록 하면 된다.

학교수업 '혁신'하라며 내려 보내는 지침들은 '전시성', '이벤트성'으로 업무 부담을 주며 이름만 바꿔 덧붙이는 식은 도움이 안 된다.

예를 들면, '수요일은 공문 없는 날' 캠페인은 공문은 전혀 안 줄인 시행으로 다른 요일에 공문처리를 해야 하고, 수업시간은 그대로 버려둔 채 '주5일 수업제'를 시행하여 무늬만 혁신하는 식이다.

학교가 이처럼 말 따로 실제 따로 행정으로 인해 길을 못 찾고 힘들어 하는 사이 사교육이교육현장이 담당해야할 자리를 가져갔다. 학생들이 심야단속에도 불구하고 밤늦게까지 불편함을 마다않고 대형사설 학원에 몰리는 이유는 잘 가르치기 때문이다.

그럴 수밖에 없다. 학교는 학력과 인성향상이라는 교육본래 임무보다 행정당국 보조역할만으로도 벅차기 때문이다. 허구한 날 '작은 학교가 아름답다'는 공허한 말만 되풀이할 것이 아니라 학교가 학원보다 더 잘 가르치도록 해야 한다.

그러면 학생들은 학원에 가지 않는다. 학교 스스로가 노력해야하지만 행정당국도 불필요한 행정업무를 지양하고 학교에 필요한 지원을 신속히 강화해야 한다. 그 길이 바로 교육의 기본이다.

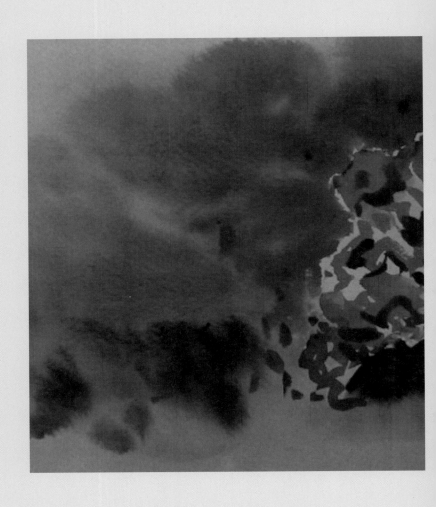

필자가 몸담고 있는 학교의 현실을 들여다보자. 우리 학교는 오래되고 중·고등학교가 같이 있어 정문입구부터 등하굣길이 혼잡한데다 교통사고 위험이 항상 도사리고 있다. 수 없이 관계기관에 건의를 하고 보수 요청을 해도 개선되지 않고 있다.

벌써 민원을 낸 지 2년이 되었다. 관계자가 와서 그 현장을 한 번 만 보면 될 일인데도 말이다. 말로만 백년대계이지 실제는 늘 실험대상이고 뒷전으로 밀리는 교육의 현실이 나은 슬픈 실상이다. 이러고서도 문제가 터지면 늘 교사들 책임으로 돌린다.

교육당국이 하지 못하면 권한이라도 학교로 돌려주면 좋으련만 좀체 내놓을지 모른 체 군림하려고만 든다. 이런 사례는 많고 넘친다. 해서 앞으로 우리 교육이 잘 한다는 소리를 들으려면 지금보다 더 많은 권한을 학교에 주어야 한다.

체육으로 학교폭력 예방

많은 학교가 폭력과 왕따, 자살 등으로 심각한 상황을 맞이하고 있다. 이제 학교에서 음주, 흡연을 일삼는 학생들을 지도하는 것조차 힘에 부치는 현실이 되었다.

인기 프로그램 '개그콘서트'의 한 코너에는 교장, 교사들이 교내 '흡연'과 '폭력'을 근절하고 학생을 지도할 방법을 논의하지만 뾰족한 방법을 찾지 못하고 겉도는 얘기만 하다 난장으로 흐르는 장면이 나온다.

마치 현재의 교실을 그대로 보여주는 것 같아 씁쓸하다. 학교 폭력을 해결하는 방안으로 제기되는 여러 안案 가운데 하나가 '체육수업 정상화'이다. 정부도 '체육수업' 활성화를 발표했다. 그동안 학교 교육이 입시·성적 위주의 교육과 무한경쟁으로 내몰리면서 '체육수업'을 등한시 해왔다.

심지어 일부 학교에선 3년 동안 배워할 '체육수업'을 한 학기에 몰아서 가르치기도 한다. 한 때, '체육수업'이 국·영·수 등 주요 과목 앞 시간이면 '체육수업' 때문에 주요 과목 내신이 떨어진다고 불평하는 교사들이 있었다.

이처럼 학교 교육에서 찬 밥 신세를 면치 못하던 체육이 학교 교육 현실화의 대안으로 부상하는 신데렐라가 됐다. 물론 '체육수업 정상화' 정책이 앞서 말한 모든 문제들을 일거에 다 해결하진 못하겠지만 적어도 '학교폭력'을 줄이고 '학업 성적'을 올리는 데 도움이 되리라는 것은 분명하다.

그 이유는 첫째 체육활동이 협동심과 배려라는 인간의 좋은 품성을 함양한다는 점이다. 학업 성적 위주의 공부는 자신과의 싸움이 가장 중요한데 학교 교육 현장으로 들어오면 친구들과의 무한 경쟁으로 나타난다.

반면 체육은 겉으로는 치열한 경쟁구도이지만 실제는 협

동과 배려로 나타난다. 좋은 성적을 내기 위해서는 무슨 일이든 해도 된다는 성적 지상주의는 '학교폭력'의 기반을 이룬다. 목적이 수단을 정당화할 수 있다는 법을 배운 우리의 아이들이 폭력에 무감각해진다.

반면 체육활동은 자기밖에 모르는 이기적인 아이들에게 남들과 어울리면서 상대를 배려하고 협력하는 정신 자세를 체득케 한다. 둘째 체육활동은 정정당당한 경쟁정신을 가르쳐준다. 아이들은 처음에는 자기가 맞다며 우기다가 차츰 경기 룰에 따라 정정당당하게 경쟁하고 공정하게 판단하는 법을 배우는 것을 보게 된다.

그리하여 상대방을 인정하고 대화로서 소통하며 공존의 법칙을 체득하게 된다. 체육활동을 통한 긍정적 효과는 실제로 학교 교육 현장에서 입증된 사실이다.

우리 학교는 매년 부처님오신날 봉축기간을 맞이하여 학교장 배 축구대회일명, K-리그, 학교 이니셜을 딴 이름를 개최한다. 반마다 세계적인 클럽팀의 유니폼을 맞추고 3주 동안 신나게 축구를 한다. 공을 차는 학생들과 운동장을 가득 메운 학생들은 하나가 되어 열띤 응원을 하고 함성을 지르고 춤을 추면서 어울린다. 놀라운 점은 아이들의 반응이다.

친구가 옷깃만 스쳐도 눈을 부라리며 달려들던 아이들이 공을 차면서는 태클로 넘어져 피가 나는데도 웃는다. 쉬는 시간 마치고 교실에 들어가기 싫어 이리저리 숨던 아이들이 축구 끝나고는 밝은 표정으로 교실에 들어가서 먼저 수업준비를 한다. 아이들은 또래와 어울리면서 저절로 규칙과 집단생활의 질서를 체득한 것이다.

그것도 즐겁게. 이런 것이 공부다. 원래 공부工夫라는 말은 중국의 쿵푸功夫에서 유래했다. 자기 내면을 닦은 불교수행이 공부였다. 그래서 지금도 스님들은 수행하는 스님을 일컬어 '공부인'이라고 한다.

마음을 닦는 공부와 몸을 움직이는 무술 쿵푸가 같은 뜻인데서 보듯 체육이든 국·영·수든 모두 같은 공부이다. 이를 우리 학교가 국·영·수만 공부고 체육은 노는 것이라고 인위적으로 분리하면서 아이들의 몸도 마음도 허약해진 것이다.

그래서 이제 우리 학교도 불교의 가르침대로 몸과 마음을 함께 닦는 본래의 공부로 돌아가야 할 때다.

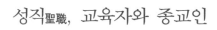

성직聖職, 교육자와 종교인

교직을 일컬어
성직이라 일컫지만
의무는 다하지 않고
존경은 받으려는 불량한
성직자들이 너무 많은 것 같다
교직과 '종교직'을
두드려 일깨울 '진짜 성직'이
또 필요할까 두렵다

　영화 '7번방의 선물'이 좀 지난 이야기지만 국민들의 눈
물샘을 자극하고 감동을 선물했다. 영화 줄거리는 세상 어
디에서나 볼 수 있는 딸을 사랑하는 아버지의 사랑과 헌신

이며 던지는 메시지도 가족, 행복 등 아주 고전적인 내용인
데 사람들은 기꺼이 눈물을 훔쳤다. 이 영화를 본 감상평도
그래서 '조금 뻔한 신파다'가 적지 않고 '울다가 웃다가 하
는 동안 감동을 받게 된다' '보고 너무 울어서 눈이 퉁퉁 부
었다' 등 감정에 관한 내용이 대부분이다.

당연하고 식상한 혹은 뻔한 이야기가 국민들의 눈물샘을
자극했다는데 이 영화의 남다른 점이 있다. 우리는 늘 조금
은 특별하고 새로운 것을 찾아 헤매고 그런 것에 감동 받는
다. 사실 과거는 구태舊態와 다르지 않고 뻔한 과정과 결과는
게으름과 나태가 낳은 참사라고 해도 변명의 여지는 없다.
실제로 교육, 정치 경제 문화 등에서 하품 날 정도로 변하
지 않는 스토리와 인물들을 접한다. 여기까지는 이해하는데
불행하게도 아주 중요하고 당연한 가치와 문화 까지 함께
도매금으로 넘어갔다. 사랑 가족 행복 같은 인간의 가장 원
초적이면서 소중한 가치들까지 지루하고 짜증나는 천덕꾸
러기로 전락한 것이다.

정신지체장애인이 사랑하는 딸을 보호하기 위해 끝내 누
명을 자처하고 형장의 이슬로 사라진다는 슬픈 스토리가
사람들의 공감을 울린 것은 가족사랑 같은 인간본연의 가

치를 정면으로 다뤘기 때문이라고 본다. 사람들은 사랑이 '밥 먹여주나' '가족이 원수와 다름없다'고 냉소하고 악담을 퍼부으면서도 그 내면에는 사랑과 가족을 갈구하고 있었던 것은 아닐까. 내 한 몸 지탱하기도 벅찬 대한민국 사회에서 전통이라는 이름아래 옥죄는 가족 간의 의무들, 돈이 없어도 당연히 부모를 봉양해야하고, 자식을 남부럽지 않게 교육시켜 사회에 보내야하는 가장, 효도는 며느리 몫인 양 남편도 시부모도 시동생도 온통 피 한 방울 나누지 않은 여자에게만 효도를 강요하는 '시월드들'. 이처럼 오늘날 대한민국에서 '가족' '사랑'이 누군가에게는 나만의 일방적 의무와 희생을 강요하는 고통이었다. 그래서 가족이나 사랑과 같은 숭고한 가치가 발에 차이는 식당 전단지 신세로 전락했는지 모른다.

하지만 자식이 부모 품을 그리워하고 부모가 자식을 애틋이 여기며 형제 자매간에 정을 나누는 행위는 교육이나 학습을 통해서가 아니라 본능이다. 이를 외면하는 것은 간절히 원하는데 채워지지 않는데 따른 반대작용에 불과하다. 본래 가치가 상실된 것이 아니라 간절히 원하는데 채워지지 않는, 이솝우화의 포도를 따려는 여우처럼 손이 닿지 않다 보니 애써 외면함으로써 허전한 마음을 채우는 것이다.

그래서 영화 한 편에 사람들의 가슴속에 눌러져 있던 절절한 감정이 눈물로 쏟아져 나왔다.

가족, 사랑만이 아니다. 진심, 정직, 헌신, 배려와 같은 인간이 본래 갖고 있는 맑고 깨끗한, 그야말로 인간만이 갖고 있는 보배를 천덕꾸러기 신세에서 벗어나게 해야 한다. 원래 숭고한 가치는 없는 것이 아니라 치열한 경쟁, 나누는 것 보다 싸워서 얻어야하는 정글 같은 사회가 오래 계속되면서 마치 없는 것처럼 묻혀버렸음을 누군가 계속 일깨워야 한다. 영화가 잠재된 감정을 일깨워 자신을 되돌아보게 했듯, 세상은 밝고 희망차며 인간은 본래 깨끗하다는 점을 두드려 깨워야한다.

그 역할이 바로 학교며 종교다. 그래서 교직을 일컬어 성직聖職이라 부르며 종교의 반열에 올려놓은 것이다. 세상이 더러워도 교육자와 종교인 너희 둘은 인간 본래 그대로 맑고 깨끗해야한다는 의무를 지운 채. 대신 세상의 존경을 받도록 했는데, 의무는 다하지 않고 존경은 받으려는 불량한 성직자들이 너무 많은 것 같다. 교직과 '종교직'을 두드려 일깨울 '진짜 성직'이 또 필요해질까 두렵다.

누구의 자기주도학습 능력인가

스스로 공부하려는
마음을 일으키는 습관을
정부가 매뉴얼로 만들면서
오히려 역효과 나타나
학생들의 마음까지
좌지우지 하려는
교육당국이 더 문제

공부를 잘하건 못하건 상관없이 거의 모든 학생들은 고민이 생겼을 때, 자신들의 지도교사나 부모가 아니라 친구들과 상의한다. 이는 기성세대와 별 다르지 않다. 몸은 어른인데 정신은 아직 어린티를 벗어나지 못한 몸과 정신의 괴리, 부모에게서 벗어나 자아를 찾아가는 세대라 해서 다른 세대와 갈등을 빚는 청소년기 특성답게 이들은 또래에게 절대적으로 의지한다.

이처럼 독립하려는 의지가 강한 세대적 특성을 학습에도 살리면 학업 성취에 도움이 될 텐데 어쩐 일인지 공부에서만은 부모에게 의지하는 습성을 버리지 못하고 있다. 오히려 갈수록 더 심해지는 경향을 본다. 이 점이 기성세대와 다른 점이다. 특히 아버지 들이 요즘 자기 자식들의 공부습관을 이해 못하는데, 그 중에서도 지금 주로 고등학교 다니는 자녀를 둔 1980년대 초반에 고등학교를 다닌 아버지들이 심하다. 이 분들이 고등학교를 다니던 때는 과외가 금지돼 학원은 물론 학교 방과수업 한번 받지 않고 학창시절을 보냈다고 한다. 아마 대한민국 전 세대를 통틀어 중고등학교 6년간을 학원, 과외, 방과 후 수업 받지 않고 오로지 자기 힘으로 공부하고 대학 간 세대는 이들이 유일할 것이다. 그래서인지 이 분들은 공부는 자기 스스로 혼자 한다는 의식이 철저하게 배어있다. 그나마 어머니들은 아이들과 학습 문제로 대화도 하고 집에서 정보도 얻고 해서 최근 학습 경향을 이해하는 편이지만 아버지들은 자신의 학창시절에 갇혀 자식에 대한 이해가 부족한 편이다.

학원이든 과외든 남 힘을 빌리지 않고 스스로 공부하는 방식을 요즘 자기주도학습이라고 한다. <논어> 첫 머리에 이른 '배우고 때때로 익히니 기쁘지 아니한가'가 바로 자기주도학습이다. 물론 새가 숲에 둥지를 틀 듯, 많은 벗과 좋은 스승을 찾는 것이 우리의 옛 공부 방식이기는 하지만 가장 뼈대는 뭐니 뭐니 해도 '자기주도'다. '소를 물가에 까지 끌고 갈 수는 있지만 억지로 먹일 수는 없다' 등 스스로 공부에 대해 강조하는 말은 예부터 넘치고 넘친다. 그만큼 공부는 스스로 하는 것이고 뒤집어 생각하면 그만큼 스스로 공부하기 어렵다는 말도 된다.

그런데 마음과 몸을 스스로 제어해서 작동하는 공부에 정부가 개입하는 일이 일어나다 보니 없던 문제 까지 발생하고 있다. 교육부는 자기주도학습을 매뉴얼화해서 기록을 남긴다. 이를 학생생활기록부^{이하 생기부}라고 한다. 생기부에는 자신이 무슨 과목을 어떻게 공부했으며, 어려운 문제를 해결한 과정 등 말 그대로 스스로 공부해가는 과정을 남긴다. 그런데 도교육청은 생기부에 이와 관련된 내용을 입력하지 말라는 지침을 각 학교에 전달했다. 그 이유는 모든 학생들이 자기주도학습을 희망하는 것이 아니니 불공평하다는 것이다. 생기부는 교사가 교육활동을 위해 학생 생활 전반을 관찰하고 그 사실을 바탕으로 기재하는 것이 원칙이다. 그러기에 생기부 작성은 신뢰성이 중요하다. 하지 않은 사실을 적어서도, 한 사실을 빠트려서도 안 된다. 대학이 수시모집에서 학생을 선발할 때 생기부 기재 내용 사실 여부를 확인하고 판단하려는 것도 신뢰성 때문이다. 만약, 특정 학교가 생기부를 사실과 다르게 축소하거나 부풀렸다는 사실이 드러난다면 해당 학생뿐만 아니라 후배들에게 까지 그 영향이 미칠 것이다. 그런 점에서 도교육청의 지시는 학교로서는 받아들이기 어렵다.

이런 문제가 발생하는 것은 스스로 하는 공부에 법과 제도가 자꾸 개입하려는 지나친 간섭이 원인이다. 간섭은 곧 권한이다. 즉 학생들의 마음까지 좌지우지하려는 교육당국이 없는 문제까지 일으키는 셈이다.

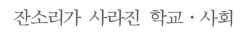

잔소리가 사라진 학교·사회

자상하면서도 세밀했던

부처님이 계셨기에

오늘날의 불교가 존재하듯

스승 된 이들은

잔소리를 멈추지 말아야 한다

잔소리는 그냥 내뱉는 소리가 아니라

스승의 지혜와 안목이 담긴

영혼의 울림이며 천지를 깨우는

사자후와 같기 때문이다

할머니는 백수百壽에 6년 모자란 94살까지 사셨다. 덕분에 다 자란 뒤에도 부친이 조모로부터 야단맞는 모습을 오랫

동안 볼 수 있었다. 환갑이 넘은 아들을 '애비는 아직도 철이 없다'고 손자들 앞에서까지 야단치는 모습을 보다보니 다 큰 어른도 야단을 맞을 일이 많다는 것을 저절로 배웠다. 약주를 좋아하신 아버지는 자식들 앞에서 잔소리 그만 늘어놓으시라고 불평하셨지만 부친이 자식 앞에서 야단맞는다고 해서 당신의 권위가 상실된 것은 아니었다. 그 보다는 인간은 죽을 때까지 배워야한다는 사실을 더 깊이 깨우쳤던 것 같다. 나이 들어서 까지 어릴 적처럼 야단을 맞던 아버지는 이제 진짜 어른이 되었다. 야단을 칠 어머니도 없으니 무슨 잘못을 하든 나무랄 어른은 없다. 구순九旬을 바라보는 아버지는 할머니 위치에 섰고, 야단맞던 아버지 자리에 내가 앉게 되었다. 지금은 몸이 많이 불편하신 아버지는 조모가 그랬던 것처럼 '애비야, 밤늦게 다니지 말고 건강 잘 챙겨라'고 온화한 표정으로 말씀하신다. 잔소리 하는 어른이 있으니 나는 아직 아이다. 그래서 기분이 좋다.

요즘은 가정에서도 학교에서도 잔소리를 하지 않는다. 부모는 아이들 기氣 죽는다며 싫은 소리 하지 않고 학교에서는 시끄러운 일이 생길 까 하는 염려에 잔소리를 하지 않는다. 잔소리를 듣지 않고 자란 아이들은 자기 잘못을 잘 인정하려들지 않고 싫은 소리를 말 그대로 죽기보다 더

싫어한다. 잔소리 혹은 훈계 지도와 같은 전통적인 교육 방식이 사라진 자리를 대신하는 것은 수치화된 평가다. 떠들면 벌점 몇 점, 복장 불량은 몇 점식으로 학생들의 인성을 계량화 수치화 한다. 이는 모두 상급학교 진학 시 그 학생을 평가하는 잣대로 사용된다. 잔소리와 훈계가 사라진 교육 현장은 다름 아닌 인간미 물씬 풍기는 정情이 사라진 것과 같다.

물론 일방적인 훈계나 잔소리가 교사와 학생, 부모와 자식을 수직으로 서열화 해, 어른들은 무결점의 완벽한 인격, 자라나는 아이들은 미완성의 교육생으로 나누는 잘못된 인간관이 빚어낸 산물일 수는 있다. 이는 부모나 교사들이 유념해야할 사항이다. 그래서 잔소리나 훈계를 하더라도 듣는 사람이 기분이 상하지 않도록, 마음을 다치지 않게 조심하면서 정확한 사실만을 지적해야 한다. 아이들을 완성된 인격체로 대하는 것은 가장 기본이다. 어른들이 이 같은 원칙을 지키고 교육당국과 부모들이 교사들의 권익을 침해하지 않는다면 잔소리는 다시 학교를 훈훈하게 만드는 윤활유가 될 것이다.

아마 잔소리로 치자면 석가모니 부처님만한 분이 없을

것이다. 부처님께서는 믿기 어려울 정도로 꼼꼼하고 다양한 가르침을 주셨다. 화장실에 들어가기 전후로 반드시 손을 씻게 한다든지, 옷을 깨끗하게 입어라는 등 일상적인 생활에서부터 다른 사람들과 함께 어울릴 때, 마을에 내려가서 탁발할 때 규칙 등 정말 끝없이 지도하고 가르치셨다. 오죽했으면 부처님께서 열반에 들자 일부 못된 제자들이 '이제 잔소리꾼이 갔으니 우리 마음대로 해도 된다'며 환호성을 질렀다고 했을까. 부처님의 일화를 보면 예나 지금이나 훌륭한 스승은 제자들에게 꼼꼼하게 지도하고 보살폈음을 알 수 있다. 제자들은 이를 싫어하는 것 역시 고금古今이 다르지 않고 출재가가 다르지 않음을 보면, 제자 지도는 인류의 오랜 고민일지도 모른다는 생각마저 든다.

자상하면서도 세밀했던 부처님이 계셨기에 오늘날의 불교가 존재하듯 스승된 이들은 오늘도 그리고 내일도 잔소리를 멈추지 말아야 한다. 잔소리는 그냥 내뱉는 소리가 아니라 스승의 지혜와 안목이 담긴 영혼의 울림이며 천지를 깨우는 사자후와 같기 때문이다.

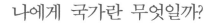

나에게 국가란 무엇일까?

부처님께서 오직 존귀한 것은

생명임을 일깨워주셨지만

돈 명예 부귀 권력 같은

허상만 좇아 덧없는 것들에

넋을 빼앗겨 살아온

결과가 바로 세월호 참사다

그 아이들은 우리들에게

진짜 소중한 가치가 무엇인지를

가르쳐 주고 떠났음을

한시도 잊지 않아야 한다

세월호 참사가 일어나기 며칠 전 친분 있는 분 소개로 한 은퇴한 정객을 만나 세상 돌아가는 얘기를 나눈 적이 있다.

첫 인상부터가 범상치 않아 보였던 노정객은 인사차 명함을 건네는 필자에게 "교직은 성직과 다름없다"면서 나름의 교직자관을 펼쳤다. 그가 주장하는 교육자는 다소 비현실적이고 비합리적이라도 사회와 국가가 요구하는 가치를 충실하게 수행하는 국가주의적 교직자상이었다.

국가와 개인을 동일시하고 국민들의 굶주린 배를 채워주는 목민牧民적인 정치가 상을 갖고 있는 노정객으로서는 당연한 주장이겠지만 오늘날 교육 현장에서는 적용하기 힘든 교직관이었다. 오히려 그의 전공인 정치 분야를 바라보는 노정객의 시선이 더 실감나게 다가왔다. 그는 지금 정치인이나 사회지도층들이 자기 이익만 생각하지 국가의 미래는 생각할 줄 모른다며 한탄했다. 이제는 찾는 이도, 속된 말로 '끝발 날렸을' 시절의 무용담을 들어줄 아랫사람도 없는 노정객에게 국가는 바로 자신이었다. 그와 동시대를 살았던, 지금은 은퇴해서 '어르신'으로 불리는 나이든 사람들 모두가 국가가 곧 '나인 시대'를 살아왔다. 아니, 그들에게 국가는 곧 대통령이었다. 이름이 대통령이었지 사실은 왕과 신하 백성으로 구분되던 왕조시대의 인식에서 한 걸음도 나아가지 않았다고 해도 과언이 아니다.

나와 한 몸이며 무오류였던 국가가 지금 근본적 물음에 던져졌다. 아무 죄 없는 아이들 수백 명이 어른들 말을 믿고 정부를 믿고 기다리다 목숨을 잃은, 도저히 있을 수도, 있어서도, 생각할 수도 없는 일이 벌어졌다.

대부분 생전 처음 타보았을 여객선에, 친구들과 제주도로 간다는 꿈에 부풀어 며칠 전부터 잠을 설쳤을, 태어나서 지은 죄라고는 기껏해야 친구들과 싸움하거나 뒤에서 선생님 욕하거나 부모님 속이고 학원을 빠지거나 거짓말 하고 게임방에 간 죄 밖에 없을 아이들이 영문도 모른 체 차가운 바다 속에 잠겼다. 처음에는 '가만있어'라는 말만 던지고 가장 먼저 도망간 선장과 선원들 죄인 줄 알았는데, 해경 행정부 청와대 대통령에다 언론까지 이 나라를 책임지고 이끈다는 가장 힘 있는 기관과 책임자들이 이들을 죽음으로 내몬 것이 드러나고 있다.

조선시대에도 임금이 백성들의 지지를 못 받으면 쫓겨났다. 하물며 민주공화정 체제에서 대통령은 아무리 권한이 막강해도 한시적인 국민의 심부름꾼일 뿐이다. 하지만 국가는 무비판의 성역이며 초월적 지위를 지닌 절대영역이었다. 이번 세월호 참사는 태양과도 같았던 국가의 근본에 물음을 던지고 있다. 하늘로부터 내려온, 나의 의사와 관계없이 존재하는 초월적 지위였던 국가에 의문을 던지고 나에게 국가가 무엇인가를 묻게 된 것이다. 생때같은 아이들을 지켜주지 못하는 무능한 정부와 권력을 보면서 개인이 우선 존재하고 국가는 그 다음이라는 인식이 생겨나기 시작했다. 나아가 절대적으로 중요한 것은 국가가 아니라 개인이며 본래 존재하는 것 역시 국가가 아니라 개인임을 깨달아가고 있다.

이보다 더한 참사도 있었지만 세월호가 특별한 것은 개인, 즉 사람의 생명이 가장 소중함을 알게 해줬기 때문이다. 우리들은 아무 죄 없는 아이들을 수백 명 보내고서야 세상에서 가장 소중한 가치를 알게 됐다. 부처님께서는 3000여 년 전에 '천상천하 유아독존天上天下唯我獨尊', 이 세상에 오직 존귀한 것은 생명임을 일깨워주셨지만 어리석은 인간들은 돈 명예 부귀 권력 같은 허상만을 좇아 물거품과도 같고 아침이슬 같은 덧없는 것들에 넋을 빼앗겨 살아왔다. 그 결과가 바로 세월호 참사다. 잊지 말아야한다. 그 아이들이 우리들에게 진짜 소중한 가치가 무엇인지를 가르쳐 주고 떠났음을. 아이들이 남긴 숙제를 기필코 끝내야 할 책임이 어른들에게 있음을 한시도 잊지 않아야 한다.

우리 교육목표 '미얀마' 돼야

 지난 겨울방학 때 '황금 불탑의 나라' 미얀마 성지순례를 다녀왔다. 풍부한 지하자원을 지닌 미얀마는 세계 경제 강국들의 개발 각축장이 되고 있지만 불교문화 유적이 온전히 살아 숨 쉬는 아름다운 부처님 나라의 면모를 여전히 간직하고 있었다.

 부처님 가르침대로 살면 어떤 모습일지 궁금하다면 미얀마를 보라고 권하고 싶을 정도로 현지에서 만난 미얀마인들은 소박하고 온순했다. 성지순례 동안 미얀마 사람들이 고성을 지르거나 새치기를 하거나 싸움을 하는 모습을 한 번도 보지 못했을 정도로 온순하고 정직함이 몸에 배어 있는 듯 보였다.

양곤 공항에 도착해서 5박7일 성지순례를 마치고 서울로 돌아올 때까지 제일 많이 들었던 말은 '안녕'과 '행복하길 바란다'는 뜻의 미얀마 인사말 '밍글라바'였다.

미얀마에 처음 가서 많은 것을 배우고 놀랐지만 가장 컸던 점은 미얀마가 미국과 더불어 기부지수 세계1위 국가라는 사실이었다. 미얀마는 '보시행'이 생활 깊숙이 뿌리박힌 국가다. 국민의 91%가 기부에 참여하며 기부율이 높아 국민들의 행복지수도 덩달아 높다고 했다.

우리보다 경제적으로 훨씬 뒤처지는 가난한 국가라고 들었는데 기부지수 1위라는 사실에 모두 충격을 받았다. 나와 가족을 위해 쓰고 남으면 기부하고, 남는 시간이 있으면 봉사하는 것으로 알고 있었는데, 아니었다. 기부 자비는 돈·시간과 아무런 관련이 없었다.

불교의 가르침에도 있지 않던가. 부처님은 재물을 들이지 않더라도 몸과 말과 뜻으로 지을 수 있는 일곱 가지의 보시 무재칠시無財七施를 설하셨다.

상대방의 장점 좋은 점을 들여다보고 칭찬하며, 밝고 온화한 표정으로 대하고, 부드럽고 고운 말을 쓰며, 상대방에게 공손하게 대하며 어렵고 궂은일을 대신하고 불편한 사람을 도와주는 것들이다. 온화한 마음 자비와 연민, 남을 위한 배려 등이 모두 훌륭한 보시다.

부처님께서는 이 무재칠시를 행하면 재물을 쓰지 않으면서도 큰 과보를 얻는다고 하셨다. 이렇게 좋은 부처님 가르침이 있는데 우리는 과연 실천했는지, 미얀마를 들여다보면서 부끄러움을 느꼈다.

우리는 미얀마보다 돈도 많고 국력도 강하며 부처님 가르침을 전파하는 언론 책자 사람도 훨씬 많은데 과연 그들보다 행복하고 부처님 가르침을 잘 실천하고 있는가. 그들은 참으로 평안하고 행복해보였다. 잠시 스쳐가는 순례객의 눈이 아니라 모든 공식 지표가 이를 말해주고 있다.

그리고 깨달았다. 우리의 교육 목표가 유럽이 아니라 불교국가 미얀마이어야 한다는 것을. 많은 교육전문가들은 우리 교육 문제를 해결하는 모델로 핀란드 교육을 벤치마킹하려 하지만 우리 청소년들의 행복을 위해서는 오히려 미얀마인들의 삶을 도입할 필요가 있음을 느꼈다.

세계 최하위 수준의 행복지수, 세계 최고의 청소년 자살률은 모두 어른들의 욕망이 교육현장에 투영된 결과다. 본래 내 것이 아님을, 함께 더불어 살아야함을 어른들이 실천하고 아이들에게 교육으로 가르치는 부처님의 교육, 부처님의 삶을 교육에 도입하면 우리 아이들 얼굴에도 웃음이 가득 퍼질 것이라는 확신이 미얀마를 보면서 들었다.

그런데 미얀마가 우리나라를 발전 모델로 삼는다고 한다. 나는 미얀마가 부러운데 미얀마는 우리가 부럽다고 했다. 이해는 하면서도 걱정이 앞선다. 미얀마와 대한민국의 강점을 모두 가진 국가는 존재할 수 없을까?

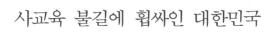

사교육 불길에 휩싸인 대한민국

사교육의 폐해를 알면서도
헤어나지 못하는 이유는
사회적 불신 때문이다
중단했다가 내 자식만
손해보지 않을까 하는 불안감이
불행으로 가는 열차에서
뛰어내리지 못하게 한다.

맥킨지가 발표한 한국보고서는 "한국의 성장 잠재력을 갉아먹는 악의 축인 가계부채와 교육비를 해결하지 않는다면 장기침체라는 무서운 결과로 이어질 것"이라고 경고했다. 1998년 외환위기 당시보다 보고서 내용이 충격적이다.

우리나라가 전쟁으로 폐허가 된 허허 벌판에서 세계 경제 강국으로 우뚝 서게 된 동력은 교육이었다. 이는 앞으로도 마찬가지다. 한국이 지속적인 성장을 하려면 우수한 인재를 양성하는 길 밖에 없다. 좁은 땅에 자원도 없고 가만히 앉아서는 사과 한쪽도 저절로 나지 않는 척박한 땅에서 유일한 경쟁력은 사람이다.

하지만 세상의 이치는 좋은 것 따로 나쁜 것 따로 존재하지 않는다. 파도는 끝없는 물의 연결이고 계곡과 봉우리는 뒤집어 보면 같다. 이것이 불교의 연기다. 교육은 전쟁으로 무너진 대한민국을 일으킨 힘이지만 대한민국의 장래를 암울하게 만드는 원인이기도 하다. 그래서 무엇이든 적당히 넘치지 않으면 좋으련만 지금 교육은 열기를 넘어 거의 광풍수준이다. 아마 교육을 통해서 세계 10대 경제 대국에 올라설 정도로 성공을 하다보니 그 신화에 더 매달리는 듯하다.

가장 큰 문제는 사교육이다. 배우는 아이들에게 사교육은 공부 외에 다른 모든 것을 의미 없는 존재로 만드는 괴물이다. 옛 어른들 말대로 아이들은 싸우면서 놀면서 자란다. 또래들과 어울리면서 경쟁하고 협력하고 실수하면서 자란다.

놀면서 사람과 살아가는 법을 배우고 경험을 통해서 지혜를 익히며 희망을 품는다. 그 과정이 모두 공부다. 적어도 정규 교육과정은 공부의 원칙을 준수한다. 사교육에서는 이 법칙을 무시한다. 먼저 배워야 공부 잘하고 성공한다고 학원이 부추기고 부모가 따라가고 아이들은 끌려간다. 좀비 영화에 나오는 장면을 보는 듯하다. 결과는 학교 교육과 가정의 붕괴로 이어진다.

사교육에 매달리는 이유는 단 하나, 자식의 성공이다. 그런데 한국의 부모들이 생각하는 성공은 의사 검사와 같은 전문직 아니면 대기업, 공무원 같은 안정된 직업을 갖는 것이다. 이를 위해 한국의 중산층 들은 수입의 대부분을 쏟아붓는다. 이를 성공이라고 해도 좋은지는 차치하고 원하는 결과를 성취하는 비율은 10%에 불과하고 나머지 90%는 돈만 낭비하고 비정규직이나 중소기업에서 고용불안에 시달린다. 아이들의 불행으로 끝나지 않는다. 사교육에 쓰느라 노후를 준비하지 않은 부모는 퇴직 후 극빈층으로 전락한다. 결국 지금의 아이들과 부모들은 10~20년 후 다함께 빈곤층으로 전락하는 비극적 결말로 치닫는 셈이다.

사교육의 폐해를 알면서도 헤어나지 못하는 이유는 사회

적 불신 때문이다. 중단했다가 내 자식만 손해보지 않을까 하는 불안감이 불행으로 가는 열차에서 뛰어내리지 못하게 한다. 화장실에서 한 줄 서기 운동이 번번이 실패하는 이유와 같다. 늦게 오더라도 운 좋으면 먼저 들어갈 수 있다는 우연에 집착하게 만든다. 운동이 성공하려면 한 줄 서기가 나에게 더 유리하다는 인식을 갖게 만드는 길 밖에 없는데 이는 실패를 통해서 획득한다.

사교육 역시 경쟁이 성공을 보장하지 않는 것은 물론 오히려 불행한 결과를 낳게 된다는 사실을 인식할 때 그치게 된다. 어른들은 <어린왕자> 속 그들처럼 바보 같아서 스스로는 알지 못하고 아이들로부터 배워야 한다. 그런데 불행히도 우리 아이들이 목숨으로 이를 깨우쳐 주고 있다. 모든 부모들이 선망해 마지않는 공부 잘하는 상위 1% 아이들이 목숨으로 항변하고 있다. 교육은 여전히 대한민국의 희망이지만 사교육은 멸망으로 이끄는 죽음의 사자임을, 불길에 휩싸인 화택火宅임을 깨닫고 지금 당장 세워야 한다.

교육 공약 어기는 대통령을 보면서

예산 타령을 하면서

교육은 뒷전인 상황

창의적 교육혁명만

부르짖는다면

연목구어緣木求魚와 다름없어

교사 입장에서는 올해의 실수는

내년에 만회할 수 있지만

아이들 입장에서는

평생에 두 번 다시 오지 않는

기회를 잃는 일이다

갑오년甲午年 희망찬 새해가 밝았다. 교육자로서 새해 바람
은 한결같다. 한 명 만이 1등이 아닌 모두가 1등이 되는 세

상이다. 경쟁이 아니라 개인의 창의적 능력이 가치를 인정받는 사회다.

지난 8일 대통령은 교육계 인사 400여 명이 참석한 교육계 신년교례회에서 '우리 교육이 세계와의 경쟁에서 이기려면 창의형 인재를 육성할 수 있도록 교육혁명이 일어나야 한다'고 역설했다. 대통령은 교육혁명이 일어나기 위한 전제조건으로 "먼저 교실이 행복공간이 돼야하며, 지금 우리 교실은 획일화된 입시경쟁이 판을 치고 있어 학생들의 창의력은 없어지고 각자의 꿈과 끼가 사장될 것"이라고 지적했다. 백번 옳은 말이다. 대통령이 교육자다운 인식을 갖고 있다는 사실 만으로도 기쁘고 희망에 넘친다. 그런데 왜 마냥 기쁘지 않을까? 대통령의 말씀에 희망을 느끼기보다 의심부터 드는 것은 왜일까? 방향은 바르게 제시했는데 그것을 실현하기 위한 방법이 없기 때문이다.

그런데 대통령은 이미 그 방법 중 하나를 선거 과정에서 제시했었다. 바로 학급당 정원수를 OECD 수준으로 줄이겠다는 공약이다. 박근혜 대통령은 후보 시절 학급당 학생 수를 2017년까지 경제협력개발기구OECD 상위 수준 학급당 21~23명으로 줄이겠다는 공약을 제시했다. 필자를 비롯한 어른들이 다닐 때는 학급당 학생수가 60명이 넘었었다. 그래서 콩나물교실이라고 했었다. 지금은 그 절반으로 줄었다. 하지만 이 수도 많다. 교사 한 명이 30명이 넘는 아이들을 차분하게 면담하고 문제가 있으면 대처하기에는 많은 숫자다. 그래서 교육 일선에서는 학급수를 늘려 학급당 학생 수를 줄여야 교육현장이 그나마 정상화 될 수 있다고 아우성이었다. 이를 박 대통령이 공약으로 삼아 큰 기대를 했는데 공약 준수는 고사하고 거꾸로 가고 있다. 교육부는 2017년 까지 약속한 공약을 지난해 2020년 까지 연장하더니 올해 예산에 반영조차 하지 않았다. 서울시 교육청은 한 술 더 떠 출산율 저하로 줄어든 학생 수를 학급수를 줄여가면서 맞춰 학급당 학생 수가 늘어났다. 학급이 줄어들면서 교사도 줄어들어 과학교사를 통합하는 사례 까지 생겨났다.

대통령의 교육 공약은 후퇴하고 정부는 예산 타령을 하면서 교육은 뒷전인 상황에서 창의적 교육혁명만을 부르짖는다면 연목구어緣木求魚와 다름없다. 축구시합에서 좋은 성적을 내려면 선수의 투지와 의지만 강조해서는 안 된다. 적절한 지원과 감독의 치밀한 작전, 프런트와 선수 간의 신뢰 등이 결합돼야한다. 지원과 신뢰가 없는 상태에서 오직 선수의 투지만 강조하는 감독 마냥, 지원 없이 행복한 교실을 만들라는 대통령과 교육부를 바라보는 교육현장은 씁쓸하기 짝이 없다.

그렇다고 손 놓고 있을 수는 없다. '행복한 교실, 창의적인 인간형'을 만들기 위한 교육자로서 고민과 실천은 한시도 쉴 수 없는 숙명과 같다. 교사 입장에서는 올 해의 실수나 나태를 내년에 만회할 수 있지만 아이들 입장에서는 평생에 두 번 다시 오지 않는 기회를 잃는 셈이다. 그래서 정부의 지원과 관계없이 교육자는 늘 깨어있어야 한다. 아이들의 인생을 책임진다는 자세로 늘 성실하고 진지하게 교육에 임해야 한다.

교육에서 정답은 없다. 정부의 지원이 좋은 환경을 조성하는 것은 분명하지만 교육적으로도 좋은 결과를 도출할지는 알 수 없다. 교사가 분발하지 않으면 지원은 독이 될 수도 있다. 춥고 배고파야 도(道)를 이룬다고 하지 않던가. 약속 안 지키는 대통령과 정부에 대한 원망이 교사들의 교육열을 불태우는 인연으로 작용할 수도 있다. 이 점이 정치권과 교육계가 다른 점이다.

정치인 교육감의 교훈

　학교 경영을 하면서 열악한 환경에 놓인 아이들을 위해 무엇 하나 마음 편히 해 줄 수 없었던 답답한 현실에서 교육감을 주민 직선으로 선출한다기에 큰 기대를 가졌었다. 기대가 크면 실망도 큰 탓일까.

　금번 김상곤 경기도 교육감 사퇴를 보면서 씁쓸한 마음을 떨칠 수 없다. 김 교육감이 지난 5년 동안 일궈낸 대표적인 교육 성과로 '무상급식'과 '혁신교육'이 꼽힌다. 이를 긍정적으로 보는 측은 복지와 교육을 현장에서 결합시켰다는 점을 든다.

한국사회에서 복지가 국가 정책의 전면에 부상한 것은 지난 대통령 선거부터인데, 여기에 불을 지핀 사람이 바로 김상곤 교육감이다. 그는 전혀 별개의 영역으로 보이던 학교 교육과 복지를 결합시켜 '없는 사람' 도와주는 시혜 정도로 생각하던 복지가 보통 사람들의 실생활에 모두 적용됨을 눈앞에 보여줬다.

그런데 복지가 교육과 결합하는 순간, 의도했던 그렇지 않았던 정치 문제로 전환되면서 큰 혼란을 가져왔다. 정치가 한정된 자원을 배분하는 고도의 기술임을 감안할 때 자원을 어떤 비율로 누구와 나눌 것인가를 고민하는 복지는 필연적으로 정치 쟁점의 중심에 설 수밖에 없다.

반면, 많은 문제에도 불구하고 '스승과 제자'라는 이름으로 부모 자식과 같은 반열에 서있는 교육은 여전히 성역聖域이다. 성역은 협상 배분 정치와 같은 대등하고 상대적인 관계가 아니라 헌신 봉사 사랑과 같은 일방적이며 절대적이다. 물론 현실은 성역이 아니라 치열한 시장통과 같지만 한국사회의 주류와 다수의 인식과 문화는 아직 봉건적 교육관에 머물러 있다. 그래서 복지가 교육 영역에 들어오는 순간 많은 사람들이 이질감을 느끼고 손사래를 치게 된다. 나아가 반대자들은 잔잔한 호수에 돌을 던지고 간 '처음부터 맺지 말았어야 할' 인연으로 보는 것이다.

실제 학교 현장에서는 김 전 교육감이 던지고 간 각종 '실험'들로 인해 몸살을 앓고 있다. 대표적인 사례가 '교원 업무경감' 프로그램이다. 교사들의 업무 경감을 위해 학교마다 2~3명의 행정실무사들을 배치하였다. 교사는 가르치는 일에만 전념하고 행정 업무는 실무사들에게 맡겨 교육의 질을 높이자는 취지에서 출발했지만 현실은 행정실무사들의 집단화 세력화로 인한 교사와의 갈등만 초래했다.

정치가 정치인만의 몫은 아니다. 학급 회장이 다투는 아이들을 달래거나 선생님에게 이른다며 '협박'해서 교실을 평정하는 것도 정치다. 그러니 천만 도민의 교육을 책임지는 교육감의 정책과 행보야 말할 나위가 없다. 문제는 무엇을 주인으로 삼느냐는, 즉 누가 주인이고 누가 객이냐는 점이다.

학교 교사 학생 학부모의 눈과 마음으로 교육을 보는가, 교육을 정치의 한 영역으로 보느냐는 차이다. 이는 근본의 문제다. 외부인이 보기에 한국의 교육은 문제투성이다. 그래서 대통령부터 정치인 기업가들까지 교육을 한번 바꿔보겠다며 달려든다.

마음껏 메스를 꺼내 들이댄 집도의는 떠나고 교육현장은 여전히 아프다. 그러므로 김 전 교육감만의 책임은 아니다. 그 역시 교육 현장을 거쳐 갔던 수많은 정치인 중 한 명에 불과할지 모른다.

그런 점에서 부처님께서는 참으로 위대했다. 부루나 존자는 불교를 믿지 않는 난폭한 사람들이 사는 땅으로 포교를 위해 떠나면서 이런 각오를 밝힌다. "돌을 던지면 몽둥이로 때리지 않은 착한 사람으로 여기고 몽둥이로 때리면 칼로 찌르지는 않는 착한 사람들로 여기겠다" 부처님께서는 그런 제자에게 근심과 걱정으로 불안을 느끼는 사람들을 평안케 하라고 당부했다.

교육도 그런 마음으로 대해야 한다. 못난 교사들을 혼내고 바꾸고 개혁하고 흔드는 대상이 아니라 못났다고 생각하는 교육현장의 사람들의 처지에서 함께 살아야한다. 이번 선거에서는 그 같은 교육감이 나오기를 기대한다.

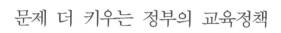# 문제 더 키우는 정부의 교육정책

교육부가 사私교육을 줄이겠다며 '선행학습 금지법'을 예고했다. 지난 정부 때도 사교육 없이도 다양하고 질 높은 교육을 제공해 공교육을 내실화하고, 수백억 예산을 들여 학부모들이 내야할 사私교육비를 정부가 대신 내주는 정책을 실시했다.

현 정부가 내놓은 '선행학습 금지법'도 전 정부 정책의 연장선에 서있다. 모두 학부모들의 경제적 부담을 가중시키고, 공교육을 황폐화시키는 주범으로 사교육을 지목하는 인식에서 나온 정책들이다.

의사가 환자를 치료하기 위해서는 병의 원인을 정확하게 알아야하듯, 모든 현상의 원인을 파악하는 것이 우선이다. 팔정도八正道의 정견正見은 있는 현상을 객관적으로 정확하게 본다는 뜻이다. 편견을 벗어나 있는 그대로 보는데서 치료는 시작된다. 사교육이 원인原因으로 작용해서 학부모의 경제적 부담과 공교육 붕괴가 결과로 나타난 것은 명약관화한 일이다.

하지만 사교육을 일으킨 원인이 또 있다. '에듀푸어'라는 신조어新造語가 만들어질 정도로 노후 가난을 무릅쓰고 성장기의 자식 교육에 모든 재정을 쏟아 붓는 원인은 대한민국 사회를 지배하는 경쟁체제 때문이다.

대학도 알아주는 명문이 아니면 사회 출발선에 서기도 전에 좌절하는 피 말리는 경쟁 체제에 자기 자식이 뒤처지지 않도록 부모들은 모든 것을 건다. 그 경쟁을 견디지 못한 아이들은 학교에서 적응을 못하거나 아예 교문 밖을 나서 상당수가 범죄의 늪에 빠지는 것이 경쟁이 가져온 실태다.

그래서 한국 교육의 문제는 교육현장의 문제가 아니고

사회 전체가 풀어야 할 과제다. 직업이 무엇이든, 대학을 나왔든 그렇지 않든 적어도 삶의 질이 달라지지 않고 인간다운 삶을 누릴 수 있는 사회면 공부에 취미 없는 아이들이 굳이 어려운 수학문제를 푸느라 사교육에 매달릴 이유가 없다.

고등학교 자녀 한 명만 있어도 가족 여행은 끝이고 가정에서 얼굴 한 번 보기 어려울 정도로 새벽별 보고 학교 가서 자정이 되어서야 돌아오는 이 기막힌 가족생활을 꾸릴 이유도 없다.

사교육을 조장하는 원인을 두고 내놓은 사교육 근절 정책은 결국 실패할 수밖에 없다. 이는 기침의 원인이 폐에 있는데 입과 코만 치료하는 것과 같다. 벌써 그 한계가 드러나고 있다. 대부분의 중 고등학교에서 '선행학습'은 일반화되어 있다.

특히 영어·수학과 같은 이른바 전략과목은 수준별로 나눠 수업하는데 아주 잘하는 아이들로 묶인 심화반은 진도가 빠르다. 수준별 수업은 비판도 많지만 불가피한 측면도 있다. 서로 수준이 비슷한 학생들끼리 공부해 학습효과가 높을 뿐 아니라 학원으로 갈 수요를 흡수한다.

그런데 선행학습을 금지하면 아이들은 다시 학원으로 빠질 것이 뻔하다. 공교육 활성화가 아니라 공교육 붕괴를 부추기는 꼴이다. 아파트 놀이터를 조용하게 만든다고 놀이터에서 노는 아이들을 거리로 내모는 것과 같다.

정부는 교육의 주체가 아니라 지원자다. 주체는 학교 현장이다. 학교장 중심의 학교운영 자율화가 이뤄지면 각 학교 현실에 맞는 다양한 정책과 모범 사례가 나올 것이다. 정부는 학생의 바람직한 학업성취를 위한 학교 교육공동체를 만들고 구성원들이 그들의 역량을 최고로 발휘할 수 있도록 인프라를 구축하는 지원자 역할에 충실해야 한다.

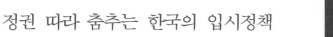

정권 따라 춤추는 한국의 입시정책

교육부가 지난 8월 27일 발표한
새 입시 정책의 핵심은
대학입시 전형 방식의 간소화와
선택형 수능 폐지다
새 제도는 정시 모집 비중을 높여
암기위주의 획일적 수업으로
돌아갈 우려가 높고 수시의 폐지는
다양성 창의성 포기로
이어지는 맹점이 있다

　40년 만에 가장 무더웠던 여름도 물러가고 가을이 성큼
다가왔다. 옛 부터 가을은 천고마비의 계절, 성취의 계절,

공부하기에 더 없이 좋은 계절이다. 학생들은 1학기 동안 목표를 설정하고 열심히 달려왔다. 2학기는 결실을 맺어야 할 시기다. 그런데 학교는 소란스럽고 혼란스럽다. 2014년 대입수능 모의평가시험, 예년에 비해 훨씬 복잡해진 A형.B형 선택형 수능시험 원서 접수, 대학수시모집 지원 등 아이들의 진로를 결정하는 중요한 일정들이 9월초에 집중적으로 몰려있기 때문에 벌어지는 진풍경이다. 대학별 입시전형에 따라 교사 한 사람이 수십 장의 추천서를 써야하고, 면접. 적성시험 준비까지 일일이 챙겨야 하는 것이 고등학교의 현실이다.

수시모집 때문이다. 가을바람이 반갑기는커녕 공포를 심어주는 주범이 된 수시모집은 1997년 교육부가 한 가지만 잘하면 대학에 갈 수 있도록 하겠다는 취지에서 도입한 제도다. 그런데, 3700개에 이를 정도로 입시 전형이 너무 많다. 여기에다 올해 수능은 쉬운 문제A형과 어려운 문제B형을 두어서 더 복잡해졌다. 복잡해진다는 것은 수험생과 학부모의 눈치 보기가 극심해졌다는 뜻이다.

세계 각국의 명문대 입시정책은 일관성과 대학의 학생선발권이 가장 큰 특징이다. 거의 예외가 없다. 일관성을 지키면서도 '미래 성장가능성을 지닌 인재를 다양한 방식으로 선발 한다'는 목적은 잘 유지된다. 그렇기 때문에 학생들은 어릴 적부터 자신이 원하는 대학, 학과에 진학하기위해 무엇을 어떻게 준비해야할지 알고, 오랜 시간 차분하게 대처할 수 있다.

그런데 교육부가 이번에 발표한 새 입시 정책은 또 다시 과거로 돌아가는 듯하다. 교육부 발표의 핵심은 지금 문제가 되는 대학입시 전형 방식의 간소화와 선택형 수능 폐지다. 새 제도는 하지만 정시 모집 비중을 높여 암기위주의 획일적 수업으로 돌아갈 우려가 높고 수시의 폐지는 다양성 창의성 포기로 이어지는 맹점이 있다. 일관성 없이 정권 따라 춤추는 한국의 입시정책은 이런 점에서는 참으로 일관적이다. 지금 수험생들의 아버지 세대는 물론 할아버지 세대도 피해를 입었으니, 3대를 거쳐 끈질기게 잘못된 원칙을 고수하는 셈이다.

대학입시가 춤을 추는 이유는 단 하나다. 한국 사회에서 공부가 인생의 전부처럼 되었기 때문이다. 중국도 만만치 않다는 것을 보면, 출세를 최고로 치는 유교국가의 특징인지도 모르겠다. 이 문화를 바꿔야 사회도 살고 학생들도 산다. 공부가 아닌 인성으로 대접받고, 직업이 아닌 사람 그 자체로 존중받는, 경쟁보다 공존을 더 중시하는 문화가 만들어져야 한다. 그런 문화를 조성할 수 있는 종교는 불교가 가장 적격이다. 사람은 물론 온갖 미물의 목숨 까지도 귀하게 여기고, 배움과 능력에 관계없이 사람을 대하는 불교의 기본 가르침이야 말로 지옥 같은 교육시스템에서 해방시켜 주는 희망이다.

해마다 가을이면 시들어가는 학생들을 보면서 이제 그 질긴 사슬을 끊어야한다는 깨달음이 점점 깊어간다. 공부 잘한다고 해서 잘 사는 것도, 인성이 좋은 것도, 사람들로부터 호평을 받는 것도 아닌데, 그리고 잘사는 것이 꼭 물질적 풍요, 사회적 명성은 아님을 성인으로 자란 제자들을 보면서 느끼는데 학교는 왜 여전히 공부 잘하는 것만이 잘사는 길이라고 강변하는지 정말 알 수가 없다. 입시 제도가 아니라 학교 문화를 바꾸는 방향으로 화두를 고쳐 들어야 하는 것은 아닌지. 선사들도 맞지 않는 화두는 중간에 바꾼 다던데 우리 교육도 수십 년 들었던 화두를 내려놓을 때가 된 듯하다.

일의 앞 뒤, 경중도 구분 못하는 교육감?

산사의 스님들은

9시 취침해서 새벽 4시 전에

기침起寢하지만

포교 행정하는 스님들은

더 늦게 잘 수밖에 없다

그렇다고 더 일찍 일어나는

산사 스님들의 행복감이 덜하고

새벽에 일어나야했던

우리 부모 세대가

불행했다고 할 수는 없다

이재정 경기교육감은 취임 일성으로 '벌점제 폐지와 9시 등교'를 들고 나왔다. 취임 후 교육 현장과 소통하면서 현

장의 소리를 들어보니 학생들이 가장 원하는 정책이 9시 등
교여서 이 정책을 내놓았다고 했다. 이 교육감은 통일부장
관을 지냈고, 평생을 교육자로, 성직자로 살아온 덕망 높은
분이다.

이 교육감의 첫 정책 '벌점제 폐지'와 '9시 등교'는 전임
김상곤 교육감의 '무상급식'과 '혁신교육'처럼 교육현장을
흔들고 있다. '벌점제'는 교사가 학생 체벌을 못하게 막자
대안으로 내놓은 학생 지도 방법이었다. 지금은 많은 학교
들이 '벌점제'를 운영하고 있지만 처음 도입 당시 교사·학
생·학부모들의 찬·반 논쟁이 끊이지 않았다. 무슨 정책이든
처음 시행할 때는 시끄럽게 마련이어서 정책 자체를 놓고
시비할 일은 아니다. 다만 필자가 재직하는 학교는 학생·
교사·학부모가 모두 반대하기도 했거니와 제행무상諸行無常
이라는 불교의 가르침을 좇아 도입하지 않았다.

청소년 시절의 잘못된 행동을 점수로 매겨 자칫 한 인간
의 일생을 그릇되게 할 수도 있는 정책을 받아들일 수 없었
다. 하지만 이는 불교종립학교인 우리 나름의 철학이지, 벌
점제가 절대적으로 그르다는 뜻은 아니다. 모든 정책은 빛
과 그림자가 있기 마련이며 학교 사정에 따라 달리 도입하

면 된다. 그 보다 더 큰 문제는 갑작스러운 제도의 변화다. 아니나 다를까 체벌도 못해, 벌점도 못 매겨 무엇으로 학생을 지도하느냐고 벌써 아우성이다.

9시 등교 역시 본교는 반대가 압도적으로 많아 실시하지 않는다. 이유는 간단하다. 우리 학생들이 그들의 부모보다 일찍 등교해서 행복지수가 낮다고 보지 않기 때문이다. 교사 학부모들뿐만 아니라 당사자인 학생들의 생각이 그렇다. 무엇보다 9시 등교가 교육의 핵심 문제가 아니기 때문이다. 시간은 인간이 정해놓은 편의상의 규정이지 절대적인 기준이 아니다. 백년을 사는 인간이나 하루살이나 상대적인 시간은 동일하다고 한다. 같은 시간이라도 몸이 힘들거나 흥미가 없으면 더디게 가고 재미있으면 빨리 간다. 손들고 벌서면 1분이 하루만큼이나 길고 사랑하는 사람과 있으면 하루가 1초보다 짧다. 이 때 시간은 절대적일 수도 있고 상대적일 수도 있다. 하루 24시간을 어떻게 나눌 것인가는 직장 생활 하는 아버지와 집안일 하는 어머니, 학교를 가는 아이들이 각기 다를 수 있고 같을 수 있다. 이는 교육의 문제가 아니라 사회 전체의 구조와 운영, 그리고 문화에 관한 것이다. 농경시대에는 새벽에 일어나서 해가 지면 잠자리에 들었다. 같은 수행자이지만 산사의 스님들은 9시에 취침해서 새벽 4시 전에 기침起寢하지만 포교 행정을 하는 스님들은 더 늦게 잘 수밖에 없다. 그렇다고 더 일찍 일어나는 산사 스님들의 행복감이 덜하고 새벽에 일어나야했던 우리 부모들 세대가 불행했다고 할 수는 없다.

문제는 9시 등교가 옳다 그르다가 아니라 교육 문제가 산적해있는데 몇 시 등교하느냐는 문제로 서로 갈등하고 힘을 소진하는 정책 방향이 틀렸다는 것이다. 지금 학교 현장에 떨어진 불은 걷잡을 수 없이 타오르는데 부모보다 일찍 집을 나서느냐 늦게 가느냐는 문제로 처음부터 진을 빼고 있으니 안타깝기 그지없다. 그 정도로 학교 현장과 교육에 대해 식견이 없고 일의 경중輕重 선후先後를 구분 짓지 못하는 교육감 밑에서 또 4년을 보내야할 교사와 학생들의 처지도 걱정스럽고 부모보다 일찍 학교에 등교시키는 학교는 조사를 해서 지원을 줄인다고 하니 이 역시 큰 근심이다. 언제쯤이면 학교 구성원들이 층층시하層層侍下에서 벗어나 자유롭게 교육하고 웃을 수 있을까? 아이들 진학시즌은 다가왔는데 괜한 걱정이 더 앞서는 2학기다.

6

부뚜막 소금도 넣어야 짜다

한국불교역사문화기념관 4층 회의실에서 서울, 부산, 대구, 광주, 제주 등 전국 14개 도시에서 열리는 제3회 전국 청소년 불교교리 경시대회의 성공적인 개최와 회향을 위한 사전 협의 모임이 있었다. 이 자리에는 이례적으로 총무원장 스님도 참석하여, 모든 사찰의 어린이 법회와 청소년 법회가 좀 더 활성화되었으면 하는 바람을 내비치면서 많은 관심과 성원을 보내주었다. 동국대학교, 불교종립학교들과 교법사, 총무원, 파라미타, 군종교구 관계자들도 함께 참여했는데, 참석자들은 모두 지난 대회보다 청소년들의 참여율을 높이고 내실을 기하자고 다짐하며 파이팅을 외쳤다.

불교에 대한 바른 이해

지난 2009년 처음으로 실시된 불교교리 경시대회는 불교 교리 경시대회를 통해 청소년들에게 불교에 대한 바른 이해와 신행활동의 동기 부여 제공 및 불교교리에 대한 체계적 이해를 바탕으로 자신의 인생관과 세계관을 정립해나가는 계기를 제공하기 위한 서원을 담고 있다. 몇 해 전부터 전국 사찰에 '부처님 글 사랑'이란 현판을 달고 많은 교양도서를 보급하는 사업이 펼쳐지고 있다.

필자가 다니는 사찰에도 많은 도서들이 보급되었다. 불자들이 가족들과 함께 산사를 찾고, 사찰에서 제공하는 차茶를 마시며 사람과 도시 그리고 자연과의 조화로운 분위기를 체험하며 편안하게 책을 읽는 모습은 더할 나위 없이 여유로워 보인다.

서로 다른 두 풍경으로 보이지만 공통점이 있다. 불교 교리가 세상과 만나는 공간이다. 방대한 부처님의 가르침을 널리 전해 사람들로 하여금 행복과 자유를 누리도록 하자는 뜻이 이 두 행사 속에 담겨 있다.

불교 교리는 흔히들 어렵다고 한다. 그 이유는 너무 방대하기 때문이다. 다행히 많은 스님들과 불교학자들이 오랜 세월 연구하고 노력한 결과 쉽고 잘 정리된 책이 많이 나와 있다. 하지만 '부뚜막 소금도 넣어야 짠' 법. 널리 읽히도록 해야 한다.

그런 점에서 청소년과 군 장병을 대상으로 한 불교교리 경시대회와 사찰도서관은 부처님 가르침을 세상에 전파하는 아주 소중한 통로다. 중·고등부의 경우 조계종출판사에서 펴낸 <청소년불교입문> <부처님의 생애> 등 몇 종류의 책을 선정해 미리 공부하도록 하는데, 우리 학생들을 따라 나도 <부처님의 생애>를 보면서 그 분의 위대한 생애와 가르침을 다시 한 번 배울 수 있었다.

신행활동의 동기 부여

요즘은 마음을 다스리기 위해 참선수행을 많이 하고, 건강을 덤으로 얻을 수 있는 절 수행도 인기다. 어떤 수행법을 택하든 부처님의 생애와 기본 가르침은 반드시 배워야 한다고 생각한다. 그 속에 우리 불자들의 생활 지침과 삶의 방향이 잘 드러나 있다고 본다.

　그래서 이 난을 통해 권유하는데 불교교리 경시대회 출제 텍스트 중에서 <불교입문>과 <부처님의 생애>는 성인 불자들도 꼭 일독─讀하기를 권유한다. 그리고 불교신문에서도 청소년은 물론 어른들이 꼭 알아야할 부처님 생애와 가르침을 싣고 그 중에서 일부 출제하면 서로 도움이 되지 않을까 생각한다.

이차돈 순교를 생각한다

    우리나라는 다문화 다종교 사회이다. 다양한 문화와 종교가 공존하면서도 종교 문제로 민족들끼리 갈등을 불러일으키고 수많은 인명을 앗아가는 중동국가들처럼 종교적 재앙은 없었다.

    반만년 오랜 역사에서 보듯 선조들은 우리의 종교를 호국과 화합의 결실을 다지는 근본으로 삼아 역사적, 사회적 문제를 해결하면서 '종교평화' 시대를 열어왔기 때문일 것이다. 그 다른 나라의 시선들도 종교 운용에 관한 우리 사회의 편향되거나 반목하지 않은 모습에 대해 매우 우호적이다.

자기희생 통해 진리 보여줘

그런데 MB정부 들어 종교가 우리 사회 갈등의 당사자가
되어 국민의 화합과 행복의 가치를 심히 위태롭게 하는 일
들이 일어나고 있다. 대통령이 특정종교 행사에 참석해 무
릎 꿇고 기도를 하고, 유명 목사는 스쿠크이슬람채권법과 관련하
여 '대통령 하야운동' 운운하더니 정치적으로 중립을 지켜
야할, 이름만 대면 다 아는 종교지도자들은 설교시간을 이
용하여 정치적으로 편향된 발언을 쏟아냈다.

자기모순에 함몰된 종교가 스스로 존재의 가치를 부정하
고 방향성을 잃으면 한국사회의 갈등과 혼란을 야기할지도
모른다는 위기감이 급증하는 작금의 현실에 조계종 화쟁위
원회 위원장 도법스님은 '종교가 세상을 걱정하는 것이 아
니라 세상이 종교를 걱정하는 현실이 되었다'고 한탄했는
데 참으로 귀담아 들어야할 지적이었다.

종교는 진리를 추구하고 이를 세상에 알리는 것이 주요
한 임무다. 불교도 부처님의 전도선언傳道宣言으로 널리 전파
돼 오늘날에 이르고 있으며 기독교 역시 마찬가지다. 하지
만 진리를 전파하는 방식은 상대방에 대한 존중과 자기희
생을 원칙으로 삼아야한다.

마침 9월 2일음력 8월 5일은 이차돈 순교일이다. <삼국유사>를 보면 신라의 불교전래를 위해 순교한 이차돈은 충성스럽고 지혜롭고, 불교에 대한 믿음이 강한 스물여섯의 젊은 하급관리였다고 한다. 이차돈의 순교를 통해 확립한 불교로 신라는 사회를 안정시키고 마침내 삼국통일을 이룩했으며 이후 찬란한 문화를 꽃피웠다.

　따라서 불교가 뿌리내리는 데 값진 희생을 치른 이차돈의 불심佛心이 이 땅의 문화와 사상을 살찌우고 번성케 한 원동력으로 작용했다고 해도 과언이 아닐 것이다.

　그의 순교가 빛났던 까닭은 자기희생과 헌신을 통해 그가 믿는 진리를 보여주었기 때문이다. 그는 남에게 무력으로 강요하지 않고 자신의 몸을 과감히 던짐으로써 반대파들을 감화시켰다. 불교 최초의 순교자로 꼽히는 '설법제일說法第一' 부루나 존자는 외도外道인들의 나라로 교화로 떠나는 부처님의 걱정 어린 질문에 이렇게 답한다.

　"만약 그들이 나를 죽인다 해도 저는 그들을 어질고 착한 사람이라고 생각하겠습니다. 왜냐하면 수행자는 자신에 대한 집착을 버려야하는데 저들이 그 집착에서 벗어나게 해주었기 때문입니다."

자기 낮추고 상대방 존중

　부처님의 십대제자 중 한명인 부루나 존자가 교화활동을 편지 3개월 만에 순교했지만 500명을 교화하는 놀라운 모습을 보인 것은 상대방에 대한 존중과 자기희생 정신 덕분이다. 불교의 진리를 전파하는 방식은 이처럼 철저히 자기를 낮추고 상대방을 존중하는데 있다.

　이는 교육현장에서도 마찬가지다. 학생들에 대한 교육은 진리를 전파해 자신의 본성에 눈을 뜨게 하는 종교의 교화와 같다고 할 수 있다. 교화, 교육 등 진리를 전달하는 일은 전하는 대상의 변화에 앞서 나의 변화와 각성이 전제되어야 한다.

　향기로운 풀은 산속 깊이 숨어도 그 향기가 온 산을 가득 메우듯 진리는 이를 내포한 사람의 내면과 인격을 통해 그대로 드러난다. 굳이 진리를 말하지 않아도, 믿어라 강요하지 않아도 타인들이 먼저 알고 찾아든다. 이차돈의 순교가,

부루나 존자의 순교가 이를 보여준다. 우리 학교 현장에서
도 꼭 배워야할 가르침이다.

부처님과의 인연

　필자가 불교와 인연을 맺은 것은 초등학교에 입학하자마자였다. 어머니는 형제 중 유독 나만 데리고 산꼭대기 암자에 다니셨다. 굳이 길도 험하고 가파른 산꼭대기 암자를 가는지 그때 어린 맘에 나는 이해하지 못했다. 그것도 모자라 부처님께 공양할 것이라며 무거운 짐을 머리에 이고서 말이다.

　초등학교 5학년 때 일이다. 한번은 어머니가 머리통보다 더 큰 수박을 머리에 이고 절에 가자며 나섰다. 앉아 쉬면서도 수박을 땅에 내려놓지 않으시기에 어린 맘에 수박을 내려놓으라고 했더니, "이 녀석아, 부처님께 올릴 건데 불경스럽게 어디다 내려 놓으냐"며 나를 호되게 꾸짖던 모습이 지금도 눈에 선하다.

모친의 지극정성 공양

지금은 사찰 경내에까지 차가 들어가서 어머니들이 머리에 무거운 짐을 이고 일주문으로 들어가고, 해가 질 무렵 입가에 환한 미소를 머금고 나서는 모습을 볼 수 없게 되었지만 지극정성이야말로 무엇과도 견줄 수 없을 것이다.

돌이켜보면 필자는 어머니의 손에 억지로 이끌려 절에 다니며 불교와 인연을 맺었다. 그렇지만 그런 인연으로 현재 부처님과 어머니의 공덕으로 불교종립학교장으로 아이들을 가르치면서 불자모임 회장도 맡으며 독실한 불자로 살아가고 있다. 그리고 어머니가 내게 맺어주신 불교 인연은 3세로 이어진다.

소득 수준이 높아지면서 진지하게 사색하고 성찰하기보다 당장의 즐거움과 편리함만을 좇는 젊은 세대들의 특성은 우리 집 두 녀석도 예외가 아니다. 그 때문에 할머니 대부터 내려오는 불교집안의 가풍이 좀처럼 아이들에게 전수

되지 못해 늘 안타까웠다. 평소 대학생인 아이들에게 용돈을 올려 줄테니 아빠랑 절에 한 번 같이 가자고 유혹을 해도 시큰둥하거나 시간이 없다며 면박을 주기 일쑤였는데, 이 녀석들을 일거에 변화시키는 계기가 찾아왔다.

얼마 전 <불교신문>에도 보도가 됐지만, 필자가 다니는 사찰에서 불자와 일반인들에게 흥미로운 볼거리를 제공할 12수호신장을 조성하였다. 불암사 회주 일면스님은 일찍이 시민과 신도들을 위해 불교의 가르침을 심어주면서 전통문화를 익힐 수 있는 문화경관에 많은 관심을 갖고 있었다. 불암사의 자랑인 마애삼존불상 주변을 정비하고 삼존불상의 수호신 역할로 12지신을 조성했는데 반응이 상당히 좋다.

3세로 이어지는 인연

불자가 아닌 분들도 자신의 띠에 맞는 신상에 십시일반 동참했다. 필자도 아이들과 기꺼이 동참했다. 그런데 이 녀석들이 굉장한 반응을 보였다. 12지신상에 자신들 이름을 새겨 넣었다고 하니 궁금한지 절에 가자며 길을 나섰다.

요즘은 애들이랑 자연스럽게 등산을 하고 산사를 찾아 차茶를 마시며 <부처님의 생애>를 읽으면서 그 분의 위대한 생애와 가르침을 배울 수 있는 여유롭고 편안한 시간을 즐기게 되었고, 방학 때면 템플스테이도 적극 참가하게 되었다. 우리 아이들의 변화 역시 어머니의 간절한 기도 덕분이라고 믿는다.

현대인들은 마음을 다스리기 위해 스스로 참선 수행을 많이 하고, 건강을 덤으로 얻을 수 있는 절 수행에도 적극적이다. 많은 사찰이 더 많은 불자들이 그들의 발길을 사찰로 향하고 부처님의 품안에서 생활의 지침과 삶의 방향을 견지할 수 있도록 진지한 고민과 노력이 필요해 보이는 까닭이다.

연말 유감 … 그리고 추억

12월 초 한파 중 27년 만에 가장 춥다는 날 필자는 사회인 야구 준결승전을 치렀다. 손이 꽁꽁 얼어 공을 똑바로 잡아서 던지고 치지 못할 정도로 추위가 매서웠다. 비록 3위를 했지만 창단 첫 해 대단한 성과였다.

각종 매스컴의 화려한 스포트라이트를 받으며 창단된 불암사 불일회 야구단은 야구를 아주 좋아하는 일면스님의 특별한 관심과 후원을 받아 출범했다. 필자는 스님과의 인연으로 야구단 회장을 맡고 있다.

프로야구 출범 때 왕년의 스타 출신 선수들도 나와 같은 인연으로 함께 야구를 하고 있어 종종 상대팀들로부터 많은 부러움을 산다.

야구 동호회 활동을 하면서 '인간은 추억하고 싶은 순간을 위해 노력하는 존재'라는 것을 새삼 알게 됐다. 올 한해는 야구에 얽힌 추억이 많았다. 불교신자가 아니지만 야구가 좋아, 왕년의 스타들이 즐비한 우리 팀을 부러워해 들어왔다가 독실한 불교신자가 된 사람도 있고, 진작 안면은 있었지만 친하지 않았던 다른 신도와 야구를 통해 친밀해졌다.

생김새가 운동을 잘할 것 같은 사람이 의외로 주전에 못드는 이가 있는가하면 키가 작아 별 기대를 하지 않았는데 자유자재로 안타를 치는 선수도 있었다. 역시 사람은 생김새로 판단해서는 안 된다는 교훈을 되새겨준 한 해였다. 내년 봄 다시 시즌이 열리면 또 새로운 사람과 만나고 추억이 쌓여갈 것을 생각하면 벌써 설렌다.

말 많고 탈 많은 대학입시도 막바지에 접어들었다. 합격증을 받아든 학생이 있는가하면 많은 학생들은 지원서를 내고 결과를 기다리는 중이다. 나와 교사들은 초조한데 정작 당사자인 학생들은 여전히 웃고 떠들고 배움이 끝난 것처럼 때 이른 자유를 만끽하는 것을 보면 어처구니없다가도 옛날의 내 모습 역시 크게 다르지 않았다는 것을 깨닫고 웃어넘긴다.

이 아이들에게는 학교가 어떤 모습으로 추억될까? 돌이켜 보면 우리 학창시절의 기억은 매 맞은 일이 전부다. 지각해서 교문 앞에서부터 엎드려 엉덩이를 맞고, 교실에서 떠들다가 지나가는 학년 주임선생님에게 붙들려 뺨맞고. 그때는 왜 그랬을까.

때리는 선생님도 맞는 학생도 때리고 맞는 일을 당연하게 여겼다. 가끔 심하게 때리던 선생님을 만나 그 때 왜 그렇게 많이 때리셨는지 묻고 싶을 때가 있다. 어느 때는 옛날을 추억하다 울컥해지기도 한다. 내 인생에 전환점을 준 선생님은 없었는지 되돌아본다. 아마 인생에 교훈이 될 많은 말씀을 들려주셨던 것 같다. 그런데 기억나는 말씀이 없다. 또 잔소리라는 식으로 시큰둥하게 받아들이고 흘러 보냈기 때문이다.

우리 아이들은 이제 맞지는 않지만 눈에 보이지 않는 장벽에 둘러 싸여 과거보다 더 힘든 학창시절을 보낸다. 그 중압감을 또래 아이를 괴롭히거나 홀로 게임에 빠져 해소한다. 교사들은 과거처럼 매를 들지도 잔소리도 잘하지 않는다.

하지만 훌륭한 인재로 길러내고자 하는 의지는 과거 선생님들과 다르지 않다. 그런데 왜 우리 아이들은 학창시절을 즐거운 날로 추억하지 않을 것이라는 생각이 더 짙어가는 것일까?

불교에서는 무시무종無始無終이라지만 그래도 맺고 시작함이 있는 것은 좋다. 끝에 이르면 다시 되돌아보게 하고 마음을 차분히 가라앉게 해줘서 좋고, 시작은 활기와 다짐을 주어서 좋다. 새해가 시작되면 정들었던 아이들이 떠나고 또 다른 아이들이 재잘거리며 들어온다.

그 아이들이 자라서 또 더 큰 물로 나가고. 장강長江의 물이 앞 물을 밀어내듯 그렇게 끝없이 흘러갈 것이다. 그래서 맞다. 시작도 끝도 없다. 다만 추억만 쌓여갈 뿐이다.

숙제는 잘 했는데…

진짜 교육은
사람 그 자체를 아끼고
함께 하는 것임을
지금에서야 깨닫는다.

교문을 나서는 순간부터
죽을 때까지 맞닥뜨리는
삶의 현장에서
살아가는 힘은
'스펙'이나 실력이 아니라
교사와 친구들로부터 받은
보살핌과 따뜻한 정이다.

"학생이 가고 싶어 하고, 부모가 보내고 싶어 하는 학교를 만들겠다"는 취임사를 한 지가 엊그제 같은데 벌써 4년 임기 두 번째가 끝나간다. 무심코 흘러 보냈던 수많았던 2학기가 생애 가장 특별한 시간이 됐다. 교정에서 맞는 마지막 가을이다. 이제 떠날 때가 되었지만 막상 그 시간이 닥치고 보니 떨어지는 낙엽마저 예사롭게 보이지 않는다. 취임사에서 약속했던 숙제를 얼마나 잘 했을까? 늘 숙제를 내주던 입장에서 평가 받는 처지에 서는 가을이다.

보통 교장을 맡으면 노후한 교육시설 개선과 명문대 진학에 매달리는데 나 역시 다르지 않았다. 학생들에게 좋은 교육환경을 조성하고, 학업을 끌어올리는 일 외에 달리 무슨 할 일이 있겠는가. 당시에는 그렇게 생각했다. 그래서 열심히 숙제를 했다. 교육청 도움을 받아 기숙사를 짓는 등 환경을 개선했다. 학부모와 긴밀히 상의, 학업 외에 학생의 장점을 찾아내 진학률을 높였다. 본교는 농촌에 자리하고 있어 경쟁이 치열한 대도시 학교와는 상황이 많이 다르다. 학생들의 학업 열정은 뛰어나지만 사교육을 많이 받지 않다 보니 수능 성적은 전체적으로 뒤처진다. 반면 잠재력은 뛰어나다. 이 잠재력을 발굴해서 진학으로 연결시키는 것이 관건인데, 이를 위해서는 학생 학부모 학교가 긴밀히 협력해야한다. 교장의 권위를 내세우지 않고 편하게 대하자 학부모들이 학생에 관한 많은 정보를 들려주었다. 학교생활, 성적표에서는 드러나지 않는 장점을 학부모와의 대화에서 찾아낸 것이다. 그렇게 해서 서울대 경제학과, 영문학과, 카이스트 등 유수의 대학에 본교 학생들을 보낼 수 있었다. 대학진학률이 높아지자 지역사회가 학교를 보는 눈도 달라졌다. 지역 중학교 상위권 학생들이 본교에 진학하기를 희망한다는 소식이 들려왔으며, 자식을 보내길 꺼려했던 졸업생 부모가 학교 자랑을 한다는 소문도 들려왔다.

그런데 숙제를 잘못했다는 생각이 자꾸 머리를 맴돈다. 그토록 자랑스러워했던 명문대 입학생들은 우리 학교가 아니더라도, 내가 교장이 아니었다 해도 자신의 힘으로 진학할 수 있지 않았을까? 학생의 노력과 부모의 뒷바라지에 학교는 무임승차한 것은 아닐까, 학교가 좀 더 관심을 두고, 교장이 눈길 한 번 더 주었다면 더 나은 결과를 얻었을 학생들을 찾아 보살폈어야하는 건 아니었는지 자꾸 되묻게 된다. 돌이켜보면 나 역시 공부가 싫었다. 친구들과 어울려 놀기 좋아하고 늘 부모로부터 꾸중을 들으며 자랐다. 그러나 지금과는 많이 달랐다. 부모님도 학교도 공부를 강조했지만 인간을 먼저 만들려 했던 것 같다. 그래서 부모님도 학교도 나를 버리지 않고 매를 들어서라도 바꾸려고 했으며 그 덕분에 교직에 설 수 있었다.

내가 충실하게 냈던 숙제는 말 그대로 숙제일 뿐 진짜 교육은 사람 그 자체를 아끼고 함께 하는 것임을 지금에서야 깨닫는다. 아비는 앞에서 끌고 자식들은 뒤에서 밀며 어미는 떨어지는 짐이 없는지 살피면서 함께 무거운 짐을 나르던 옛 시절처럼 학교는 공부 잘하는 녀석도 못하는 녀석도 가난한 집 아이도 부잣집 아이도 모두 어울려 함께 걸어가도록 이끌어야한다. 교문을 나서는 순간부터 죽을 때까지 맞닥뜨리는 삶의 현장에서 살아가는 힘은 잘 다듬어진 '스펙'이나 실력이 아니라 학교에서 교사와 친구들로부터 받은 보살핌과 따뜻한 정이다. 남을 배려할 줄 알고 시민에 어울리는 교양을 갖추며 행복을 아는 사람을 길러내는 따뜻한 교장이 와서 숙제하는데 온통 정신 팔았던 전임 교장의 잘못을 조금이라도 덮어주면 좋겠다.

도로명 주소와 불교전통문화교육

우리가 우리 문화를
제대로 알고 계승해서
문화 강국으로
발돋움하기 위해서는
불교를 민족전통문화로
인식시키는 교육부터
실시해야 한다

얼마 전 불교교육연합회가 주관하는 교학연구발표회에 다녀왔다. 발표 주제가 '지명地名에 담긴 불교사상을 통한 불교교육 방안 연구'였는데 도로명주소가 전통문화를 말살한다는 충격적인 주장이 제기됐다. 이미 불교신문 등 교계 언론에서 지적한 대로 도로명주소로 인해 전통문화가 사라질 위기에 처했다. 한국의 지명은 그 유래를 따져 들어가면 불교와 닿는다. 불교가 우리 민족과 1700여 년을 함께 해온 민족 종교이기 때문에 그 흔적이 여태까지 땅 이름에 남아 있는 것이다.

이 땅이 곧 '부처님의 나라'라는 불국토佛國土사상이 더해져 유명한 산과 뛰어난 절경을 자랑하는 섬 등에는 불교지명이 많다. 지명은 불교문화뿐만 아니라 우리 민족 고유의 문화와 역사도 함께 전해준다. 그래서 지명만 듣고도 그 지역의 역사를 대강 짐작할 수 있다. 그런데 이 도로명주소라는 것은 역사와 문화가 담긴 그간의 지명과는 상관없이 새롭게 붙인 길 이름에다 숫자를 부여한 것이라서 아무런 의미도 역사도 문화도 없다.

필자 역시 불교지명에서 나온 인사동과 남다른 인연을 갖고 있다. 인사동仁寺洞은 고려시대 사찰 원각사에서 나온 지명이다. 원각사는 연산군 때 없어졌지만 국보 제2호 원각사 10층 석탑과 이름이 남아 이곳이 큰 절터였음을 알려주고 있다. 불교신자 입장에서는 갈 때마다 신이 나는 동네다. '아는 대로 보인다'는 유홍준의 말대로 지명에 얽힌 역사와 내력을 알면 그 지역이 한층 더 친밀해지고 주변 산 개천 건물 하나하나가 예사롭지 않다. 그런데 아무런 이득도 없는 도로명주소로 인해 거리를 걷는 즐거움도, 마을을 찾는 신기함도 잃어버렸으니 여간 속상한 일이 아니다.

전통문화를 소홀히 하는 나라는 미래도 번영도 장담하지 못한다. 선진국을 보면 자신들의 문화를 자랑스럽게 간직하고 후손에게 가르쳐 주며 세대를 뛰어넘어 함께 공유한다. 반면 우리는 전통문화를 특정종교 산물이라는 이유로 배척하고 심지어 왜곡까지 서슴지 않는다. 기독교를 떠나 유럽을 설명할 수 없듯이 불교를 버리고 한국의 문화를 이해할 길이 없다. 우리가 우리 문화를 제대로 알고 계승해서 문화강국으로 발돋움하기 위해서는 불교를 민족전통문화로 인식시키는 교육부터 실시해야 한다. 불교전통문화를 소개하고 이해시키는 내용을 교과서에 대폭 포함시켜 한국민족으로서 정체성을 분명히 해야 한다. 하지만 불행히도 우리 교과서와 교과과정에서 불교는 찬밥신세를 면치 못하고 있다.

그런데 종립학교마저 불교문화와 역사를 제대로 가르치지 않고 있으니 안타깝기 짝이 없다. 학생과 교사들에게 불교문화와 역사를 알려주는 역할을 맡은 교법사들의 분발을

촉구할 수밖에 없다. 종립학교 교법사는 일반과목 교사와는 역할과 위상이 달라야 한다. 종립학교 정체성을 분명히 세우고 우리 사회와 종단에 도움이 될 미래 일꾼을 양성하는 데 도움이 되는 교재를 계발하고 정부가 소홀히 하는 불교문화 역사 교육 등에 집중해야한다. 불교 전통문화를 없애려는 시도가 곳곳에서 벌어지는 반면, 불교계의 대응과 방책은 더딘 것 같아 그렇잖아도 많은 업무량과 불교 교육에 시달리는 종립학교 교법사들에게 하소연 없은 불평을 던져 보았다. 그보다 더 큰 책임은 여태 소홀히 한 종립학교 교장인 필자에게 있다.

진보교육감의 교육혁신과 '인연'

현 교육 문제의
가장 큰 이유는
교육이 한 사람의
운명이 걸릴 정도로
과도한 비중을
갖기 때문이다

　사회 각 분야에서 창조 혁신이 지배하고 있다. 창조 혁신은 곧 변화다. 변화는 선택이나 인위적인 조작이 아닌 자연의 당연한 이치다. 그런데 변화는 주체적 준비와 객관적 상황이 맞아 떨어졌을 때 일어난다. 액체 상태의 물이 기체로 변하기까지는 열이 지속적으로 가해져야 한다. 액체에서 기체로 전환하는 그 상황을 일러 사회과학에서는 주체와 객관적 상황의 조화라고 이야기하며 불교에서는 인연이라고 설명한다.

인(因)은 주체적 요인이다. 물이 기체로 전환할 수 있는 성질을 내부에 갖고 있기 때문에 기화가 일어난다. 연(緣)은 주변 상황이다. 기체가 될 수 있지만 열을 가하지 않으면 전환은 일어나지 않는다. 그래서 아무리 애를 써도 되지 않으면 '인연이 맞지 않은가 보다'라고 말한다. 이 말 속에는 체념이 아니라 자연의 이치를 따르는 순응과 인연이 도래하도록 열심히 노력하라는 경책 두 가지가 담겨 있다.

지금 진보교육감들의 교육 혁신이 꼭 '인연'의 법칙을 거스르는 것 같아 보기 마땅치 않다. 진보 교육감들이 지난 7월 취임해 한 학기가 다 끝나가도록 한 일은 혼란의 연속이다. 2학기 대학 진학을 앞둔 상황에서 자율형사립고 지정을 취소해 학교, 학부모들과 갈등을 일으켰으며 오전 9시 등교를 추진해 평온한 학교에 혼란을 초래했다.

현재 교육 문제가 벌어지는 가장 큰 이유는 교육이 한 사람의 운명이 걸릴 정도로 과도한 비중을 갖기 때문이다. 자신의 노력과 상관없이 부를 갖게 된 극히 일부를 제외한 대다수 한국인들이 먹고 사는 걱정 없이 평생을 사는 '유일한' 길은 좋은 직업을 갖는 것이고 그 자격은 명문대학이나 서울 소재 대학 혹은 지방 국립대를 나와야한다는 사회적 공감대가 주술처럼 형성돼 있다. 교육은 그래서 생존을 건 치열한 전쟁이다. 그 살벌한 전쟁의 가장 큰 피해자는 아이들이고 학부모 교사들이 가해자이자 피해자들이다.

현장에서 볼 때 진보교육감들의 이른바 교육 혁신은 그나마 교육을 통해 평안한 삶을 보장받을 기회가 높은 중산층들에게 무장해제를 강요하는 것과 같다. 상류층은 경쟁할 이유가 없다. 하층은 전쟁에 뛰어들고 싶어도 여력이 되지 않는다. 교육전쟁은 자식이 자신의 부와 사회적 지위 정도는 유지하기를 바라는 중산층 부모들의 경쟁이다. 현재의 교육혁신은 자식에 대한 기대와 조바심에 젖어있는 중산층 부모와 그 부모들의 뜻을 뒷받침하는 학교를 교육문제의 주범으로 모는 '미래 중산층' 죽이기와 다름없다. 자사고를 없애면 비싼 집세 때문에 강남으로 가지 못하는 서울 강북의 중산층 자식들이 양질의 교육기회를 박탈당하게 된다. 상벌제 마저 없애면 그렇지 않아도 소란스러운 일반학교 공부 분위기는 더 험악해진다. 그 피해는 일반학교에서 명문대를 희망하는 이른바 '모범생'들이 입게 된다. 9시 등교 역시 정식 수업 전에 조금이라도 더 공부하려는 학생들에게 손해를 입힌다.

소통 공감 존중이 넘치는 학교는 우리가 지향해야 할 교육상이다. 하지만 그 이상이 실현되기 위해서는 모두가 공감하고 주변 여건이 맞아야한다. 인연이 도래해야하는 것이다. 시절 인연이 맞으면 저절로 변화하고 혁신이 된다. 특정 이념과 원칙을 세워놓고 강제로 맞추려 들지 말고 따뜻한 시선으로 현장을 들여다보면 해답이 나올 것이다.

동국대를 생각하며

　조계종립 동국대학은 광동학원을 세운 봉선사가 설립사찰이어서 종립학교 중에서도 애착이 남다르다. 동국대 전신 명진학교를 설립하고 초대 이사장을 역임한 홍월초 스님은 광동학교를 세운 운허 스님의 은사로 봉선사를 근대 교육의 산실로 세운 분이다.

　그런 동국대가 시끄럽다. 지난해 겨울 총장 선출 문제로 홍역을 앓더니 그 여파가 이사장스님 선출까지 미쳐 아직 정상을 찾지 못하고 있다. 사적 소유권을 인정하지 않는 사회주의를 빼고 자본주의 사회에서 학교는 공립公立과 사립私立이 있다. 우리나라는 사립이 훨씬 많다. 사학 중에서도 기독교계열이 압도적으로 많고 불교 종립학교는 조계종단이 세운 동국대학이 대표적이다. 사학은 설립 주체의 자율권을 존중받으면서도 한 국가의 미래 인재를 양성하는 교육의 공적기능을 감안해 정부가 같은 책임과 권한을 갖는다. 그래서 사학이 공공성을 훼손하지 않도록 설립 법인 외에 중립적 인사들로 개방형 이사를 둔다.

교육의 공적 영역과 사적 소유관계 사이에 종종 알력이 발생하는데 보통 설립 주체, 즉 학교 소유자 측에서 공공성을 훼손하는 경우가 사학 분쟁의 전형적인 양상이다. 반대로 동문회나 지역 유지 등이 설립자를 몰아내고 사학을 침탈하기도 한다. 사학의 주인이 바뀌는 것이다. 파견 이사들 사이에 알력이 생겨 그 틈을 동문회나 지역 유지 등 외부인사가 비집고 들어와 장악하는 과정이 일반적이다. 법인 주인들 끼리 분열돼 외부인사의 영향력이 확대되기도 하고 오랜 갈등으로 인해 학사행정에 차질을 빚어 관선이사가 파견되고 원 주인의 세력이 약화되는 경우도 있다. 설립 주체의 분열은 정부든 동문이든 지역이든 반드시 외부 개입을 부르게 돼있다. 광동학원 역시 운허스님 이후 상당기간 종립학교 아닌 종립학교로 지낸 적이 있다. 봉선사가 학교를 민주적 개방적으로 운영하는 선의善意를 일부 세력들이 악용하는 바람에 종립학교 정체성이 심각하게 훼손됐던 것이다. 외부 이사들과 이들에 의해 임명된 운영자들이 종립학교 정체성을 찾으려는 스님들을 방해해 이를 회복하기까지 많은 혼란과 비용을 치러야했다. 봉선사와 이사스님들의 노력으로 광동학원은 다시 불교 종립학교 위상을 찾았지만 동국대와 더불어 종립대학으로 명성을 떨쳤던 해인대학은 끝내 외부에 의해 운영권을 빼앗기고 말았다.

과정이 어떻든 작금 동국대에서 일어나고 있는 갈등이 장기화되면 그 피해는 고스란히 학생들에게 돌아간다. 올해 동국대에 입학한 지인知人의 자녀가 학교 문제를 놓고 이런 저런 이야기를 하는 것을 들으며 같은 종립학교 책임자로서 낯을 들기가 어려웠다. 장래희망 전공 공부로 들떠야 할 신입생 입에서 학교 문제가 거론되는 이 상황은 하루 빨리 끝나야한다. 사태가 길어지면 동국대 문제는 학교 캠퍼스를 넘어 그 불길이 종단으로 까지 번질 수 있기 때문이다. 학교와 관련 없는 인사들의 개입으로 문제 해결이 더 어려워지고 있다. 학교가 안정을 찾기 위해서는 외부 인사들도 손을 떼고 당사자들 끼리 해결하도록 지켜보아야한다. 자꾸 이런 저런 이야기를 끄집어내는 사람은 원만한 해결을 바라지 않는 속내를 감추고 있다고 보면 된다.

기독교에 비해 불교 종립학교는 턱없이 적다. 손가락으로 헤아릴 정도다. 그래서 불교종립학교 한 두 곳이 흔들리면 불교 전체에 그 여파가 미친다. 기독교 역시 교단 중앙의 분열이 교단이 운영하는 학교에 까지 영향을 미치지만 그 여파는 미미하다. 학교 수가 워낙 많은데다 학교 운영에 대해서는 일정 정도 자율성을 보장하기 때문이다. 이번 일이 마무리되면 우리도 종립학교와 종단과의 관계, 학교 운영 원칙 등을 다시 한 번 정립할 필요가 있을 듯하다. 어쨌든 종단문제의 학교화, 혹은 학교문제의 종단화는 바람직하지 않다.

그러나 한 가지만은 분명하다. 조계종과 스님들은 이번 일로 인해 또 세인들로부터 손가락질을 받고 있다.

퇴임

20여 년 넘게 아이들을 가르치다 막상 교단을 떠나려고 하니 정든 아이들이 눈에 밟힌다. 두 달밖에 남지 않았는데도 아침 일찍 학교에 나와 업무 처리하고 선생님들과 학업 논의하고 교실을 둘러보는 늘 같은 생활 때문인지 퇴임이 실감나지 않는다. 이토록 실감나지 않아서는 혹여나 교장실 의자에 까지 앉았다가 새 주인을 곤란하게 만드는 상황 까지 이를까 걱정이 될 정도다. 그래서 요즘은 열심히 그림자 교장 연습을 일부러 하곤 한다.

얼마 전까지만 해도 '내일 지구의 종말이 온다 해도 나는 오늘 사과나무 한그루를 심겠다'는 뉴턴의 말처럼 끝나는 날까지 변함없이 최선을 다하자고 결심했었는데 막상 코앞에 닥치고 보니 잘못된 결심이었음을 깨달았다. 본인을 위해서도 그렇고 후임을 위해서도 떠날 사람은 떠나는 사람처럼 구는 것이 모두를 위해서 좋을 듯하다. 내일 이면 떠날 사람이 열심히 한다며 이것저것 챙기면 후임은 그렇다 쳐도 아랫사람이 여간 곤욕이 아닐 것이다. 열심히 제 할 일 한다는데 뭐라 할 수도 없고 그렇다고 내일이면 새 상관이 올 것인데 온전히 들어주기도 난감하지 않겠는가? 끝까지 최선을 다하는 것은 어제처럼 일을 하는 것이 아니라 떠날 사람답게 남은 사람 불편하지 않고 오는 사람 민망하지 않게 잘 처신하는 것임을 알겠다. 생각은 그러한데 몸은 뜻대로 되지 않는다. 자꾸 챙기고 돌아보는 자신을 발견한다. 오래돼 몸에 밴 습관인지 떠나기 싫어 하루라도 더 남고 싶은 미련인지 모르겠다.

퇴임식도 신경 쓰인다. 선배 교장들처럼 하기 싫어서 '토크 콘서트' 형식을 빌어 학교 구성원 패널들과 '교육은 맛있는 음식이더라'는 주제로 광동 교육에 대해 이야기 해 볼 참이었는데 접었다. 이사장스님 본사 주지 스님과 지역 기관장을 모시고 하품하는 아이들 앞에 놓고 듣지도 않는 형식적인 몇 마디 나누는 퇴임식 보다는 자유롭게 학교와 교육에 대해 이야기 나누면 남은 사람들에게 도움이 되겠다 싶었는데 이 또한 과욕이었다. 20여 년 교직생활 동안 수없이 많은 말을 하고 8년 교장 재임 동안 학교 책임자로서 미련 없이 행정을 펼쳤는데 무슨 말을 덧붙이겠는가? 이미 몸과 입과 뜻으로 한량없는 세월을 다해도 씻지 못할 업業을 쌓고 그에 대한 대중들의 평가 또한 끝났는데 그 위에다 또 업을 지으려 했으니 참으로 미련하기 짝이 없는 계획이었다.

그림자 교장노릇도 몸에 익고 요란스럽게 준비하려든 퇴

임식도 중지했는데 딱 하나 버리지 못한 습이 있으니 '교육자 노릇'이다. 교직을 천직으로 알고 앞만 보고 달려왔다. 어쭙잖지만 경험과 지식을 살려 몇 마디만 남기고자 한다. 대학진학률 높이기에 매달려 나름 성과를 거두었다고 자부하지만 교단을 떠나는 순간을 앞두니 이것이 교육의 전부가 아님을 새삼 느낀다. 교육은 사랑만 갖고 되는 것이 아니다. 증오와 용서도 있고, 아픔도 있어야 한다. 자기 성찰적 반성도 있어야 한다. 아이들 지도가 마음먹은 대로 되지 않을 때 교사는 좌절감에 빠지기도 한다. 회의감이 들 때도 많다. 교육은 많은 고통을 수반하는 지난한 과정이다. 무조건 견디어야 한다.

마지막으로 사교육 문제를 언급하는 것으로 '퇴임사'(?)를 마무리하고자 한다. 학교에서 사교육이 차지하는 비중은 절대 줄지 않을 것이다. 진학률에 목맬 수밖에 없는 교장은 사교육과 싸우지 못한다. 오히려 의지해야할 처지다. 그 전쟁은 퇴임자의 몫이다. 그래서 학교는 떠나지만 교육은 버리지 않으려 한다. 현직 교사들이 하지 못하는 '사교

육 청정지역' 만들기에 남은 인생을 쏟으려 한다. 그것이 평생 교육현장에서 여러 선후배 교사와 학부모들로부터 받은 은덕을 갚는 길이라고 생각한다. 남은 생 평생 지은 업을 씻어도 모자랄 판에 또 업을 지으려 하니 금생今生은 물건너갔다.

9회말 2아웃

방학 동안 야구에 완전 빠졌다. 흔히 야구는 9회말 2아웃 부터라고 한다. 큰 점수 차로 패색이 짙은 경기가 9회말 2 아웃에 뒤집힌다. 심심치 않게 볼 수 있는 짜릿한 명장면이 다. 그 쾌감은 하늘을 찌르고도 남는다. '9회말 2아웃'은 인 생 역전드라마에 자주 비유된다. 그래서 많은 사람들이 그 순간을 꿈꾸고 희망한다. 패배로 끝났다고 체념하는 순간 뒤집는 그 극적 상황을 기대하며 하루하루를 버티는 힘겨 운 사람들이 많기 때문일 것이다.

이번에 지더라도 다음 경기가 있는 야구에서 9회말 2아 웃은 뒤집으면 좋고 그대로 게임이 끝나도 다음을 기약할 수 있지만 인생은 그렇지 않다. 실패 혹은 만족하지 못한 삶을 살다 말년 혹은 나중에 대반전을 꾀하는 인생이 적지 않지만 아웃 카운트 하나면 끝나는 지경 까지 인생을 아슬

아슬하게 몰고 가는 것은 아무리 역전의 맛이 짜릿하다 해도 그리 권할 바가 못 된다. 그 같은 극적 상황이 의도해서 만들어지는 것은 아니지만 학창시절 열심히 공부하고 사회 나가 제대로 생활한다면 인생이 막판에 몰릴 정도로 처참하지는 않을 것이다. 개인의 의지 노력과 상관없이 나라를 빼앗기거나 전쟁 같은 개인이 어쩔 수 없는 상황에 놓이면 아무리 노력해도 힘든 상황을 벗어나지 못하겠지만 지금의 대한민국처럼 경제적으로 부유하고 사회적으로 안정되어 있는 사회에서는 전적으로 개인의 노력만 뒷받침 된다면 그리 굴곡진 삶을 살 까닭은 없을 것이다.

'9회말 2아웃'을 만들지 않기 위한 가장 중요한 순간이 학창시절이다. 부모가 경제적인 부담을 해주고 무엇을 하든 용인이 되고 실수를 바로 잡을 수도 있는 학창시절을 어떻게 보내느냐에 따라 한 사람의 인생은 결정된다. 학창시절 할 일은 하나밖에 없다. 열심히 학업 공부하고 부모 말씀 잘 들으며 씩씩하게 자라나는, 아무런 책임질 일도 없이 마냥 누리기만 하면 된다. 이렇게 말하면 요즘 말로 '알바'해서 돈 벌며 공부해야하고 부모가 이혼해서 공부 뒷바라지 못하는 아이들이 얼마나 많은데 고등학교 교장이라는 사람이 세상모르는 소리 하느냐 핀잔하는 사람도 있겠지만, 천만의 말씀이다. 적어도 대한민국에서 고등학교 교육까지는 돈 걱정 없이 다닐 수 있는 교육 혜택이 잘 갖춰져 있다. 다만 사교육을 얼마나 받을 수 있느냐의 차이만 있을 뿐 공교육 혜택을 못 받는 학생은 거의 없다고 보면 된다.

학창시절 제대로 보내는 것이 공부 열심히 해서 좋은 대학 나와서 큰 회사 취직하는 것만은 아니다. 길은 다양하다.

춤을 아주 잘 추었던 한 여학생은 그 특기를 살려 예술대학에 특기생으로 입학해 지금은 일본 유학중이다. 공부가 아니더라도 길은 많고 사회적으로 선망하는 직업은 아니지만 자기 일에 만족하며 행복하게 사는 사람들도 많다. 농촌에 자리 잡고 있어 학부모들 중에는 농사짓는 분들이 많은데 상당한 부를 축적하고 여가를 즐기며 사는 사람들이 많다. 공통된 것은 모두 열심히 살고 사람들에게 친절하고 따뜻한 좋은 품성을 지녔다는 점이다.

이번 달로 학교를 완전히 떠나니 인생으로 치면 9회말 상황이다. 스코어는 모르겠다. 야구처럼 상대방을 정해두고 경쟁을 하지 않으니 누가 이기고 지고가 없다. 예전처럼 군사부일체(君師父一體) 소리는 못 듣지만 많은 사람들이 부러워하는 교직(敎職)에 몸담은 데서 나아가 교장을 두 번이나 역임했으니 더 바랄 게 있겠는가. 하지만 이는 나 자신이 아니라 외형의 나, 형상에 비친 내 모습일 뿐이니 직업으로, 사회적 지위로 평가할 일은 아니다. 진짜 평가해야할 잣대는 60년을 살도록 얼마나 욕심내지 않고 세상과 자연에 순응하며 나에게 주어진 직분에 충실하고자 노력했던가 나 자신의 내면에 있을 것 같다.

그런데 진짜 두려운 평가가 있다. 나로 인해 9회말 2아웃에 인생을 살게 된 학생과 그 반대의 경우를 살게 된 학생을 비교하면 어디가 더 많을까?

교단을 떠난다니 후배 교사가 편지 한통을 보내왔다. 교
장실 문을 닫고 업무를 보는 게 답답하고 자리에 가만히 앉
아 있는 성격이 아니어서 그냥 교장실 문을 열어 둔 것이고
아이들하고는 본래 잘 어울리는 성향일 뿐인데 의외에 반
응이라 나도 좀 놀랬다. 다음은 후배 교사의 편지 글이다.

희한한 일이었습니다. 어쩌면 학창시절 졸업한 고등학교
경험이 전부인 나로서는 당연한 일이었을 것입니다. 속단하
는 것 같아 부담스러운 일이지만 제게 교장실 문이 항상 활
짝 열려 있는 것은 신기한 경험이 아닐 수 없습니다. 교실
복도를 지나는 학생들의 소란스러움 때문에 신경 많이 쓰일
텐데 굳이 문을 왜 열어놓고 계시는 건지 궁금하고 모를 일
이기도 했습니다. 딴 뜻이 있나(?)고도 생각해 보았습니다.

저는 굳게 문이 닫힌 교무실에 있을 때에도 쉬는 시간만 되면 떠들며 소리 지르고 뛰어다니는 아이들의 소란스러움에 정신이 혼미해질 지경인데 말입니다. 그러다 시간이 좀 지난 뒤에야 알게 되었습니다. 교장실의 문이 열리면 열릴수록 아이들의 시끄러운 수다 소리로 정신이 혼미해지는 것이 아니라, 아이들의 생활과 생각이 전달될 수 있다는 것이었고 굳게 닫힌 문은 문 안에 있는 사람에게 쉽게 다가갈 수 없게 만들며, 문이 없음으로 해서 문 안팎의 사람이 자연스럽게 만나고 교감할 수 있다는 사실을 말입니다.

수업에 들어가면 아이들이 다정다감 선생님을 대하듯 교장선생님을 대하는 것 또한 신기한 일이었습니다. 교장선생님이라면 아이들이 어려워하고 피하는 존재여야 어울릴 법하다고 생각했던 제게 아이들이 쉽게 농담을 던지고 그런 아이들의 농담에 자연스럽게 응대하는 교장선생님의 모습은 신선한 충격이었습니다. 지금이야 구령대에서 교장선생님께서 아이들과 편하게 이야기를 나누는 모습이며, 함께 축구하는 모습은 익숙하지만 말입니다.

학생들과 축구 경기를 할 때, 구령대에서 학생들이 교장선생님의 축구에 대한 평가하는 모습을 봅니다. 가끔은 냉정하게 평가할 때도 있지만 대체로 많은 이야기는 농담조였습니다. 학생이나 교사에게 어려운 존재여야 할 교장선생님이 다른 것도 아닌 축구 경기에서 아이들에게 농담조의 평가를 받는다는 것이 처음에는 낯설기만 했습니다. 그러다 이 또한 나중에 알게 되었습니다. 학생들과 최일선에서 만나 이야기를 나누는 선생님들만큼 이상으로 교장선생님과 아이들의 래포가 상당히 두텁게 형성되어있다는 것을 말입니다.

 학교 업무에 있어서 교장선생님 대해 감히 이야기하기란
쉽지 않습니다. 그저 경력이 일천한 초보교사로서 주제넘게
한 마디 할 수 있다면 참으로 바쁘게 움직이시는 분이라는
느낌이 강하게 듭니다. 종합고등학교였던 우리학교를 인문
계 고등학교로 전환시키고, 처음 부임했을 때의 학생들 수
준도 지금은 놀라울 정도로 급성장하였으니까 말입니다.
 제가 느끼는 학생들의 처음 이미지는 말썽꾸러기들이었
고 놀기만 하는 학생들이 태반이었는데 작년, 우리학교 입
학 설명회 진행을 도우며 봤던 이 지역의 학생, 학부모의
열기는 어마어마했습니다. 이러한 결실을 낳게 된 것은 좋
은 학교를 만들려는 학교 구성원들의 똘똘 뭉친 단합과 부

단한 노력도 있었겠지만 비전을 명확히 세우고 나아갈 방향성을 구체적으로 제시한 교장선생님의 면모가 발휘되었기에 가능한 일이 아니었을까합니다. 그리고 지금 학생들의 학업에 대한 열정을 보면서 제 판단이 틀리지 않았구나 생각합니다.

나는 한 조직의 리더라면 그 조직에서 요구하는 일을 잘하는 것이 중요한 것이 아니라고 책에서 읽은 적이 있습니다. 한 조직의 리더가 리더로서 제대로 일을 한다는 것은 구성원들이 가진 능력에 맞게 자리를 만들고 그들이 그들의 자리에서 마음껏 능력을 발휘할 수 있도록 지원을 아끼지 않는 것이 리더의 역할이라고 알고 있는 터였습니다. 이런 점에서 본다면 교장선생님의 리더로서의 모습은 남다른 면이 있다고 생각합니다.

끝으로 결례가 될지 모르겠으나 용기 내어 몇 자 적는다면 교장선생님께 진정으로 배우고 싶었던 것 중 하나가 선을 가볍게 넘어서는 모습이었습니다. 일반적인 사고에 사로잡혀 생각하고 판단하여 단편적인 해결책만 나열하는 제게 생각의 선을 넘어서서 새로운 시각으로 다양한 해결책을 제시하는 모습은 정말로 배우고 싶습니다. 여전히 생각이 젊으신데 교단을 떠난다하니 아쉬움이 쌓입니다.

2015년 8월
김소영 두 손 모음

저자 **최상균**

최상균 본명, 최일선은 필명이다.
한국외국어대학교 한국어교육과를 졸업하고, 한국외국어대학교 교육대학원에서
교육경영과 리더십 석사과정을 수료했다.
기업체에 다니다 늦깎이로 교단에 섰다. 남양주 광동고등학교 교장을 역임하고 동
국대 이사장 일면스님과의 인연으로 일면 교육문화재단 감사와 불암사 신도회장
을 역임했다. 현재는 불교신문 논설위원과 남양주 교육문화연구소장으로 활동하
고 있다.

그림 **김종렬**

원광대에서 서양화를 전공하고 30년 넘게 교단에서 아이들을 가르쳤다. 초대 개
인전과 그룹전, 200여 회의 단체전에 참여했으며, 현재는 경기현대미술협회 회장,
경기미술협회자문위원과 전업 작가로 활동하고 있다.

누드 본능 – 교육, 본능을 두드리다

2015년 8월 20일 초판인쇄
2015년 8월 25일 초판발행

지은이   최 상 균
펴낸이   한 신 규
편 집   김 영 이

펴낸곳   글앤북 Geul&Book
주 소   05827 서울특별시 송파구 동남로 11길 19(가락동)
전 화   Tel.070-7613-9110 Fax.02-443-0212
E-mail   geul2013@naver.com
등 록   2013년 4월 12일(제25100-2013-000041호)

ISBN   979-11-955266-0-4   03810   정가 14,000원

"하나님이 우리에게
 망수가 있도다!
 그래도 많은 것을
 되찾은 우리가 되길 바랍니다!"

             강 혜 두

코로나로
　아이들이
잃은 것들

코로나로
아이들이
잃은 것들

우리가
놓치고 있던
아이들
마음 보고서

김현수 지음

Denstory

코로나로 아이들이 잃은 것들

초판 1쇄 발행 2020년 11월 15일
초판 11쇄 발행 2022년 2월 5일

지은이   김현수

발행인   정경진
편집장   정규보
디자인   정보라
조판   박종건
교열   김화선
마케팅   김찬완
홍보   이선유

펴낸 곳   ㈜알피스페이스
출판등록   제2012-000067호(2012년 2월 22일)
주소   서울 강남구 삼성로 634(삼성동)
문의   02-2002-9880
블로그   the_denstory.blog.me

ISBN   979-11-91221-00-8 13590

"바이러스가 아이들 몸을
어른들 몸만큼 파괴하지 않을 수 있다.
하지만 아이들 미래를 파괴할 수는 있다."

– 제이슨 드팔(기자, 작가)

강민정(국회의원, 열린민주당)

코로나로 몸이 다칠 것을 걱정하는 사이에 마음이 다치는 걸 놓칠 수 있는 시간을 보내고 있습니다. 학력 격차보다 더 걱정하던 것 중 하나가 혹여나 코로나로 인하여 마음이 닫히고 관계 맺기를 잊은 '코로나 세대'가 탄생하게 되지는 않을까 하는 점이었습니다. 이 시기에 마음과 관계 맺기에 맞춤하여 돌봄을 제공해줄 수 있는 책이 나와 고맙고 반갑습니다.

김대중(아주대학교병원 내분비내과 교수)

1월 말 시작한 코로나19 대유행이 벌써 9개월째다. 참 많은 대화와 토론이 있었지만 '아이들의 생각'에 대해 깊이 들여다본 적이 없다. 이 책을 통해 "왜 우리들이 어떤 생각을 하는지 궁금하지 않으세요? 우리가 무엇에 힘들어하는지 알고 싶지 않아요?"라는 아이들의 항변을 듣는 것 같아 마음 한편에 미안함이 많다. 물론 어른들도 지쳐 있지만, 집에서 혼자 외로움과 박탈감을 이겨내려고 고군분투한 아이들에게 한 번도 위로와 격려를 해주지 못한 무심한 어른이 되었다는 생각이 든다. 세상 처음 당하는 지옥 같은 생활을 겨우겨우 버텨나가고 있는데, "도대체 집에서 놀기만 하고 게임만 했지, 한 것이 없다"고 쉽게 내뱉는 부모들의 말에 아이들은 얼마나 큰 상처를 받았을까? 교육을 박탈당하고, 친구나 사회적 관계의 결핍 속에 힘들어하는 아이들의 슬기로운 극복을 위해서는 부모, 교사, 아이들 모두 소통과 협력이 필요하다. 이 책이 서로를 이해하는 데 큰 도움이 될 것이다.

김수진(인천 서운초 교사)

코로나 팬데믹으로 인해 너무 많은 것들이 변했다. 어른들은 자기 앞에 놓인 삶이 힘들어 하루하루를 버텨내는 데만 급급했고, 아이들은 '교육'에서조차 희미해졌다. '도대체 아이들이 무슨 생각을 하는지 알 수 없다', '힘들어하는 것 같은데 어떻게 도와줄 수 있을지 모르겠다'면, 이 책이 코로나 시대를 살아가는 아이들의 힘듦, 어려움을 이해하는 데 도움이 될 것이다. 이 어려운 시대를 아이들과 함께 잘 헤쳐나가려는 부모님, 선생님이라면 꼭 한번 읽어보면 좋겠다.

박수진(울산 세인고 교사)

누군가와 대화할 때 상대방이 마음을 알아주기만 해도 어깨의 힘이 훅 풀리는 경험을 한 적이 있습니다. 이 책을 읽으면서 또 한 번 느꼈습니다. 이 책은 저도 모르는 사이 긴장으로 뻣뻣해진 어깨를 풀어주고, 마음을 다독여주는 따뜻한 위로가 되었습니다. 관계 속에서 배우고 성장하는 것이 '일'인 아이들에게 코로나가 어떤 의미인지 알려주고, 하루하루 힘겨운 부모님과 선생님들에게 구체적인 조언까지 전해주시는 세심함에 감탄

7

합니다. 코로나 시대가 교사들에게 '가르친다는 것이 무엇인가'도 함께 생각하게 합니다. 코로나가 남길지도 모를 트라우마를 회복하는 일, 이 책을 통해 시작할 수 있다고 생각합니다.

서은애(성남시 학부모, 교사)

함께하면 위험해지고, 거리 두면 안전해지는 코로나 시대. 아동, 청소년, 청년, 부모, 교사들의 아픔을 들어주고 따뜻하게 품어주는 어른이 있어서 참 다행입니다. 코로나로 배제되고 소외된 취약 계층이 더욱 선명하게 드러났습니다. 이 책에서는 이러한 위기를 사회적 연대로 이겨낼 것을 제안합니다. "너희들은 어떻게 지내고 있니?"라고 물어봐주는 어른들이 더욱 많아졌으면 좋겠습니다. 그리하여 코로나 상처를 이겨내고 우리 사회가 성장과 성숙을 경험하길 소망합니다.

손명회(CBS PD)

김현수 선생님과 함께 청소년 특집 프로그램을 만들면서 요즘 10대 아이들의 속마음을 들여다볼 기회가 있었습니다. 코로나 덕분(?)에 학교를 덜 가서 행복해할 줄 알았던 아이들은 의외로 불안감을 토로했습니다. "새 학년에 친구를 못 사귀니 우울해요", "아무것도 한 게 없는 것 같아요", "졸업 전에 소풍은 가볼 수 있을까요?" 미래에 대한 걱정이 어른들보다 더 컸습니다. 이 책은 이런 마음들을 세밀하게 포착했고, 아이들이 떠안을 코로나 트라우마를 외면하지 말라고 경고합니다. 잘못하면 코로나 괴물로 자랄 수도 있단 말이 섬뜩합니다. 대한민국의 모든 부모님이 '빨리' 이 책을 읽기 바랍니다.

여지화(세종시 학부모)

이 책을 읽으며 나도 모르게 내 안의 불안을 아이를 향해서 쏟아부으며 조바심 냈던 순간을 떠올렸습니다. '너를 위해서'라는 말로 채근했던 순간에 아이들이 저에게 하지 못했을 말들을 책에서 대신 들을 수 있었습니다. 그 목소리 덕분에 앞으로 아이들을 향한 보살핌, 챙김, 관심의 끈을 놓지 않고, 우리가 잃어버린 시간의 조각을 새롭게 맞춰볼 용기를 얻었습니다.

조현서(서울 휘봉고 교사)

마음의 상처는 해결책을 제시해서 낫는 것이 아니라 무엇이 아픔인지 찾아내어줄 때 치유된다. 코로나19로 인하여 아이들을 직접 만나지 못하니 아이들의 아픔이 무엇인지 가늠하기 어려웠다. 한 번도 겪어보지 않은 전염병의 대유행 시대에 구체적인 해결책이 있어서라기보다 아이들의 마음을 알아주고 학부모의 걱정을 보여주고 교사인 나의 어려움을 보여주는 것만으로도 치유가 된다. 이 글은 이 시대 우리의 마음을 기록한 사료로 남을 것이다.

현진희(한국트라우마스트레스학회 회장)

부모와 교사가 무엇을 할 수 있는지 알려주고, 아이들은 자신과 비슷한 다른 친구들의 상황에 공감할 수 있는 책이다. 트라우마 사건은 누구에게나 일어날 수 있지만, 그 영향은 공평하지 않다. 그래서 코로나를 경험하고 있는 우리 모두가 변화해야 하고, 각자 할 수 있는 것을 늘려나가야 잘 회복할 수 있다. 이 책이 그 길을 알려주고 있다. 아이들의 진정한 대변인 김현수 선생님께 감사드린다.

우리 이야기를 물어봐주시고, 들어주세요!

대화를 요청합니다.

제발, 물어봐주세요.

우리들 사이에 어떤 일이 일어나고 있는지를

우리들 마음에 어떤 영향이 있는지를.

그저 잘하라고만 하지 마시고

혼자서도 잘할 수 있다고만 하지 마시고

스마트폰 그만하라는 이야기랑

더 이상 놀지 말라는 이야기만 하지 마시고

이제라도 물어봐주세요.

우리에게 코로나는 무엇이었는지

코로나로 인하여 우리 마음이 어떤지
코로나로 인하여 우리가 잃은 것은 무엇인지
코로나로 인하여 우리가 아픈 곳은 없는지
물어봐주시고 들어주세요.

어른들은 우리 마음을 잘 모르는 것 같아요.

코로나로 인하여 늘어난 것은
단지 노는 시간이고
줄어든 것은 공부 시간이라고만 말하지 마세요.
그렇게 간단하지 않아요.

그보다 더 큰 일이 많아요.

힘들다고 하는 친구들이 늘고 있어요.
어른들과 말이 안 통하고 이해받지 못해서
친구들에게 자신이 잊혀가서
인생이 너무 우울하고 허무해서
죽고 싶다고 하는 아이들도 늘었어요.

코로나로 인하여 늘어난 아픔은 여러 가지예요.

밥을 굶는다고 하는 아이들도 늘었고

혼자 지내는 시간이 힘들다는 아이들도 늘었고

원격 수업을 못 듣겠다는 아이들도 있고

이렇게 지내는 것 자체가 힘들다는 아이들도 있어요.

모르면 묻고 또 만나야 하는데

묻지도 않고

코로나가 우리들에게 어떻게

2차, 3차로 변형되어 전파되어가고 있는지를 모르시고 있어요.

중요한 것을 모두 잃기 전에 우리에게 물어봐주세요.

이 절박한 순간에도 우리에게 무언가를 시키고자 하는 불안에서 벗어

나세요.

대화를 요청합니다.

(이런 의미로 여러 친구들이 말했지만, 말투나 단어가 꼭 이렇지만은 않았습니다.)

코로나[1] 시대,
아이들 마음은 어떨까?

떨어지기 전에 붙잡기

『그들을 잡아줘 떨어지기 전에』[2] 는 미국의 정신분석가 크리스토퍼 볼라스가 쓴 책입니다. 정신적 붕괴가 일어나기 전에 그 신호를 잘 읽고 적합한 돌봄을 제공해야 할 필요성을 이야기하는 책입니다. '하인리히 법칙', 즉 심각한 사고가 있기 전에 사소한 사고가 여러 차례 발생하고 이를 감지하지 못하면 큰 사고가 나듯이, 마음도 작은 위험 신호를 보내기 때문에 이를 감지하여 적절한 도움을 주면 더 심각한 상태에 이르지 않을 수 있다는 내용을 담고 있습니다. 제가 이 책을 화두로 삼은 것은 바로 우리가 지금 그런 위치에 있기 때문입니다. 아이들이 더 비극적인 세계로 떨

---

1 이 책 전반에 걸쳐서 '코로나바이러스19'에 해당하는 내용은 가독성을 위해 '코로나' 또는 '코로나19'로 표기했다.
2 크리스토퍼 볼라스 지음, 박미경·이재훈 옮김, 한국심리치료연구소

어지기 전에 붙잡아야 할 순간이 지금이기 때문입니다. 그런 의미에서 9월 초순 질병관리청 정은경 청장이 "2020년 하반기 방역은 심리방역이 강조되어야 한다"라고 말한 것은 큰 의미가 있었습니다.

올해 우리를 덮친 코로나는 아이들의 마음에도 큰 영향을 미쳤습니다. 코로나로 인해 발생한 휴교, 외출 금지 등으로 아이들의 마음은 흔들리고 있습니다. 곳곳에서 그런 징후가 나타나고 있습니다. 자해·자살 같은 극단적인 방식으로 나타나기도 하고, 우울·무기력 같은 조용하지만 침습력 강한 방식으로도 나타나고 있습니다. 그러므로 이런 징후를 잘 발견하고 증상이 발현되지 않게 선제적으로 대응하는 것이 필요합니다.

심각한 치료를 하기 전에 좋은 돌봄을 제공함으로써 질병에 이르지 않을 수 있고, 좋은 돌봄 이전에 당사자가 겪고 있는 일들에 대해 완벽하지는 않지만 충분히 이해하려고 노력함으로써 당사자 스스로 충전되고 자각된 힘으로 자기 자신을 보살필 수 있게 될 수도 있습니다.

어른들이 힘들다면 아이들은 당연히 더욱 힘든 상태일 것입니다. 다른 점이 있다면 아이들은 어른들처럼 힘든 것을 잘 표현하지 못한다는 겁니다. 그러므로 어른인 우리는 아이들에게 미친 코로나의 영향을 미리 파악하고, 그들이 '떨어지기 전에 붙잡아주어야' 합니다. 이 책에 소개된 아이들의 이야기가 떨어지고 있는 아이들을 붙잡고자 하는 어른들의 마음에 불을 붙여주기를 바랍니다.

'걱정하며 물어보기'라는 '아름다운 보살핌'

'성장학교 별' 학생들에게 코로나에 대해 어떻게 생각하는지 7월 초순에 설문 조사를 했었습니다. 코로나로 인해 어수선하게 한 학기를 보낸 별 친구들은 이 시기를 어떻게 기억하는지 알고 싶었습니다. 친구들의 답변에는 '지옥', '스마트폰 유배생활' 같은 힘든 감정을 호소하는 내용이 많았습니다. 아이들은 이렇게 자신들이 겪은 것을 물어봐주고 공감해줌으로써 마음이 편안해진 것 같다고 하였습니다.

그리고 7월 중순 이후부터 몇몇 교육청에서 학생들을 어떻게 대하는 것이 좋을지에 관한 교사와 부모 대상의 교육 요청이 들어오기 시작했습니다. 그래서 진료실에서 만난 청소년들이 전해준 이야기를 정리했고, 그 이야기들을 부모님과 교사들에게 전했습니다. 그 이야기들이 좋았는지 그 후 여기저기서 같은 주제의 강연을 해달라는 부탁을 받았습니다.

7월 말에는 제가 흠모하는 교사 단체인 '참여소통교사회'의 이선영 선생님께 '코로나 시대의 교사와 아이들'을 주제로 강의를 해달라는 요청을 받았습니다. 그 준비를 하는 과정에서 다른 나라의 자료들을 많이 보게 되었고, 그것들을 모아 정리해서 8월 중순에 발표하고 함께 의견을 나누었습니다. 참여소통교사회는 교사들에게 코로나로 인해 힘든 수업 활동과 학생 지도 활동에 대해 물어보았고, 선생님들은 다양한 환기와 고백을 해주고 계셨습니다.

그리고 8월 13일 멕시코의 한 교사 Hortensia Fernández Fuentes가 '프레네국제교사협회'에 보낸 편지를 받게 되었습니다. 그는 긴 편지에서 '아이들에게 물어보는 어른들이 왜 없는지', '우리에게 어떤 일이 일어난 것인지', '학교와 가정 각각의 역할은 무엇인지', 그리고 '실제 자신의 학급 아이들에게 물어본 이야기'를 전해주었습니다.

8월 22일 '관계의 심리학을 연구하는 교사단'의 여름 집중 연수에서 '코로나와 애착'을 주제로 강의하게 되었습니다. 그래서 또 여기저기 문헌을 찾고 몇 분에게 정보를 얻고자 이메일을 보냈습니다. 코로나 시기 부모와의 애착 문제, 또래들과의 애착 문제를 고민하고 걱정하는 몇몇 학자들의 논문과 에세이로부터 많은 도움을 받았습니다.

그리고 9월에는 애착 주제를 보태서 여러 곳에서 온라인 강의를 했고, 일부 교육청으로부터 자료집을 만들자는 제안을 받기도 하였습니다.

하지만, 이 글을 쓰게 된 직접적 계기 중 하나는 "코로나 때문에 힘든 것이 있냐고 묻는 어른이 왜 없느냐"라는 중학교 1학년 여학생의 주장이었습니다.

2학기를 시작하는 9월 초순, 코로나의 재확산으로 학교에 나갈 수 없게 되자 큰 실망을 하게 된 아이는 자신이 급속히 우울해졌다고 하면서 저에게 외치듯이 말했고, 저는 그 이야기들을 정리해보고자 하였습니다.

그러던 중 9월 중순에 소위 '라면 형제' 사건이라고 불리는 안타까운 화재가 있었습니다. 저는 이 사건을 코로나로 인한 상징적 사건 중 하나라고 봅니다. 코로나로 인한 휴교 이후 아이들이 장시간 집에 있으면서 부모의 양육 스트레스 증가, 돌봄의 위기, 그리고 학대와 방임의 연속적 악순환에 빠진 아이들의 상황이 결국 사건으로 나타난 것이지요. 저에게 격렬한 주장을 한 학생의 말이 구체적인 현실이라는 것을 깨달으면서 큰 부끄러움을 안게 되었습니다.

이 두 가지 사건이 코로나 시기에 '서울시 코비드19 심리지원단' 단장을 맡고 있는 저에게 큰 안타까움과 부끄러움을 안겨서 이 글쓰기에 발동을 걸었습니다.

코로나 시기, 또 그 이후 어른들끼리 만든 담론도 필요하지만 아이들과 함께 만들어가는 대화와 그 대화에 기반한 미래의 준비를 해나갈 시간이 바로 지금입니다. 그런 이야기를 이 작은 책에서 나누어보려고 합니다.

다만, 한 가지!

제가 이 글을 쓰면서 인용하거나 밝히게 된 이야기들은 아직은 일반화할 수 없는 제 의견입니다. 코로나는 아직도 충분히 밝혀진 바이러스가 아니며, 그 여파에 대해서도 이제 우리는 조금씩 정리를 해나갈 뿐입니다. 그러므로 여기에서 다루어지는 이야기들은 하나의 가설이라고 생각해주시고, 코로나 시대, 코로나 이후 시대의 대처와 준비, 그리고 미래를 위한 계획에 참고할 의견으로 받아주셨으면 합니다.

우리 아이들, 학생들에 대한 연구와 지원이 본격적으로 시작되면 아마 가설에서 조금 더 근거에 기반한 이론들이 나오지 않을까 생각합니다. 국가가 아동과 청소년의 정서와 인지, 마음의 분야에 예산을 투여하여 이 영향을 과학적으로 조사하는 것도 아주 중요한 일이라고 생각합니다.

지난 8개월간 코로나와 관련된 심리적 작업을 해오긴 했지만, 이 글은 갑작스럽게 준비된 글이기도 합니다. 갑작스러운 작업을 지지하고 도와주신 분들에게 감사드립니다. 추석이라는 연휴를 생략하고 일하도록 도운 가족에게 감사드리고, 급작스러운 출간을 도와주신 덴스토리 선생님들에게도 감사드립니다.

네, 그럼 이야기를 시작해볼까요?

2020년 10월 14일

김 현 수

목차

추천사   06

글을 시작하기에 앞서   11

프롤로그 : 코로나 시대, 아이들 마음은 어떨까?   14

첫 번째 이야기 마당
아이들 이야기

---

[1] "코로나는 지옥이었다"

01   감금, 자율의 박탈, 친구와 학교의 상실   27

02   프레네스쿨 별 친구들이 겪은 코로나   33

[2] 아이들은 어떤 상처를 받았을까?

01   새 학기가 사라졌다 : 단절의 트라우마   39

　　 함께 만난 어른들의 질문들   44

02   무한 반복 도돌이표 잔소리 : 규칙 트라우마   46

　　 함께 만난 어른들의 질문들   53

03   혼자는 어려워 : 일상 유지 트라우마   56

　　 함께 만난 어른들의 질문들   64

04   아무것도 한 것이 없다? : 결손 트라우마   67

　　 함께 만난 어른들의 질문들   73

05   스마트폰 보기를 돌같이 해야 하는데 : 중독 트라우마   75

　　 함께 만난 어른들의 질문들   80

　　 스마트폰 중독 예방을 위한 가족회의 프로세스   82

두 번째 이야기 마당
아이들에게 일어난 일

[3] 코로나 세대의 등장

01 아동 : 빈곤화, 악순환, 기회의 상실   89

02 청년 : 붕괴, 불평등, 가장 힘든 시작   93

[4] 심리적 영향

01 부모만으로는 충분하지 않다 : 친구(또래)와 놀이의 박탈   98

02 소중한 경험들을 빼앗기다   104

    : 사회적 관계와 지역사회 경험의 박탈

[5] 감염 실태와 건강 영향

01 위험하지는 않지만 '조용한 전파자'가 될 수 있다   111

02 굶주림이 다시 시작되었다   114

03 불안과 우울에 감염되다   119

세 번째 이야기 마당
우리 모두의 코로나

[6] 아이들에게는 어떻게 들렸을까?

01 어른들끼리만 이야기하고 결정했다 : 성인 중심 담론   141

02 어른의 걱정은 오로지 학력뿐인가? : 학력 중심 담론   143

03 학생들은 통제의 대상이기만 한가? : 통제 중심 담론   145

04 돌봄은 부담인가? : 부담 중심 담론   147

[7] 부모와 교사들이 겪은 코로나

01 부모들의 이야기 : 하나도 놓치지 않기   151

돌봄 지원 없이는 사회가 굴러가지 않는다   156

스트레스 과부화와 대처법   161

02   교사들의 이야기 : 넘쳐나는 담론, 그리고 번아웃   165

교사들에게 드리는 편지   174

네 번째 이야기 마당
지금 우리에게 필요한 것들

[8] 과잉과 결핍, 부재의 시기

01   가정의 과잉과 결핍, 그리고 차이   185

02   업무와 비난의 과잉   190

03   시간은 과잉, 관계는 엉망   195

04   회복 패키지가 필요하다   198

05   아동과 청소년의 권리 복구하기   200

에필로그 : 다행히 모든 것이 잘못되지는 않았다   202

글을 마치기에 앞서   214

부록   218

"한 사회의 도덕성은 그 사회가 아이들에게

무엇을 해주는가를 보면 알 수 있다."

– 디트리히 본회퍼(신학자)

첫|번|째|이|야|기|마|당

아이들
이야기

코로나 바이러스

PATCH Ver. 1.0

2020/xx/xx 10:00:00
FPS 60

포스트 코로나 시대, 아이들의 마음 보고서
던전에 입장했습니다.
다음 퀘스트를 진행해주세요.
▶ 아이들의 트라우마
  부모님의 심정
  교사의 마음

BOSS
코로나19

Player
청소년

Player
부모님

Player
교사

온라인 개학
원격수업

아이들 돌봄
워라밸

학사일정
방역

코 로 나 바이러스

내가 코로나 바이러스에서
느낀 좋은 점.

이게 내가 원하는 일상이다!

1. 내 인생에서 진대 잊을 수 없는 인간 장시닌...
2. 평소에 교회 안 때 친구가 없어서 매일 기분이 별로였지만 집에서 편안하게 아주 부담 없이 온라인으로 예배를 드릴 수 있었음
3. 갈 때 마다 하늘 보고 가서 심심한 경우가 확진, 렌즈를 잠시간 잊서이지만 행복했던 시간들
4. 평소에는 하지 안았던 홈생기를 하게 되어서 좋은 취미를 진다

내가 코로나 바이러스에서
느낀 싫었던 점.

1. 내가 좋아하는 예능 프로그램 (런닝맨)들 신버에서 뷰에 피아 했던 것
2. 어링 인정이 코로나 때문에 취소됨
3. 나갈 때마다 마스크를 써야 해서 너무 귀찮았다.
4. 코로나 때에 학교를 안가 안지만 친구들를 오랜동안 못본것

마스크
NO!!!

싫어!!!
십대~!!!
귀찮아!!!

이현린

"코로나는
지옥이었다"

01 감금, 자율의 박탈, 친구와 학교의 상실

코로나로 인해 우리는 새로운 경험을 많이 할 수밖에 없었습니다. 한국전쟁 이후 이렇게 장기간 학교의 문이 닫힌 적은 없었습니다. 이렇게 많은 사람들이 매일매일 질병관리청의 브리핑에 따라 일상의 경계를 조절하면서 지낸 적도 없습니다. 국가가 국민들 각자에게 재난지원금을 지급한 일도 처음일 것입니다.

코로나로 인해 우리 각자의 삶에도 큰 변화가 있었습니다. 저 같은 경우는 '서울시 코비드19 심리지원단' 일을 시작하면서 다른 일을 하는 것이 무척 힘들었습니다. 초반기에는 시민들을 위한 심리처방전을 매일 써내야 했으며, 시민들의 목소리에 귀 기울이고 필요한 내용을 만드느라 잠도 제대로 자지 못했습니다. 그 가운데서 '시민들을 위한 마음 백신 7가지'가 작성되어 전국에 퍼지다시피 했습니다. 뉴스 보고, 해외 논문 읽고, 회의하고 이러다 상반기가 다 끝난 것 같습니다.

아마 다른 분들도 그럴 것입니다. 부모님은 부모님대로, 선생님은 선생님대로 이 초유의 경험 속에서 자신이 어떻게 해야 할지를 결정해나가야 했을 것입니다.

국가의 통제는 높아지고, 이동의 자유가 제한되고, 대감염의 위험이 확장되던 시기에는 더 정신이 없었고, 대감염의 여파로 우리 모두에게 진짜로 큰일이 벌어지는 것은 아닌가 고민하기도 했지요.

3월 초순 개학이 연기되면서 아이들은 어땠을까요? 부모님들과 선생님들은 이 코로나 대감염 시기에 학생들, 학교, 사회, 국가 등이 각각 무엇을 해야 한다고 바라고 투사하고 원망하고 감사하고 주장하고 그랬을까요?

이 과정에서 우리는 확실히 가정, 학교, 국가의 역할에 대한 많은 고민을 했고, 필요한 것이 무엇인지 의견을 갖게 되었을 것입니다.

확장되어야 할 것들, 축소되어야 할 것들, 그리고 진짜로 필요한 것들이 무엇인지가 입체적으로 정리가 되었다는 분들도 있고, 그래서 지금은 다소 잠잠해졌지만 '포스트코로나', '뉴노멀' 이야기가 상반기 중반 이후부터 줄곧 거론이 되었나 봅니다.

아이들이 코로나 시기 속에서 무엇을 느끼고 상상하고 또 말하고 지내왔는지에 대한 면밀한 파악은 곧 국가적 차원에서 진행되리라고 생각합니다.

제 진료실, 성장학교 별, 그리고 다른 경로로 만난 여러 아이들과 청소년들이 말해주었던 것을 정리해보려고 합니다. 그들이 겪은 사상 초유의 경험은 어떤 것들이었는지, 또 그 아이들에게서 제가 느낀 점을 두서없이 정리해보았습니다.

아이들이 말한 상황들

- 밖으로 돌아다니지 말아야 한다.

- 학교에는 갈 수 없고 집에서 지내야 한다.

- 또래와는 함께 있을 수 없다. 또래들과의 놀이, 대화, 그리고 만남은 일단 오프라인으로는 불가능하다.

- 하루 종일 똑같은 사람들과 한 공간에 있어야 한다. 각자가 알아서 하면 괜찮은데, 잔소리를 듣기 시작하면 엄청 힘들다.

- TV 뉴스 시청, 인터넷 검색을 계속하게 된다.

- 어떤 경우, 나는 나를 스스로 돌보아야 한다.

- 부모님이나 형제들이 감염되면 안 되고, 나도 감염되면 안 된다.

- 감염될까 봐 걱정이 되기도 한다.

- 불안정과 불확실성, 이 상황이 언제 어떻게 될지 알 수 없고 또 불확실한 것투성이다. 물어봐도 대답을 해줄 수 있는 사람도 없다. 이게 무슨 상황이란 말인가?

- 어린이나 청소년은 잘 안 걸리고 걸려도 심하지 않지만, 가족에게 옮길 수 있다.

- 집에 혼자 있을 수밖에 없는 상황인데, 컴퓨터만 한다.

- 집에서 내가 있을 자리가 없고, 부모님에게 방해만 되는 것 같다.

- 감금되었다. 바이러스에 의해 감금되어서 내 권리가 모두 망가졌다.

- 가장 힘든 것은 식구들과 있는 것. 식구들과 있으면서 나는 망가지고 있다.
- 학교는 답답했고 마스크는 진짜 힘들다.
- 우리는 위생 수칙을 철저히 지킨다. 오히려 어른들이 문제다.
- 학교에 너무나 가고 싶다(공부하러 가고 싶다는 뜻은 아니다).
- 친구를 새로 사귈 기회를 얻지 못해서 아쉽다.
- 친구들 사이에서 내가 잊힐까 봐 두렵다.
- 이런 상황에서 시험 치고 성적 내고 하는 것이 약간 말이 안 된다고 생각한다(안 할 수는 없겠지).
- 정말 부모님과의 관계가 힘들다. 전쟁이다. 거의 난 암적인 존재이다. 부모에게 암적인 존재이고, 게임에서도 암적인 존재이다.
- 한 학기를 보냈지만 한 반이라는 느낌도 적고, 다 그저 그렇다. 잘 모르겠다.
- 선생님들과 더 친해졌으면 좋겠다.
- 담임 선생님과 나는 모르는 사이 같다.
- 선생님과 이렇게 전화 통화를 많이 해보기는 처음이다. 그래서 그냥 일찍 온라인 수업에 접속하기로 했다.
- 확실히 외롭다. 죽고 싶다. 그냥 이렇게 서서히 죽어가는 것인지도 모르겠다.
- 학교에 오라 가라 하지 말고 수업을 온라인으로만 하든지, 아니면 감

염 위험을 무릅쓰고 오프라인으로만 하든지 했으면 좋겠다. 너무 헷갈린다.

- 괴롭다. 아마 2학기에 학교를 갈 수 없다면 죽을 수도 있겠다.

코로나를 겪으면서 가족에게 바라는 것

- 가정이 조금 더 편안했으면 좋겠다.
- 가족이 화목하게 서로의 건강을 챙기고 그런 시간을 가져서 좋았다. 앞으로도 그런 관계가 지속되었으면 한다.
- 가정 안에서 내가 고민이나 걱정거리가 아니었으면 좋겠다.
- 가정이 나를 보살피고 돌봐주는 곳이라는 느낌을 코로나로 인하여 확인했다.
- 가정 안에서 나의 지위가 확고하고, 가족들이 나를 긍정적이고 유능한 사람으로 봐주었으면 좋겠다.
- 내가 할 수 있는 일들을 현실적으로 고려해서 제안하고, 잘하면 칭찬해주었으면 좋겠다.

코로나를 겪으면서 학교와 사회에 바라는 것

- 알은척해주면 좋겠다.

- 과제는 적게 내고 이야기는 많이 했으면 좋겠다.
- 무조건 나오라고 해주면 좋겠다.
- 온라인상에서 선생님과만 이야기하는 것이 아니라 아이들과도 이야기할 수 있게 해주면 좋겠다.
- 재미있는 수업을 많이 해주면 좋겠다.
- 시험은 안 치고, 그냥 이번 학기는 없던 것으로 하면 좋겠다.
- 어른들이 똑바로 해야 한다. 종교를 가진 사람들이 바로 살았으면 좋겠다.
- 지금 국가가 잘하고 있다고 하니 안심은 된다.
- 학교에 나가지 않으니 삶이 피폐해진다. 학교는 우리 삶에서 아주 소중한 곳이라는 것을 이번에 알았다.
- 유명한 유튜버가 우리 학교 수업도 해주면 좋겠다.

아이들의 이야기는 대체로 이런 반경 안에서 맴돌았습니다. 아이들은 가정에서의 자기 위치와 존재에 대해 더 확실히 알게 되었으며, 친구들과의 관계에 대해서도 알 수 있게 되었다고 합니다. 가정이 자신에게 미치는 영향, 학교가 본인에게 필요한 이유, 그리고 친구들 사이에서 자신의 위치와 관계 등에 대한 통찰을 얻었다고 하는 아이들도 있었습니다.

02 프레네스쿨 별
친구들이 겪은 코로나

　제가 직접 인용할 수 있는 사례가 '프레네스쿨 별'(성장학교 별, 이하 '별학교')입니다. 별학교 학생들 대상의 간단한 설문 결과를 공유하려고 합니다(별학교 학생들을 대상으로 7월 초순에 실시하고 방학 전에 학생·학부모들과 공유한 내용에 기초해 축약하고 정리한 내용입니다).

1. 별 친구들에게 코로나란 무엇이었는가?
• 나에게 코로나란 지옥이었다(1위)
• 나에게 코로나란 상상하기 싫은 악몽이었다(2위)
• 나에게 코로나란 두려움이었다(3위)
• 나에게 코로나란 최악의 사태였다
• 나에게 코로나란 검정고시 공부였다

2. 별 친구들이 코로나로 인해 가장 힘들었던 이유는?
• 코로나로 가장 힘든 것은 마스크 때문이었다(1위)
• 코로나로 가장 힘든 것은 거리 두기 때문이었다(2위)

- 코로나로 가장 힘든 것은 돌아다니지 못하기 때문이었다(3위)
- 코로나로 가장 힘든 것은 개학 연기 때문이었다
- 코로나로 가장 힘든 것은 죽음 때문이었다

3. 별 친구들에게 코로나 시기 가장 필요했던 것은 무엇이었는가?
- 가장 필요한 것은 마스크였다(1위)
- 가장 필요한 것은 손 씻기였다(2위)
- 가장 필요한 것은 거리 두기였다(3위)
- 가장 필요한 것은 휴식이었다
- 가장 필요한 것은 피시방이었다

4. 별 친구들은 위생 수칙을 어떻게 지키고 있을까?
- 잘 지킨다. 10점 만점에 10점(1위)

  (평균 8.5점의 높은 위생 수칙 준수!!)

5. 코로나 이후 예방을 위한 중요한 사회 운동은?
- 위생 수칙 준수 운동(1위)
- 환경기후 운동

6. 코로나 이후 좋아진 것도 있는가? 있다면 무엇인가?

- 없다(1위)

- 공기(2위)

- 잠을 충분히 잔 것(3위)

- 놀 수 있는 시간이 많아진 것

- 손 씻기를 더 자주 하게 된 것

7. 별 친구들의 스마트폰 사용 시간은 코로나 기간에 더 늘었는가?

- 조금 늘었다(1위)

- 늘지 않았다(2위)

- 거의 스마트폰만 하고 지낸다(3위)

8. 별 친구들에게 진행된 온라인 수업은 어떠했나?

- 오프라인 수업과 비슷했다(1위)

- 오프라인 수업보다 못했다(2위)

- 오프라인 수업보다 더 좋았다(3위)

9. 코로나 기간 동안 별학교는 대응을 잘했다고 보는가?

- 잘했다(1위)

- 보통(2위)

- 못했다(3위)

별 친구들에게 코로나란 지옥같이 힘든 시간이었고, 마스크를 착용하고 지내는 것은 쉽지 않은 일이었습니다. 그럼에도 불구하고 대부분의 학생들은 위생 수칙을 준수하려고 애를 썼는데, 자신에게 만점을 줘도 괜찮을 정도로 잘 지켰다고 자평했습니다. 현 단계에서 가장 중요한 운동은 위생 수칙 준수 운동이라고 답한 학생들이 과반수였습니다. 스마트폰 사용 시간은 거의 3분의 2에서 조금 늘거나 많이 늘어서 이로 인한 대책이 필요한 것으로 나타났으며, 수업에 있어서는 절반에 해당하는 학생들이 오프라인과 크게 다르지 않다고 했습니다. 다행히도 별학교의 코로나 대응은 보통 이상이라는 평가였습니다.

[2]

아이들은
어떤 상처를
받았을까?

지금부터 전하는 이야기는 제가 진료실에서 만나고, 학교에서 만나고, 또 어른들을 통해 전해 들은 것들을 5개의 트라우마로 정리한 것입니다.

전하는 사람의 이야기는 직접 말하는 사람의 이야기와는 차이가 있을 수 있다는 점을 먼저 말씀드립니다. 이야기를 전하면서 말하는 사람의 진실을 100퍼센트 실어 나르기란 어렵다는 것도 말씀드립니다. 잘 들으면서 깨달은 것이 있어 잘 정리된 것도 있고, 모호하거나 과장되거나 축소된 것도 있을 것입니다.

물론 이 또한 모든 아이들에게 일반화하기란 어렵습니다. 제가 관찰하고 발견한 5가지로 생각해주시기를 부탁드립니다.

01 새 학기가 사라졌다
: 단절의 트라우마

    새 학년 새 학기가 시작되었지만, 학교에 갈 수 없다는 소식은 우리 모두에게 특별한 충격이었습니다. "머리가 갑자기 하얘졌다"거나 "그 순간 아무 생각이 떠오르지 않았다"는 아이들의 이야기를 들었습니다. 물론 그렇게 말하는 부모님이나 선생님들도 많이 계셨지요.

    '학교에 가지 않으면 그럼 어떻게 해야 하는 거지?' 쭉 이어져왔던 길이 갑자기 막혀서 어디로 가야 할지를 모르는 그런 상태의 기분으로 지난 3월을 보냈다고 합니다. 철길이 끊어진 곳에 서 있는 느낌과 함께 단절의 아픔과 고통이 시작되었다고 합니다.

반은 어떻게 되지?

담임 선생님과는 어떻게 되지?

학년은 올라온 것 맞아?

우리 반 친구들은 누굴까?

아는 애들은 몇몇 있는데, 나머지는 어떤 애들일까?

아이들에게 진급은 성장의 의미이고, 새로운 출발입니다. 새 학년 새 학기에 잘해보기로 다짐한 것들도 많이 있지요. 또 새로운 반은 강력한 소속감을 주는 집단이고, 그 안에 있는 친구들은 또 하나의 드라마를 써나가는 동료들인데, 이 모든 것이 멈추어졌다는 것으로부터 오는 불안과 막연한 공포감이 아이들의 마음을 감싸 안았다고 합니다.

안개에 둘러싸여 앞이 안 보이는 느낌으로 새 학기가 시작되면서 아이들은 담임 선생님과도, 반 아이들과도 전과 다른 방식으로 만나야 하고 적응해야 하는 현실이 어색하고 힘들었다고 합니다. 지역에 따라 차이가 크지만, 어떤 아이들은 1학기 내내 학교에 몇 번밖에 가지 않아 새로운 소속감이나 정체성을 거의 경험하지 못했고, 이로 인하여 새로운 친구가 생기지 않은 것에 대해 불안해하는 경우도 있었습니다.

새로운 소속감, 정체성, 새 출발도 없다

새 학기에 새롭게 시작해보자고 의지를 다졌던 아이들은 시작되지 않은 것만 같은, 멈추어버리고 유예된 것 같은 새 학기가 실망스러웠고, 자존감이나 자기정체감이 낮은 아이들은 자신의 소속을 어떻게 받아들여야 하는지 힘들어했습니다. 또 일부 아이들은 친한 친구들에게서 자신의 존재가 잊히는 것은 아닌지 힘들어하기 시작했고, 다소

소심하고 내성적이면서 기회를 만들어주어야만 자신을 표현하던 아이들은 더 힘들어했던 것 같습니다. 아무래도 학원을 포함한 활동이 많은 아이들은 덜했고요. 코로나로 인해 등교가 정지된 상태에서 아이들에게 친구, 또래 활동, 소속감, 정체성과 같은 중요한 발달상의 심리 작업도 함께 정지가 되었던 것입니다.

하나하나 대책과 방안이 나오고 원격 수업이나 등교 수업의 일부가 시작되자, 얼어붙은 마음과 생각이 조금씩 녹기 시작했다고 합니다.

"친구가 밥 먹여주느냐"는 말

그런데 이런 순간들마다 적지 않은 어른들이 아이들이 호소하는 어려움, 즉 '친구 못 만나는 어려움', '학급 또래 활동에 대한 그리움'에 관해 "친구가 밥 먹여주느냐", "또래들과 노닥거릴 시간에 네 할 일을 더 해라", "학생의 할 일은 공부다"라고 말해서 아이들 입장에서는 깊은 상처를 받았다고 합니다. 특히 형제가 없거나 기껏해야 한두 명인 상태에서 친구마저 못 만나는 상황에 대해 부모가 아무 상상력이 없다는 것에 놀랐다는 학생도 있었습니다.

그럭저럭 1학기를 버텼는데 2학기 개학도 미뤄지자, 더 큰 실의에 빠진 아이들도 있습니다. 2학기도 1학기처럼 못 만나고, 멀리 떨어져서 보고, 잠깐 만났다 헤어지고, 온라인으로 만난다면 어떤 관계로 이어질까 하는 걱정을 전하기도 했습니다.

분명히 올 한 해의 경험은 친구, 반, 학교가 아이들에게 어떤 의미인가를 생각하게 해줬다고 합니다. 집에 머무른 시간이 더 길었던 아이들은 특별히 더 그렇다고 합니다. 아이들은 "여러 가지 이유로 우리가 학교를 가기 때문에, 그 여러 가지가 모두 상실되거나 박탈된 것"이라고 합니다. 여러 가지 이유란, 제가 다른 글에도 썼던 바 있듯이 학교에 공부만 하러 가는 아이는 없고, 밥 먹으러도 가고, 친구 만나러도 가고, 놀러도 가고, 화내러도 가고, 이야기하러도 가고, 특별한 이유는 없지만 집에서만 지낼 수 없으니 가서 있을 곳으로도 학교는 존재한다는 것입니다. 그런데 그 공간이 모두 폐쇄되고 정지됨으로써 아이들은 많은 기회와 경험, 그리고 함께 그 기회와 경험을 나누고 해내고 뒹굴 친구들을 잃었습니다. 이 고립과 외로움이 아이들의 마음에 남았습니다. 그리고 지금도 계속되고 있습니다. 지금이 존재감을 확인하기 가장 좋은 기회라고 말하던 아이는 무척 걱정됩니다. 전화가 몇 통 오지도 않고 한두 개밖에 없는 단톡방에 카톡이라도 울리지 않으면 죽어버리는 것이 낫다는 유혹이 자꾸 마음의 창을 두드린다는 아이들도 있습니다.

요즘 아이들에게는 '친구 좀 못 만났다고 인간이 죽느냐'라고 말하는 것은 마치 '가족 없이 산다고 인간이 어떻게 되느냐'라는 말과 같은 뜻이라고 합니다. 인간관계를 겪을 만큼 겪은 어른들은 이미 머리와 가슴속에 가득한 인간관계의 고통으로 인해 만남을 잠시 멀리 하는 것도 필요할 수 있지만, 지금 막 친구관계, 또래관계를 시작하고 그 안에서 소속감과 정체성을 느끼는 아이들은 물 없는 곳으로 실려 가고 있는 물고기 같은 기분이라고 합니다. 물고기는 물에 있어야 살 수 있는 거잖아요.

1. 학교엔 못 가도 학원에는 꾸준히 갔는데, 학원 아이들이 친구관계나 또래관계를 대체해주는 것 아닌가요?

아이들이 학원에서 소속감이나 정체성을 느끼는 경우는 거의 보지 못했습니다. 학원은 아이들에게 사회적 의미가 있는 기본 집단은 아닌 것 같습니다. 하지만 관계를 이어주고, 현실감을 일깨워주는 의미로는 작용했던 것 같습니다. 학원마저 갈 수 없었다면 더 힘들었을 것이라고 이야기를 많이 합니다.

2. 맞벌이 가정의 외둥이가 집에 혼자 있게 되었을 경우, 더 힘들었을까요?

기본적으로 맞벌이 가정의 외둥이만으로 외로움을 모두 설명할 수는 없는 것 같습니다. 부모와의 안정적 애착 관계도 중요하고, 그 친구의 사회적 관계망도 중요하고, 반려동물을 포함한 여러 자원에 따라 다를 수 있을 듯합니다. 즉, 부부 사이가 좋지 않고, 아이의 애착 상태가 불안정하고, 사회적으로 고립된 아이들의 경우는 확실히 더 힘들었던 것 같습니다.

3. 친구나 학교에서의 또래 활동 그런 것이 중요한 것은 알겠는데, 그런 관계가 한 학기 정도 없다고 아이들에게 큰 상처가 될까요?

친구의 결핍 혹은 친구 사귀기의 공백과 불편함이 하나의 트라우마로 남은 아이들에게는 상처로 기억되는 시기가 될 수 있습니다. 트라우마는 오랫동안 깊이 기억되는 특징이 있습니다. 트라우마가 되지 않았던 경우에는 이 기간이 그렇게 특징적으로 기억되지 않을 것입니다. 하지만 이 시기가 아주 특별히 힘들었던 아이들에게는 친구를 한 명도 사귀지 못한 학기, 학교에 몇 번 못 가고 부모님이랑 싸우기만 했던 학기, 연락만 간간이 하고 친구들은 못 만난 내 인생의 가장 끔찍한 나날로 큰 상처로 남을 것입니다. 그리고 이 시대를 '코로나 시대'로 명명하고 자신의 세대가 겪은 아픔을 특별하게 여겨줄 것을 바랄 것입니다.

02   무한 반복 도돌이표 잔소리
: 규칙 트라우마

손은 씻었냐?

마스크는 왜 그렇게 쓰냐?

스마트폰 안 하지?

손은 씻었냐?

마스크 안 쓰면 민폐다!

스마트폰 아직도 보고 있냐? 어떻게 하려고 그러니?

　가족들과 오랜 시간을 붙어 지내야 했던 아이들이 가장 많이 들었던 소리는 이 세 가지 단어가 들어간 돌림노래였다고 한 아이가 말하더군요. 연초부터 지금까지 240여 일 동안(8개월) 하루에 10번씩만 들어도 2500회인데, 어떤 친구는 1만 번쯤 들었다고 합니다.

　"학교를 왜 가는지 아세요?"

　"왜 가는데?"

　"초등학교 시절부터 집을 나가서 학교에 가는 중요한 이유는 '집에서 부모님의 잔소리를 듣기 힘들어서이다'라는 팩트가 있어요, 선생님!"

이 친구는 이것이 아주 중요한 진실이라고 합니다. 코로나로 인해 집에 있는 동안 자신은 부모님에게 '병신'이 되었다고 합니다. 그 이유는 모든 생활에서 잔소리를 듣고, 아직도 제대로 하는 것이 '하나도! 한 개도!' 없는 아이가 되었기 때문이라고 합니다.

"침대에 누워 있으면 앉으라고 하고
앉아 있으면 스마트폰 보지 말라고 하고
스마트폰 보지 않고 있으면 멍때리면서 뭐 하냐고 하고
책을 꺼내 보면 잠시 뒤에 와서 보고는
아까 보던 페이지를 지금 30분째 보고 있는 거 아니냐고 해서
제발 관심 좀 끊으라고 하면
부모가 어떻게 관심을 끊냐고 소리치고,
결국 빡쳐서 소리 지르고
산책이라도 하러 나가려고 하면
이런 잔소리를 부모가 아니면 누가 하냐고 하면서
이렇게 살아서 어떻게 할 거냐고
어딜 나가냐고
하는 생활의 반복이 정말 고역이에요.

정말 이러다 코로나가 사람 죽일 것 같아요.

학교가 이렇게 고마운 조직인 줄 몰랐네요.

사람을 살리는 곳이 학교네요."

이런 이야기를 하는 청소년이 한두 명이 아니었습니다. 근면하고 예의 바르고 체면을 중요하게 여기는, 언제나 옳은 부모님들과의 하루하루 잔소리 전투가 가출 전쟁으로 이어지는 집들도 간간이 있었습니다.

'차라리 저를 포기해주세요'라고 외치고 싶어 하는 아이들이 저에게 와서 부모님과의 가정생활에 대한 어려움을 호소했고, 부모님들은 "막상 집에 같이 있어보니 가정이 아니라 전쟁터다"라고 말씀하시기도 하였습니다.

더 어린 아이가 되어버렸다

가정과 학교, 그리고 사회에서 시작된 수많은 새로운 규칙은 기본적으로 금지하는 것들과 통제하는 것들로 가득 찼습니다. 그 규칙들이 자신을 보호하는 이유를 자세히 듣지도 못한 상태에서 손 씻기와 마스크 쓰기, 그리고 기침 금지, 대화 금지는 반항성을 갖기 시작한 아이들에게는 더 도전적인 분위기를 만들기도 하였습니다. 이렇게 모든

것을 금지하고 통제하려면 차라리 아무도 안 만나고 밖으로 안 나가
는 것이 낫지 않을까 하는 이야기를 나누기도 하였습니다.

하지만 너무나 긴장된 분위기 속에서 모두들 눈빛도 매섭고, 이 규
칙들을 위반했다가는 단지 또래들과 학교 선생님에 그치는 것이 아니
라 인터넷에 실리고 신문에 날 것 같은 중압감으로 인해 많은 학생들
이 이 규칙들의 통제하에 숨죽여 지냈다고 합니다.

어떤 아이는 본인이 재채기를 잘못하는 바람에 크게 혼났는데, 정
말 눈물이 쏟아졌다고 합니다. 재채기 한 번 했다고 울어야 하는 상황
까지 되었느냐고 물었더니, "너같이 방역 수칙을 몸에 익히지 못하는
아이 때문에 이 감염이 끝나지 않고 계속 새로운 환자가 나오는 거야"
라는 선생님과 다른 학생들의 타박이 너무 야속해서, 마치 자신이 교
실 전체를 감염이라도 시킨 것처럼 대하는 것 같아서 왈칵 눈물이 쏟
아졌다고 합니다.

지금의 교실은 기침만 한 번 해도 눈길이 쏠려서 다들 참을 수 있
는 한 참는다고 합니다. 아니면 화장실이나 밖에 나가서 기침을 한다
고 합니다. 기침만으로도 선생님과 반 아이들의 시선이 온통 집중되기
에 감기라도 걸리면 정말 지금은 등교뿐 아니라 만남은 끝입니다. 그
러므로 코로나바이러스에 감염이 된다면 아마 친구들이 당분간 만나
지 말자고 할 것은 틀림없는 일처럼 느껴진다고 합니다.

빅브러더 사회가 왔다

청소년기 아이들 사이에는 늘 음모와 모략이 넘쳐납니다. 유튜브와 카톡, 메신저들 사이에서 떠도는 소문, 동네에 떠도는 소문, 아이들 사이에 떠도는 소문에 지각해서는 안 될 것같이 아이들은 이야기를 실어 나르지요. 그래서 코로나 초기에 인포데믹[3] 이야기는 정말 많이 나오기도 했습니다.

가짜 뉴스가 나돌면 가장 쉽게 속는 것은 아이들입니다. 그래서 더 불안한 마음이 가중되기도 하지요. 곧 지구가 멸망하고, 다시 과거와 같은 생활로 돌아갈 수 없다는 식의 이야기를 퍼뜨리고 다니는 아이들은 꼭 있기 마련이라 상당수의 아이들이 마음 잡기가 쉽지 않았다고 합니다.

또한 아이들은 CCTV에 어른보다 민감하고 반응도 빠릅니다. 아이들에게 동네 CCTV는 '너의 행적이 다 나온다'는 길거리 행동 성적표입니다. 특히 감염자의 동선이 자세히 소개되면 그 동선에 대한 소문, 장소에 대한 소문, 그 소문에 대한 내력, 내력의 근거까지 퍼져나가는 이야기를 들으면서 아이들은 '겁나고 무서운 사회'라는 느낌을

---

3 infodemic. 정보(information)와 감염(epidemic)의 합성어로, '정보 전염병'을 뜻한다. 미국의 데이비드 로스코프가 2003년 『워싱턴 포스트』에 기고하면서 처음 사용했다.

가졌다고 합니다.

요즘 아이들은 우리의 행동이 모두 파악된다는 두려움을 갖게 된 첫 세대이기도 합니다. 마음만 먹으면 그가 무엇을 했는지를 우리는 다 알 수 있습니다. 카드 사용 내역과 CCTV 얼굴 인식을 통한 동선 파악, 인터넷 접속, 스마트폰 위치 및 접속 장소 등 모든 것이 아무 잔소리 없이 우리를 보고 있다는 것을 온몸으로 알게 된 첫 번째 세대인 셈입니다.

모두가 힘든 시간

금지와 지시, 통제에 기반한 생활에서 아이들이 흥이 나기는 어렵습니다. 코로나 시대의 가정에서 잔소리를 하는 부모도 힘들고, 듣는 아이들도 힘듭니다. 한편으로는 함께 오랜 시간을 견뎌야 하면서 깨달은 것이 많다는 분들도 계십니다. '이래서 학교에 보내는구나' 혹은 '이래서 집에서 내보내 기숙사에 보내기 시작하는구나'부터 시작해서 '사랑하는 가족들끼리도 강제적으로 한집 안에 오래 머물면 예상하지 않은 일들이 일어나는구나'까지.

코로나 시기에 집콕하면서 가족과 다양한 활동을 제안하는 여러 캠페인이 있었는데, 어린 자녀들과는 해볼 만한 것들이 있었지만 큰 아이들과는 쉽지 않았다고 합니다.

아이들과 학생들은 학교에 나가서도 힘들었다고 합니다. 긴장한 선생님들, 겁먹은 일부 아이들, 그리고 만용과 허세에 찌든 일부 아이들 사이에서 생겨날 수 있는 일들로 인해 학교는 모든 공간을 제한하고, 명백한 경계를 그었으며, 침이 튀지 않게 온갖 장치들을 만들었고, 그로 인한 불편이 정도를 넘었다고 합니다. 그 모든 것을 만들고 설치한 선생님들이 힘들었던 것은 물론이고, 금이 그어진 네모와 동그라미 안에서 지내야 했던 아이들도 힘들었습니다.

1. 아이들에게 잔소리를 해도 해도 끝이 없습니다. 잔소리를 적게 하는 방법이 없나요?

첫 번째, 지금은 평시가 아니라 전시라고 생각하시고 아이에게 접근하는 것이 좋을 것 같아요. 제대로 나가지도 못하고, 친구도 만나지 못하는 상태에서 스트레스가 누적된 아이들도 긴장과 짜증이 높아진 상태이니 잔소리에 대한 반응이 평시와는 다를 가능성이 높습니다.

두 번째, 그렇기에 잔소리의 종류와 빈도를 줄여야 합니다. 아이의 행동을 바로잡는 것을 목표로 하지 마세요. 서로 스트레스를 덜 받는 방향으로 접근하는 것이 지금은 더 낫습니다.

세 번째, 어린이들에게는 위생 수칙을 지키는 것의 중요성을 충분히 납득시켜 수칙을 즐겁게 지킬 수 있도록 도와주세요. 청소년들에게는 우리 각각의 책임을 알려주어서 방역 지침 준수가 단지 수동적인 의무가 아니라 주변의 사랑하는 사람들을 지키는 능동적인 참여

행동이라는 것을 이해시켜주세요. 그러면 자발적 참여와 준수가 높아질 수 있습니다.

2. 본인은 걸려도 죽지 않는다는 청소년의 만용과 허세는 어떻게 해야 하나요?

청소년들 중 일부가 코로나 감염 후 심각한 병세를 겪은 사례에 대한 보고들도 있습니다. 아직 어린이와 청소년의 코로나 감염 경과와 예후는 확립되지 않았습니다. 물론 비율적으로 보면 가벼운 경과를 겪는 환자들이 더 많은 것은 사실입니다. 무증상이나 경증으로 코로나 감염에서 벗어난 경우가 많은 것도 사실입니다. 하지만 더 중요한 사실은 어린이와 청소년 본인은 심각한 질병의 경과를 겪지 않지만, 할아버지·할머니 혹은 면역 상태가 좋지 않은 부모님에게 코로나 바이러스를 운반할 수 있다는 것입니다. 본인으로 인하여 그분들에게 불행한 결과를 안길 수 있는 것이지요. 꼭 자신들의 조부모, 외조부모가 아니어도 밀폐된 공간에서 만나게 되는 나이 든 분들도 전염시킬 수 있습니다.

이 두 가지를 설명해주시는 것과 더불어 공공장소에서의 수칙을 불편하다는 이유로 지키지 않는 윤리적 무책임함에 대해 끈질기게 이야기를 나누어주세요.

만용과 허세를 부리는 청소년이나 청년은 스스로 자율성과 정체성에 대한 도전에 직면하고 있는 상태라고 할 수 있습니다. 남들과 똑같이 하는 것은 싫다는 마음은 정체성을 찾고 있는 상태를 반영하고, 또 누군가 시켜서 하는 것은 싫다는 마음에는 자신의 자율성을 존중받고 싶다는 마음이 있습니다. 남들과 똑같아지거나 또는 시켜서 하는 것은 모두 싫다고 하는 청소년과 청년은 상담 현장에서도 언제나 마주하는 부류입니다. 자신만의 정체성은 특별하고 특이한 마스크로 대체하고, 자신의 자율성은 시켜서 하는 것이 아니라 스스로 선택해서 하는 것으로 바꾸자고 했더니, 저항 강도가 한결 낮아진 친구들도 있었습니다.

이런 친구들을 부도덕하고 한심하고 무책임한 아이라고 비난하면서 강요의 방식으로 접근하면, 더 심각한 방식으로 대응해 더 큰 일이 벌어지기도 합니다. 어떤 시기 우리 모두는 내가 아닌 다른 무엇으로 존재하는 것을 참을 수 없었던 시절이 있었습니다. 그 시기가 시작된 아이라고 이해해주실 수 있다면 아이들의 만용과 허세를 넘길 수 있을 것입니다. 그리고 그들의 정체성과 자율성을 지키면서 코로나 시대를 통과할 수 있는 중재안을 잘 협상해보세요.

03 혼자는 어려워
: 일상 유지 트라우마

말의 가벼움과 현실의 어려움

유치원을 가지 않고 또 학교를 가지 않게 되면서 가장 먼저 무너진 것은 아이들의 생활이었습니다. 텅 빈 시간표와 주체할 수 없는 시간 앞에서 모두들 난감했습니다. 재빠르게 시간을 채워나가고 접촉을 시도하는 작은 학교와 교육부·교육청 지침을 기다리며 어쩔 줄 몰라하는 큰 학교의 차이를 제외하곤 처음 겪는 사태 앞에서 다들 당황스러운 순간들이었습니다.

학교의 안내와 함께 시간들은 조금씩 복구되어갔지만, 사실 현실은 아주 복잡했습니다. 즉, 부모가 곁에 있는 아이들과 그렇지 않은 아이들의 차이가 있고, 원격 수업을 잘 견딜 수 있는 아이들과 힘들어하는 아이들의 차이도 있고, 또 집에 컴퓨터가 한 대밖에 없는 두 아이의 가정과 집에 그런 기자재라고는 아예 없는 아이들의 차이도 있었습니다.

이런 복잡한 현실 앞에서 부모들의 걱정, 불만, 아이들의 탄식과 황당함, 그리고 교사들의 걱정, 안타까움 등이 어우러진 채, 일단 아이들은 그들 스스로 시간에 맞서고, 원격 수업을 시작해야 했고, 규칙적으로 일상을 유지해가야 한다는 압박을 받기 시작했습니다.

학교를 가지 않게 된 상황에서 아이들이 가장 짜증 나고 당황한 이야기는 "최대한 규칙적으로 생활을 해나가야 한다"라는 권면과 압박이었다고 합니다. 학교에서 보낸 초기 원격 수업 시간표에 적응하기도 힘들었을 뿐만 아니라 등교 수업이 시작되면서부터는 학교에 가는 날과 안 가는 날의 법칙이 확립되기까지 일상이 흔들리고 생활을 감당하기가 벅찼다고 합니다. 이 불규칙하고 비정상적인 생활 자체가 벅찬데, 어떻게 규칙적으로 지내란 말인지. 규칙을 지켜서 일상을 유지하는 것은 사실 불가능했습니다.

원격으로 진행되는 수업을 그대로 따라가는 것도 힘들었고, 잠깐 쉬면 계속 쉬고 싶어졌습니다. 교실이 아닌 집에서 규칙적으로 시간표에 따라 지낸다는 것은 생각으론 가능하나 현실에서는 불가능한 것이었습니다. 듣다 보면 졸리기 십상이고, 또 간혹 쌍방향 수업이어도 화면 안에 얼굴을 담아놓고 버티기가 쉽지 않았습니다. 몸은 오징어처럼 짜그라지기 일쑤였습니다.

물론 수업을 진행하는 선생님들도 힘드셨겠지요. 아이들이 참여할 수 있거나 아이들이 수업을 진행하는 날은 참여도가 약간 높아졌지만, 사실 그런 기획의 수업을 시도하는 학교나 선생님이 많지는 않왔던 것으로 기억합니다.

규칙이 무너진 비상사태에서 규칙적으로 최대한 일상을 유지하면서 보내라는 말은 하기는 쉬웠겠지만, 이것이 글자 그대로 부담을 주는 경우에는 상당한 저항감이 들었다고 합니다. 규칙적으로 지내기 위해 노력은 하였으나 현실은 단지 일상을 유지하는 것만으로도 힘들었습니다.

불확실성이 파괴한 생활 리듬

어떤 일이 예측 가능하고 단지 일정만 연기된다고 하면 조금 기다리면 됩니다. 하지만 예측이 어렵고 일정이 어떻게 될지 알 수 없다면 마음은 쉬이 불안해집니다. 이 일정의 파괴가 주는 불안으로 인해 아이들은 일상의 유지조차도 불안하였습니다.

특히 고3들은 코로나 초기부터 이 특별한 상황에서 입시가 어떻게 될지 제일 힘들어했고, 지금도 가장 힘들어하고 있습니다. 수업이 제대로 진행되지 않는 상황에서 내신을 생각하는 학생들은 시험은 어떻게 진행되며, 수행평가는 어떻게 진행된다는 것인지에 대한 불안으로 인해 힘든 시간을 보내고 있습니다. 민감한 아이들은 진료 시간에도 짜증과 불안, 답답함을 호소하고, 어떤 아이들은 다른 나라처럼 대입 시험을 연기해야 한다고 주장하기도 하였습니다.

학사 일정이 조정될 때마다 한숨을 내쉬는 아이들도 있고, 그냥 포기하고 말겠다는 아이들도 있었습니다. 어떤 학생은 이런 스케줄을 따라가는 것 자체가 몹시 힘들다고 했습니다. 예를 들어 이런 것이었습니다.

"선생님, 학교에 이틀 나갔는데요, 다시 우리 동네에 확진자가 늘면서 학교에 오지 말라고 했어요. 그런데 추이를 보자고 하더니 학년마다 다르게 나오기로 했다며 '2주 뒤에 다시 보자' 그렇게 연락이 왔어요. 그냥 다 쉬지, 왜 나오게 하는지 모르겠어요. '충분히 한 달 쉬고, 그다음에 보자!' 이런 게 나을 것 같아요."

또 어떤 아이는 이렇게 하소연했습니다.

"엄마랑 대판 싸웠어요. 자고 있는데 엄마가 전화를 해서는 학교에서 전화 왔다고, 오늘이 학교 가는 날인데 자고 있으면 어떻게 하냐고, 학교 가는 날도 모르면 어떡하냐고 화를 내셨어요. 그래서 저도 소리를 질렀죠. 엄마는 뭐 했냐고, 오늘 학교 가는 것 챙겨주었어야 하지 않냐고요."

사회적 거리 두기의 단계에 따라 바뀌는 여러 조치들에 대해, 그리고 지역에서의 확진자 발생에 따라 바뀌는 등교 수업에 대해 모두가 민감하게 주의를 기울이며 지내야 했습니다. 더불어 누군가 확진자가 되거나 혹은 확진자의 동선에 노출이 되거나 자가 격리자, 밀접 접촉자가 되는 등 개인적으로도 일정이 바뀌어 등교를 하지 못하는 일도 발생하곤 하였습니다.

초등학생이나 중학생들이 불확실성과 불규칙성을 견디면서 그래도 잘 버텨온 것을 어른들이 너무 당연하게 여기는 것이 낯설게 느껴집니다. 우리는 당연하지 않은 것들을 너무 당연하게 여기는 것이 아닌가 생각합니다.

10시족, 12시족, 오후 5시족

등교하지 않고 원격으로 수업이 진행되면서 밤낮이 바뀌는 아이들이 점차 늘고 있다는 이야기들이 들려오기 시작했습니다. 그리고 유튜브, 넷플릭스를 포함하여 기획시청이나 정주행을 한다는 아이들이 늘기 시작했다는 이야기도 들려왔습니다. 한 아이는 와서 또 이렇게 말했습니다.

"아침에 잠깐 일어나서 출석 체크하고 부모님들 출근시킨 다음에 다시 잠드는 아이들이 있어요. 그래서 10시족이 있고, 12시족이 있고, 오후 5시족이 있습니다. 10시에 일어나서 부지런하게 움직이는 모범생들, 12시쯤 일어나서 움직이는 평범한 저 같은 아이들, 그리고 아예 밤낮을 바꾸어 사는 아이들, 이렇게 세 부류가 있어요. 자꾸 잠자는 시간이 늦어지면서 생활이 뒤로 밀려가는 경향이 모두들에게 나타나긴 하는 것 같아요. 아이들끼리 그나마 카톡이든 다른 메신저든 이야기를 본격적으로 시작하게 되는 것은 늦은 밤이 많고, 또 대낮에 게임을 하거나 영화를 보면 재미가 떨어지거든요."

만일 여러분의 자녀가 오전 10시 혹은 낮 12시에 일어나 움직인다면, 이 아이들의 기준에 따르면 모범생이거나 혹은 평균적인 아이들입니다. 너무 구박하면 아이들이 억울할 것 같습니다. 이미 일상이 뒤흔들린 상태에서 생활의 중심을 잡기가 정말 어려운 상황입니다.

혼자서 척척?

집에 아이를 혼자 두고 나가는 부모님들의 마음은 모두 편하지 않습니다. 그렇지만 한편으로는 혼자라도 잘해주었으면 하는 바람을 갖게 되는 것도 인지상정입니다. 다른 방법이 없기 때문이지요.

하지만 혼자서 잘한다는 것은 아주 어려운 일입니다. 나이가 어릴수록 더 힘들고, 나이가 많은 청소년들도 그것은 많이 훈련된 경우이거나 목표가 뚜렷하고 의지가 강해야 가능한 일입니다.

혼공, 혼활, 혼밥을 하면서 무엇이든 척척 잘해나가는 아이는 환상 속에 존재할 뿐입니다. 대부분의 아이들은 혼자 하기 힘들어하고, 주어진 목표를 달성하는 일은 드뭅니다. 그런데도 이런 상황에서 혼자 힘으로 해내지 못하는 아이를 비난하고 혼내는 부모나 선생님이 있습니다. 물론 혼자 힘으로 해내려고 애쓴 부분까지 인정하고 더 현실적인 계획으로 조정을 해주는 분들도 계시겠지요.

아이들은 진료실에 와서 말합니다. 혼자 하려고 노력했지만 어떻게 그것이 점차 불가능해지는지를 말합니다. 어려워서 혼자 못하고, 몰라서 혼자 못하고, 외로워서 혼자 하기 힘들고, 포기했다가 다시 도전해보는데 또 잘 안되다 보니 할 수 없게 된다고 합니다. 그러니까 혼자서 척척 잘해나가는 것은 불가능한 일인 거지요.

만일 누구나 혼자서 다 잘할 수 있다면 학교도 필요 없고, 직장도 필요 없을지 모릅니다.

오래전부터 많은 사회심리학자들은 "함께하면 더 잘하고 혼자 하면 더 잘할 수 없는 과제들이 있다"고 말해온 바 있습니다. 특히 흥미롭지 않고 어려운 것은 혼자서 하기가 더 어렵다고 했지요. 어쩌면 일 자체의 난이도보다도 혼자라는 사실이 어떤 과제를 하기 어렵게 만드는 것인지도 모릅니다.

학교라는 공간이 필요한 이유는, 사회심리학자들 입장에서는 '모여서 공부하지 않으면 깨닫는 것이 줄어들 뿐 아니라 학습 효율도 떨어지기 때문'입니다. 특히 어렵거나 흥미가 줄어들 수밖에 없는 과제에서는 더 그렇다고 합니다.[4] 혹시 이 이야기를 듣고 학교 안에서의 경쟁 체제가 이런 요인으로 작동한다고 생각하실지 모르겠으나, 오해입

---

4   Donelson Forsyth 지음, 남기덕 외 옮김, 『집단역학』, 센게이지러닝

니다. 그것은 학교에서 일어나는 협동 작업과 학생들의 다양한 재능 때문이라고 합니다. 즉, 협동과 다양성이 학교 집단학습의 장점입니다.

함께 만난 어른들의 질문들

1. 규칙적으로 지내는 것이 아이들에게는 왜 어려운 일일까요?

규칙적으로 지내는 것은 아이들에게만 어려운 것이 아니라 모두에게 어렵습니다. 집단생활에서는 규칙적으로 지내도록 돕기 위한 여러 방편이 있습니다. 그런데 혼자 집에서 규칙적으로 지낸다는 것은 몹시 어려운 일입니다. 규칙은 사람들과 함께 있을 때 준수할 가능성이 더 높고, 혼자 있을 때는 더 어려우니까요.

만일 생활 계획을 짜서 규칙적으로 잘 지내도록 도우려면 계획을 단순히 하고, 지켜야 할 규칙을 줄여주고, 또한 계획을 잘 지키기 위해서 필요한 조치들(일정 확인해주기, 알람으로 알려주기, 다음 과제를 미리 알려주기 등등)을 지원해주어야 합니다.

혼자 혹은 아이들끼리만 지내는 어려움을 잘 공감해주시고, 계획을 지키면서 생활할 수 있도록 하는 여러 지원책을 잘 마련해보시는 것이 더 구체적인 도움이 될 것으로 생각이 됩니다.

2. 스스로 알아서 하는 일은 하나도 없고, 아무 생각도 없이 생활하는 것 같아 걱정입니다. 어떻게 도움을 줄 수 있을까요?

아이의 자기주도성이나 계획성은 나이에 따라 상당히 달라질 수 있습니다. 제시된 목표나 상황도 큰 영향을 줍니다. 스스로 알아서 하기를 바라는 마음을 가진 부모님들을 여러 번 만났는데, 제 경험상 부모님 자신들이 지쳐 있거나 혹은 아이를 어른으로 보는 등 기대가 지나친 경우가 많았습니다. 우리가 아이의 능력이나 발달 상태를 현실적으로 적합하게 바라보고, 아이가 할 수 있는 일과 할 수 없는 일을 잘 구별해야 합니다. 초등학생이 매사를 스스로 알아서 하기란 불가능하고, 중학생도 사실 마찬가지입니다. 해야 할 일을 충분히 이야기해주어도 자신이 할 일을 잊는 것은 아주 흔한 일입니다.

아무 생각이 없다는 것도 오해입니다. 아이들도 많은 생각을 합니다. 다만 이를 부모에게 숨김없이 이야기하는 아이들이 있고, 골라서 말하는 아이들이 있고, 많은 부분을 숨기고 표현하지 않는 아이들이 있을 뿐입니다. 코로나 시기에 확실히 아이들은 걱정이 늘었습니다. 아이들이 어떤 생각을 하는지 먼저 물어보고 잘 들어주고 안심시켜주고, 아이들이 지금의 상황과 생활을 잘 해석할 수 있도록 돕는 것이 어른의 할 일입니다.

코로나를 진심으로 환영하는 아이들도 없고, 코로나로 이득을 챙겨야겠다는 아이들도 없습니다. 물론 지금 이 시기 무엇을 어떻게 해야 할지 모르는 아이들이 많고, 혼자 혹은 형제들끼리 무언가를 하라고 할 때 잘 해내지 못하는 아이들이 많긴 합니다. 그래본 적이 없으니까요. 또한 부모에게 의존적인 아이들이 많은 것도 사실이고, 정말 지금 무엇을 해야 하는 것이 옳은지 모르는 아이들도 많습니다.

그러므로 기대를 낮추고 할 수 없는 것들이 많은 아이들을 위해 우리가 반드시 도와주어야 할 몇 가지를 잘 챙기는 것이 더 지혜롭고 현명할 수도 있습니다.

04   아무것도 한 것이 없다?
: 결손 트라우마

　아이들이 어른들과의 대화 중 특히 마음 아파하는 것은 "이번 1학기 동안 코로나로 인해 우왕좌왕하면서 별로 한 것이 없다"라는 말이라고 합니다. 그래도 잘 버텼고 노력했고 또 그사이에 깨닫고 생각하게 된 것도 많고 나름대로 컸는데, 별로 한 것이 없다고 하니 참 허탈하다고 합니다. 마치 크지 않은 아이처럼, 발달이나 성숙이 정지된 것 같은 느낌에 사로잡힌다고 합니다. 속은 분위기라고나 할까요. 마음고생은 진짜로 많이 했는데, 그 과정에서 얻은 것이 분명 있는데, 별로 한 것이 없다고 하니 답답합니다.

　어른들은 왜 그렇게 말할까요? 절대적인 시간으로 입시와 관련된 공부 혹은 학교나 학원에서 강의 듣고, 외우고, 시험 문제를 푸는 공부의 시간이 현저히 줄어들어서 그런 것일까요? 아마도 그렇게 생각하는 분들 중에 아무것도 한 것이 없다고 말하는 분들이 더 많은 것 같습니다.

　어른들의 이런 유형의 말들이 아이들에게 상처가 되는 것은 노력을 인정받지 못해서이기도 하지만 마치 코로나를 이용하여, 코로나를 핑계로 삼아, 더 나아가서는 코로나를 불러들여서 놀 수 있는 환경을 만들었다는 말로까지 들리기 때문입니다. 아이들에게는 걱정이 아니라 순전히 비난처럼 들리는 것이죠.

실컷 놀기라도 했으면

이런 비난 앞에서 학생들은 반문하고 싶다고 합니다.

"내가 실컷 마음대로 놀기라도 했다는 것인가요? 집에 갇혀서, 갈 곳이 없어서, 가지 말라고 해서 많은 시간을 집에 머물면서 최대한 짜인 스케줄에 맞추려고 노력을 했는데, 그렇다면 이런 노력은 모두 무의미했다는 소리인가요?"

코로나로 인해 집에서 많은 시간을 보내면서 아이들이 가장 불쾌하게 듣는 말들은 다음과 같은 종류의 비아냥거림이라고 합니다.

"집콕하면서
아무것도 안 하고
그저 스마트폰 보면서 시간을 죽이며 지내니
누군 참 좋겠네."

이런 말들 뒤에는 상처가 따라오기 마련입니다. 그러다 보면 아이들도 결국 부모 혹은 선생님들과 더 크게 부딪치게 되고, 마음의 상처에서 고름이 나옵니다.

'정말 내가 아무것도 한 것이 없단 말인가. 늦게 자고 늦게 일어나긴 했지만, 이번 코로나와 함께 겪어낸 시간들이 내가 성장하는 데 아무런 도움이 안 되는 경험이란 말인가.'

내 인생이 망가지고 있는 것인가?

아이들을 향한 어른들의 비아냥거림은 더 나아가서 인생을 망치고 있다는 더 큰 비난으로 이어지는 경우가 적지 않습니다. 아이들은 코로나 시기를 이렇게 지내고 있으니 네 인생은 퇴보하고 있을 것이라는 이야기를 듣기도 했고, 코로나 시기 공부할 시간이 더 많이 생겼는데 그 시간을 유용하게 쓰지 못했다는 꾸중도 들었고, 코로나로 인해 세상이 달라지고 있고 그 달라진 세상에서 살아갈 수 있는 일들을 배워야 하는데 그것도 안 한다는 비난도 들었습니다.

자녀 혹은 학생의 생활을 보면서 답답하고 걱정되는 부분들을 이렇게 후벼 파는 어른들 때문에 아이들의 불안과 자기 비난이 거세지기도 합니다. 아이들이 근본적으로 불안해지는 아주 큰 이유 중 하나는 본인이 자라지 않고 있다는 것을 확인하는 것입니다. 성장하지 않고 있다는 것, 제자리에 머물러 있다는 것, 몸은 자라지만 머리와 마음은 자라지 않는다는 이야기를 아이에게 하는 것은 '아이의 발달이 정지되었다'고 이야기하는 것입니다. 사실 부모나 선생님이 그런 말을 아이에게 하고 있다는 것은 스스로를 비난하는 말이기도 합니다. 아이의 성장과 발달이 모두 아이의 책임만은 아니기 때문이지요. 그러므로 어른들은 코로나 시기이지만 아이들이 잘 크고, 잘 자라나고, 이 어려움 속에서도 성장하고 있는 모습, 성공하고 있는 면모를 발견해 주고 격려해야 합니다. 어른 자신의 조바심과 욕심으로 아이에게 발달이 멈춘 채로 있다고 비난하는 것은 아이를 병들게 하는 말입니다.

잃어버린 만남, 잃어버린 관계

'아무것도 한 것이 없다'는 소위 결손 가설에 대해 대안을 찾는 교육부의 입장은 쌍방향 수업을 확대한다는 것이었습니다. 그 이유는 1학기 원격 수업에 대한 비판 때문이었습니다. 교육방송을 그저 틀어놓기만 했다는 학교들이 많았다고 합니다. 그래서 아이들이 관리가 되지 않았다고 본 것이지요.

하지만 청소년들 중 일부는 입장이 달랐습니다. 수업에서의 쌍방향이 문제가 아니라 선생님과 아이들 사이의 관계에서 상호작용이 일어나는 것이 더 필요하다는 것이었습니다.

비록 1학기 내내 교육방송 채널을 틀어놓았다 하더라도 담임 선생님과 전화 통화도 하고, 반 아이들과 카톡방이나 밴드를 통해 다양한 이야기를 나눈 아이들은 만족도가 높았습니다. 예전과 같은 수업을 하지는 않았지만 코로나가 아니었으면 한 번도 개인적으로는 대화를 나누지 않았을지도 모르는 담임 선생님과 전화 통화도 해보고, 스마트폰 메신저로 반 아이들을 알아나갈 수도 있었습니다.

줌을 통한 수업이든, 구글 미트를 통한 수업이든 서로를 향한 보살핌과 챙김, 관심이 없다면, 그것은 출석 체크를 더 확실히 하는 방법일 뿐이라는 것이 아이들 입장이었습니다. 아이들이 잃어버릴까 봐 두려워한 것은 학습이 아니라 관계였습니다. 아이들의 사회적 경험이 부족해진 것, 관계에 대한 결핍 이것이 사실 더 큰 상실이고 더 큰 장기적 영향을 미칠 요인이라고 주장하는 학자들이 많습니다. 만일 우리에게 결손된 것이 있다면 관계 맺기, 관계의 과정에서 발생하는 다양한 사회적 경험이었습니다.

물론 학업의 결손 또한 적지는 않았습니다. 그리고 학업 결손의 차이는 우리 사회의 여러 가지 단면, 특히 불평등의 단면을 증폭시켰습니다. 사교육 등 공교육을 대체할 수 있는 가능한 자원들이 있었던 가정과 지원이 부족한 가정에서는 그 차이가 더 클 것으로 예측됩니다. 이를 위한 대책이 필요한 것도 사실입니다.

더불어 장애가 있거나 돌봄을 더 필요로 하는 아이들에게 발생한 어려움도 큽니다. 복지관도 쉬고 주간보호센터도 쉬는데, 학교마저 쉬니까 정신적·육체적 장애가 있는 아이들은 갈 곳이 없었습니다. 이러한 이유로 돌봄의 결손이 생긴 아이들도 많았습니다.

결손이 있었다면 이런 부분들의 결손을 우리는 걱정해야 하지 않을까 합니다.

1. 아이들이 집에서 지내면서 배우지 못한 것들은 어떻게 보완이 될까요?

이 시기에 학교를 가지 못하면서 잃어버린 것들은 여러 가지입니다. 학업도, 관계도, 또 학교에서 일어나는 특별한 체험도 하지 못했습니다. 그것만이 아닙니다. 친구들과 함께하던 여러 활동, 즉 전시회, 음악회, 도서관 다니기, 자원봉사를 포함한 여러 지역사회 안에서의 경험도 하지 못했습니다. 더군다나 할아버지·할머니를 뵙는 것도 어려웠고, 특히 요양원이나 병원에 계신 어른들은 더 만나 뵐 수 없었습니다. 친구도 못 만났지만 일가친척도 만나기 어려웠습니다.

사교육을 통해 아이들이 공부는 놓치지 않았다고 하실 수 있지만 꼭 그렇지는 않습니다. 코로나 시기 아이들이 할 수 없었던 유일한 것이 공부라고만 생각하는 편협한 발달 관점은 아이들에게도 우리 자신에게도 상처가 됩니다. 많은 것을 할 수 없었고, 그중의 하나가 공부였을 뿐입니다.

과연 그런 여파가 어떻게 나타날지 발달학자를 포함한 여러 심리학계, 정신건강의학계에서 주목을 하고, 아이들이 잃어버린 것들을 보완할 수 있는 프로그램에 관심을 기울이고 있습니다.

2. 특히 이 시기에 진짜 무언가 해야 할 일을 놓친 학년이나 아이들이 있을까요?

아마도 모든 신입생과 졸업생들은 이 시기에 더 큰 상실의 경험이 있을 것입니다.

신입생들은 학교 문화를 제대로 경험하지 못했습니다. 예비 졸업생들은 진학 지도와 체험을 제대로 할 수가 없었습니다. 몇몇 나라는 그래서 대학 입시와 관련된 일정을 국가적 차원에서 미루기도 하였습니다. 예비 졸업생들에 대한 국가적 지원이나 대책도 필요합니다.

신입생을 위한 보완 프로그램이 더 필요하다고 생각하고 있고, 신학기 증후군에 대한 조사나 탐색도 필요하다고 생각합니다. 학급에서의 결속력이 부족하면 아이들의 학교 적응에 어려움이 생겨날 수도 있습니다. 신입생과 재학생들 사이의 유대관계도 부분적으로라도 보완할 필요가 있습니다. 제대로 만나지 못한 상황 속에서라도 소속감과 응집력을 높일 수 있는 창의적인 접근이 필요하다고 봅니다.

05　스마트폰 보기를 돌같이 해야 하는데
: 중독 트라우마

"엄마·아빠가 가장 걱정하는 것은 단지 공부를 안 하는 것이 아니야. 이 많은 시간을 모두 스마트폰 게임을 하거나 유튜브 보는 데 쓸 거라는 거야. 그러니까 그러지 않으려면 스마트폰을 그냥 필요할 때마다 쓰는 돌덩이라고 생각해!"

어떤 부모님이 걱정되고 답답한 나머지 초등학교 고학년 자녀에게 스마트폰을 '전화가 되는 돌덩이'처럼 여겨달라고 이야기를 했다고 합니다. 그런 돌덩이가 있다니, 신기할 따름입니다. 아이가 '스마트폰 보기를 돌 보듯이 하라'는 부모의 이야기를 전하면서 깔깔대고 웃어서, 저도 함께 웃었습니다.

코로나 시기 아이들이 집에 머무르면서 가장 많이 부모님들과 부딪친 문제는 다름 아닌 스마트폰 이슈였습니다. 많은 부모님들이 코로나 시기는 결국 전대미문의 스마트폰 중독자가 양산되는 시기일 것이라고 걱정했습니다.

부모님들은 스마트폰 노이로제에 걸렸고, 청소년들은 부모님 잔소리 노이로제에 걸려서 자주 다투는 예민한 시간들을 보냈는데, 실제는 어땠을까요?

'중독포럼'이라는 전문가 단체의 조사에 의하면, 성인의 45퍼센트가 스마트폰 사용 시간이 늘었는데, 우울하고 불안한 사람들일수록 더 그랬다고 합니다.[5] 다른 시민 단체에서 조사한 아이들의 스마트폰 및 태블릿PC 사용 시간은 코로나 이전보다 일일 평균 3시간 이상 늘었다는 보고도 있었습니다.[6] 여성가족부의 2020년 조사에도 초등 4학년들의 스마트폰 중독이 늘어난 것으로 나타났습니다.[7]

결국 아이들이 코로나 이전보다 스마트폰을 더 많이 보고, 많이 하고 있는 것은 현실입니다. 스마트폰, 태블릿PC, 그리고 인터넷 게임의 사용 증가는 코로나 이후 아이들의 생활상에 어쩔 수 없이 일어난 결과입니다. 그런데 이 증가된 사용을 전부 아이들 책임으로만 돌린다면 많은 아이들이 억울해할 것입니다. 왜냐하면 다른 대안이 없는 상태에서 그나마 스마트폰과 태블릿PC, 인터넷에 연결된 컴퓨터가 아이들이 할 수 있는 대부분의 활동과 연관되어 있기 때문입니다.

5 『동아사이언스』, 「코로나19로 디지털 중독 위험↑」, 2020.7.6.
6 TBS, 「코로나19, 아동·청소년에게도 많은 일상 변화 가져와」, 2020.5.3.
7 『헬스조선』, 「코로나 시대, '디지털 거리 두기'가 필요한 이유」, 2020.9.7.

조절하면서 하려고 했는데

일부를 제외하고 대부분의 아이들은 스마트폰을 실컷 하고 싶다고 하지는 않습니다. 대부분 조절하면서 하고 싶어 하는데, 본인이 하고 싶어서 하는 시간, 친구들이 하자고 하는 시간, 그만하려고 했는데 멈추지 못해서 하는 시간, 어차피 스마트폰 많이 했다고 혼날 것 같아 그냥 포기하고 많이 해버리는 시간 등등의 실패가 누적되고 있을 뿐입니다.

아이들 스스로 스마트폰 사용 시간을 조절하기란 생각만큼 쉽지는 않습니다. 메신저 하다가, 검색하다가, 유튜브 보다가, 영화평 검색하다가, 넷플릭스 잠깐 갔다가 나오면 벌써 2~3시간이 훌쩍 지납니다. 어른들이 이미 겪어서 알듯이 말입니다. 그러니까 아주 명확하고 공유된 규칙이 없으면 아이들은 더 조절하기 어려울 것입니다. 이것에 관해 이야기 나누고 도움을 줄 수 있는 관계가 필요합니다. 그래서 우리가 아이들과 함께 이야기를 나누어야 할 것은 '조절하려고 해도 조절에 실패하기 쉽다'는 것을 서로 공유하는 것입니다. 언젠가는 기어코 아이의 스마트폰을 뺏고야 말리라는 협박을 하는 것이 아니라, 도움을 받아서라도 조절의 역량과 기술을 발휘해 일상생활을 지낼 수 있는지를 상의하고 설득하는 과정이 필요합니다.

다양한 활동을 제안하는 것이 더 낫다

집에 갇혀서, 스마트폰에 갇혀서 지내는 것보다는, 잠시라도 가족들과 산책하러 나가는 것이 더 나은 선택이라는 것은 두말할 필요가 없는 진리입니다. 다만 이것이 어려울 뿐입니다. '코로나 블루'가 거론되고 있는 이 시대에 몸을 움직이고 햇볕을 쬐면서 산책을 하는 것은 필수적인 일입니다. 비타민 D와 햇빛의 부족이 면역도 약화시키고 코로나 감염도 높인다는 보고도 있습니다.[8]

스마트폰을 못 하게 하기보다 스마트폰에 붙들려 있지 않게 하는 지혜로운 활동의 시간들을 만들어야 합니다. 우선 집에 있는 동안 집안일도 돕게 하고, 반려동물이 있다면 반려동물 돌봄도 나누어서 하고, 또 일정한 시간에 산책 겸 운동 혹은 외출을 다녀오기도 하고, 유튜브나 TV에서 하는 신체 활동을 따라서 해보기도 하고, 몸만들기 프로젝트를 가족과 함께하면서 '홈트'(집에서 하는 운동)를 하도록 해도 좋습니다. 간식을 만들거나 혹은 사 와서 함께 먹는 시간도 좋습니다. 그런데 이 모든 것이 가능하려면 아이와 관계가 좋아야 합니다.

이런 가정에서의 노력에다가 학교 선생님이 연락을 자주 해주고,

---

8 『JAMA Network』, 「Association of Vitamin D status and other clinical characteristics with Covid-19 Test Results」, 2020.9.3.

과제를 적절하게 부과하고, 또 아이들과 지역 안에서 간혹 만남을 나눌 수 있는 활동까지 부여된다면 지금보다는 덜 스마트폰에 매달리게 될 것입니다. 선생님과의 관계, 친구들과의 관계가 스마트폰 조절에서도 참 중요한 기반입니다. 결국 스마트폰 조절과 관련된 모든 것은 관계에 기반한다는 사실이 가장 중요합니다. 그러므로 아이와 극단적으로 불편한 관계에서 벗어나는 것이 우선입니다. 이 관계의 전환이 스마트폰으로 인한 싸움을 잘 해나가는 유리한 위치입니다.

1. 코로나 시기 게임이나 스마트폰 사용을 현명하게 통제하는 방법이
없을까요?

스마트폰 사용 규칙을 가족회의나 가족 규칙 정하기 문화 속에서
잘 정돈한 집은 조금 편하고, 그런 규칙의 협상 문화나 형식을 갖추
든 갖추지 않든 가족회의를 하지 않는 집은 상당히 불편하게 지내는
것은 맞습니다.

코로나 시기 바깥 활동이 줄어들면서 스마트폰 사용이 늘어날 것
을 충분히 예측할 수 있기 때문에, 미리 이에 대해 이야기를 잘해서,
아이들 말로 선빵(미리 제의해서)을 날려서 대화를 나눈 집들은 다소의
어려움이 있지만 이 위기를 잘 넘기고 있는 것 같습니다.

스마트폰 사용 규칙에 대한 가족회의를 하고, 가족이 모두 함께 노
력할 규칙을 정하고, 온 가족이 스마트폰을 사용하지 않는 세 가지 순
간도 정하고, 정한 규칙을 잘 지켰을 때의 상과 반대 경우의 벌도 정하

고, 부모님부터 솔선수범하고, 다 함께 노력해서 스마트폰으로 싸우는 횟수를 줄여가는 노력이 필요합니다.

　이런 과정을 밟아나가면서 아이들의 이야기를 잘 반영하고 들어주기도 하고, 양보할 것은 흔쾌히 양보하되 타협할 수 없는 부분들을 잘 설득하는 것도 필요합니다. 또 서로 협조적인 분위기로 잘 진행되고 있다고 하면 소소한 위반은 적당히 넘어가기도 하는 운용의 묘가 필요하기도 한 것 같습니다. 가정은 일분일초를 모두 정확히 맞추어서 생활하는 병영이나 훈련소가 아니니까 말입니다.

스마트폰 중독 예방을 위한
가족회의 프로세스

1. 가족회의 하기

- 가족 스마트폰 규칙 마련하기

2. 스마트폰 아웃 시간 정하기

- 밤 ○○시 이후에는 스마트폰 전원 끄기

- 스구니(스마트폰 바구니) 만들기

3. 못 하게 하기보다 안 할 수 있는 활동 제안하고 정하기

- 활동 만들기 / 집안일 돕기

4. 스마트폰을 절대 하지 않는 3대 상황 정하기

- 식사 할 때 등 가족마다 정하기

5. 스마트폰 사용 시간(스크린 타임) 공개하기

- 일주일에 1~2회, 줄어들면 선물하기

6. 스마트폰 데이터 관리하기

- 아이들에게 적합한 데이터 관리제, 요금제 확인하기

"코로나 대유행의 위기는

두 종류의 불평등을 악화시키고 있다.

젊은이들 사이의 불평등을 악화시키고 있고,

젊은이들과 다른 연령층 사이의 불평등도 악화시키고 있다."

- 모리츠 에이더(OECD 정책분석가)

아이들에게 일어난 일

를 위해 마스크를 쓰고 있다.
만 손도 깨끗하게 씻겠다.
독도했다.

6연별♡

의미,코로나로 힘들어
하는 사람이 자살하
려고 차에서 뛰
어내리고 있다

나도 코로나로
인해 힘든
점이 있었다
(학교에 가지 못했다)
학교 가면 재있다

[3]

코로나
세대의
등장

우리는 그 경험 자체로 힘든 것이 아니다.

경험의 기억이 힘들게 하고

그 기억에 대한 해석이 힘들게 한다.

코로나가 장기화되고 있습니다. 감염자가 줄어가다가 결국 백신이 나오고 치료제가 나오면서 끝날 것이라고 하는 분들도 계시고, 또 새로운 대유행이 우리를 고통스럽게 할지도 모른다는 분들도 계십니다.

코로나가 어떻게 종식이 되든 우리는 100년 만에 감염병 대유행을 경험했고, 여러 영향을 알게 모르게 받고 있으며, 코로나 이후 인류의 삶이 달라져야 한다는 이야기를 수없이 듣고 있습니다. 그리고 수많은 전문가들이 새로운 기준, 새로운 정상의 개념이 도입되어야 한다고 주장하고 있습니다.

어른인 우리는 지금까지 그래도 잘 감당해왔고 버티고 있다고 생각합니다. 그런데 아이들은 어떨까요? 아이들은 이 경험을 어떻게 수용하고 또 이 과정에서 어떤 반응들을 하고 있을까요? 그리고 더 근본적으로 자신들의 성장 과정에서 코로나로 인한 경험이 주는 영향은 어떤 것일까요? 그런 영향은 단기적, 중장기적으로 어떻게 나타날까요?

이 짧은 글에서 이 질문에 대한 아주 정돈된 답을 드리기는 어렵습니다. 그냥 이런 논의가 이루어지고 있다는 것들 중 일부를 전하면서 우리 아이들이 겪었던 경험을 잘 묻고, 잘 들을 수 있었으면 합니다.

더불어 그 경험의 기억들이 어떤 것인지 잘 파악하여 도울 것은 돕고, 또 그 경험이 외상적 기억이 되지 않게 해석을 잘하도록 도우려고 합니다.

01   아동
: 빈곤화, 악순환, 기회의 상실

"아버지가 회사에 나가지를 않아서 물어봤더니, 아버지 직장이 없어졌다고 해요. 집안 분위기 진짜 안 좋아요. 집에 있으면 어떻게 행동해야 할지 모르겠어요. 너무 힘들어요. 근데 집에서는 아무 말도 못하겠어요. 곧 이사 간다고 하는데, 너무 괴로워요. 힘들고 괴롭고 슬퍼요."(초6 남학생)

코로나로 인한 경제적 여파가 더 직접적으로 나타나고 있습니다. 『타임스』 기자 제이슨 드팔은 코로나바이러스가 아이들에게 미친 영향에 대해 다음과 같이 말했습니다.[1]

"바이러스가 아이들 몸을 어른들 몸만큼 파괴하지 않을 수 있다. 하지만 아이들 미래를 파괴할 수는 있다. 이를 막기 위해 아동 지원은 절실하다."

드팔은 코로나로 인하여 사업이 망하거나 해고가 되면서 중산층에서 빈곤층으로 전락한 가정, 혹은 원래도 빈곤했는데 코로나로 인

---

1 『The New York Times』, 「The Coronavirus Generation」, 2020.8.22.

해 더 빈곤해진 가정의 아동에 초점을 맞추어 이야기하고 있습니다. 코로나로 인한 이런 경제적 파산과 붕괴는 아이들에게 매우 고통스러운 경험을 안길 것이고, 그 고통스러운 경험으로 인해 뇌에도 흔적이 남을 것이며, 심리적·사회적으로도 트라우마를 안게 될 것이라고 합니다. 아동기의 급격한 빈곤에 대한 경험은 비록 그것이 긴 기간의 경험이 아니라 할지라도 부정적인 경험으로서 기억되고 해석될 수 있다고 연구 결과들이 보고하고 있다고 합니다.[2]

우리도 아주 고통스럽게 기억하고 있는 IMF 시기에 태어난 세대를 'IMF 세대'라고 불렀던 기억이 있습니다. 코로나로 인해 파산, 빈곤, 그리고 가정의 붕괴가 이어질 수 있고 이 과정에서 아동들은 위험에 처할 수 있습니다. 그래서 이 코로나 세대를 아프게 기억하지 않기 위해 드팔이 주장하는 것은 아동수당의 도입입니다. 아동이 빈곤의 나락으로 떨어지지 않게 아동을 붙잡아둘 수 있는 제도로, 이미 경제협력개발기구OECD 회원국 중 17개 국가가 시행해 큰 효과를 보고 있습니다. 드팔은 가난 자체가 아동에게 주는 영향들이 충분히 연구되면서 아동수당의 의미는 더 커졌다고 말합니다. 즉, 개별적 특징이나 성향보다 가난 자체가 주는 영향이 아동의 성장기에 가장 크게 작용한다는 연구 결과가 최종적으로 미국 의회의 연구위원회에서 받아들

---

2 『The National Academies Press』, 『A Roadmap to Reducing Child Poverty』, 2019

여겼다고 합니다.[3]

끼니를 직접 해결해야 하는 아이들

2020년 9월에 발생한 일명 '인천 라면 형제' 사건은 우리나라 빈곤 아동의 상황을 단적으로 보여준 사건입니다. 여덟 살, 열 살 된 아이들이 라면을 먹으려고 하다가 불이 났고, 심각한 화상을 입어 전문 치료를 받던 중 동생은 안타깝게도 세상을 떠났습니다. 가족 내 상황은 정확하게 알 수 없지만, 아이들은 끼니를 직접 해결해야 하는 상황이었습니다. 달리 말하면 이 사건은 배가 고파서 일어난 일입니다.

2학기 수업이 원격으로 시작되고 학교 급식을 먹지 못하게 되면서 생겨난 사건이라고 볼 수도 있습니다. 빈곤 가정의 아동에게는 식사도 문제가 되고 있다는 것을 보여준 사건이라고 할 수 있습니다. 현재 빈곤 가정에서의 아동 문제는 경제적 문제부터 식사, 정서, 기초 학력까지 모두 점검이 필요한 상태입니다. 특히 코로나 이후 아이들의 상태가 얼마나 더 악화되었는지를 우리는 빠른 시간 안에 파악할 필요가 있습니다.

코로나 대감염은 우리 사회의 취약한 측면을 여실히 드러내고 있

---

3 『The National Academies Press』, 「A Roadmap to Reducing Child Poverty」, 2019

습니다. 코로나는 아동의 삶, 특히 빈곤 아동의 삶을 더 악화될 수밖에 없는 처지로 몰아가고 있습니다. 단지 학력의 격차 문제가 아니라 삶 전반이 회복되기 어렵게 되어가는 것이 문제라고 할 수 있습니다. 드팔이 보편적인 아동수당의 지급을 더 확대하자고 말하는 것에는 코로나 시기 중산층에서 빈곤층으로, 빈곤층에서 극빈층으로 하향 이동할 아동들이 늘어날 것이 뻔히 예측되기 때문이었고, 이들의 삶을 회복할 수 있는 적극적인 조치를 하지 않으면 이들에게 계층 이동의 사다리는 사라질 수도 있기 때문입니다.

02 청년

: 붕괴, 불평등, 가장 힘든 시작

"인생의 계획이 무너졌어요. 아르바이트 자리에서 잘리자마자 학원에 다닐 수도 없게 되었고, 또 학원을 마친 후 새로운 취업을 생각했는데, 이제는 살 집도 없어질 위기죠. 다시 부모님 집에 들어가기는 죽기보다 싫은데, 그냥 죽어야 할까 생각해요. 친구들끼리 모여서 생일 파티 하는 것조차 지금은 너무 사치예요."(20대 초반 여성)

얼마 전 만난 20대 초반 여성의 이야기입니다. 코로나로 인해 타격을 많이 받은 집단 중 하나는 초기 청년기, 즉 20대 초중반의 청년들입니다. 일자리를 가장 빨리 잃은 세대이고, 현재 카드 연체율이 가장 높은 세대이고, 구직과 진학 등 삶의 계획이 무너진 상태의 세대입니다.[4]

이들도 자신을 코로나 세대로 부르며 어려움을 호소하고 있습니다. 미국에서도 청년 실업률이 8퍼센트에서 25퍼센트로 3배 이상 높아졌다고 하는데, 우리나라에서도 청년들의 체감 실업률은 역대 최고

---

4 2020 서울시 자살예방센터 청년 대책 긴급 간담회 자료

를 기록하고 있다고 합니다.[5]

직업과 교육의 기회가 사라진 것 외에도 코로나 대유행은 많은 젊은이들에게 사소하게는 생일 파티부터 입학식과 졸업식, 심각하게는 결혼식조차도 빼앗아 갔습니다. 청년의 삶에 이정표가 될 만한 행사들을 취소해야 했고, 이 과정에서 함께 모여 축하를 해줄 기회들도 모두 사라졌습니다. 소소한 인생의 재미도 빼앗아 갔다고 할 수 있지요.

미국 퍼듀대학교 상담심리학 교수인 헤더 서바티시브는 "이러한 사회적 의식의 중요성은 과소평가되어서는 안 된다"면서 "자신의 세대를 잃어버린 세대로 단정 짓게 만드는 공동의 경험이나 세대 내 집단의식이 만들어져가고 있는 것 같다"고 했습니다.[6]

인생의 한 단락을 매듭짓고 또 새로운 비상을 하기 위한 집단적 의식과 공동의 축하가 생략돼 건너뛰고 연기되는 생활을 지금의 청년들은 그저 받아들여야만 하는 상태입니다. 확대가족 전체가 모여서 문화를 계승하고 축복해주는 그런 경험이 일절 없는 그런 세대가 될 수도 있는 셈입니다.

---

5 『한국경제』, 「청년 체감 실업률 사상 최고」, 2020.8.12.
6 『Equal Times』, 「As well as missed opportunities, 'Generation Corona' is also grieving lost moments」, 2020.8.26.

위기의 강을 헤엄치는 청년들

파리에 본사를 둔 OECD의 모리츠 에이더 정책분석가는 "청년들은 위기의 직격탄을 맞은 식당, 호텔 등의 분야에서 일하고 있었다"고 설명합니다. 그는 청년의 35퍼센트가 불안정한 직업에 저임금으로 종사하고 있다고 말하는데, 이는 다른 어떤 연령대보다 현저히 높은 수치입니다. OECD는 코로나 대유행의 결과로 교육, 고용, 훈련을 받지 못하는 젊은이들의 수가 증가할 것으로 예상하고 있습니다.[7]

에이더에 따르면, 이 위기는 두 종류의 불평등을 악화시키고 있습니다. 젊은이들과 다른 연령층 사이의 불평등뿐만 아니라 젊은이들 사이의 불평등을 악화시키고 있습니다.

첫째로, 전 세계 학교와 대학 캠퍼스의 폐쇄와 비대면 학습으로의 전환은 사회·경제적 혜택을 받지 못한 사람들에게 훨씬 더 큰 영향을 끼치고 있습니다.

둘째로, 코로나로 인해 그 이전에도 존재했던 젊은이들과 노년층 사이의 불평등이 악화되고 있습니다. 오늘날의 젊은이들은 이전 세대들에 비해 가처분 소득이 적은 최초의 세대며, 실업자 수가 25~64세보다 2.5배 더 많습니다. 아마 젊은 시절을 가장 어렵게 시작하는 세

---

7 OECD, 「Youth and COVID-19: Response, recovery and resilience」, 2020.6.11.

대가 될 수도 있습니다.

노인들은 코로나로 인해 건강의 영향을 더 받는 반면, 젊은이들은 사회·경제적 영향을 더 받을 것이 분명합니다. 청년들이 자신의 세대를 불행한 세대로 낙인찍지 않으려면 국가와 사회의 전폭적인 지원이 필요합니다.

코로나로 찾아온 위기를 사회적 연대로 이겨나간 것으로 기억하게 할 것인가, 인류 모두의 책임으로 생겨난 불행의 짐을 가장 크게 떠안은 세대로 기억하게 할 것인가는 각 사회의 정책과 기성세대의 포용에 달렸다고 할 수 있습니다.

현재 우리나라도 코로나 여파로 인해 영향을 받은 세대들에 대한 보고와 조사가 제안되고 있습니다. 특히 20~30대 여성의 자살 증가가 주목되고 있고, 그 사유를 분석하고 있습니다. 이들이 코로나 시기의 잃어버린 세대가 되지 않게 하기 위해서는 특단의 대책이 요구됩니다.[8]

---

8 『헬스경향』, 「20대 여성 자살률 ↑」, 2020.9.28.

[4]

심리적
영향

01 부모만으로는 충분하지 않다
: 친구(또래)와 놀이의 박탈

"집에만 있으니 죽을 것 같아요. 친구를 못 만나는 것이 너무 힘들어요. 그냥 모두 다 함께 코로나 걸리기로 하고 학교도 열고, 친구도 만나고, 소리도 같이 지르고 뛰어다니고 그랬으면 좋겠어요. 메신저에서도 보지만 진짜 만나서 이야기하고 싶어요. 친구를 못 만나는 것의 괴로움을 모르는 어른들이 이해되지 않아요."(중3 여학생)

"외롭다는 것이 뭔지 전에는 몰랐어요. 이번에 처음 알았어요. 그리고 저는 외롭다 이런 것이 나한테 생길 거라고는 한 번도 생각해본 적이 없었는데, 그게 아니더라고요. '이러다 친구고 뭐고 다 필요 없고 귀찮아지면 어떡하지?' 그런 생각도 들었고, '역시 인간은 사회적 동물이다!' 그런 생각이 들었어요."(고1 남학생)

우리는 강력한 봉쇄형 거리 두기를 한 적은 없습니다. 그러나 학교가 열리지 않는 동안, 또 지역 간 차이가 컸긴 한데, 학교에 거의 갈 수 없었던 유행 지역에서의 학생들은 여러 새로운 경험을 해야 했습니다. 그래서 아이들은 그런 부정적인 경험에 대해 집에서 대화를 시도했지만 그 시도는 별로 성공적이지 않았고, 학교 선생님들과의 대화도 그렇게 성공적이지는 않았다고 말하고 있습니다.

더군다나 우리처럼 아이들이 노는 것을 견디지 못하는 민족은 없을지도 모릅니다. 우리처럼 코로나로 인해 유치원과 학교에 오랫동안 가지 못하는 일이 아이들에게 어떤 영향을 미치는지 무심한 사회도 없습니다.

코로나 여파로 인해서 아이들에게 일어난 가장 큰 사건은 학교를 못 가는 것이지만, 그 안의 핵심은 친구를 만나지 못한다는 것입니다.

또래와 친구는 없으면 안 되는 관계

너무나 당연한 이야기이지만 아이들은 또래를 필요로 합니다. 또래는 아이들을 부모와 다른 방식으로 자극하고 학습하게 만들며, 부모가 주는 것과는 다른 체계를 활용하게 합니다.

관계에 기반한 신경과학을 연구하는 버지니아대학의 심리학 교수인 제임스 코언은 "또래와의 놀이는 인지 발달을 촉진한다"고 말했고, "성장하는 아이들에게 부모가 언제나 좋은 놀이 친구가 될 수는 없다"고 했습니다. 아이들 입장에서 부모는 규칙을 잘 안 지키고, 금방 지루해하며, 진심으로 같이 노는 게 아니라 놀아주는 것입니다. 따라서 아이는 부모와의 놀이가 어느 시점이 지나거나 혹은 부모의 놀이 태도에 따라 흥미와 재미가 사라지게 된다고 합니다. 반면 또래와의 놀이는 도덕성과 사회성을 자극하는 아주 중요한 뇌 학습입니다. 메릴랜드대학의 케네스 루빈은 "놀이와 다른 또래들과의 상호작용을 통해 아이들의 사회적 기술과 도덕의식도 발달하게 된다"고 말했습니다.[9]

해리 할로의 사회 박탈 실험, 즉 원숭이를 혼자서 3, 6, 12개월간 키웠다가 또래 무리에 집어넣는 실험의 결과는 아주 비극적이었습니다. 또래 없이 지낸 원숭이들은 모두 정상적인 반응을 보이지 않았을 뿐 아니라 혼자 지냈다는 사실 자체로 정서적 거식증을 앓게 되었다고 합니다.[10]

사회적 박탈은 깊은 영향을 미친다

사회적 결핍은 단지 행동상의 변화뿐 아니라 뇌 구조를 변화시킨다는 연구 결과도 있습니다. 미국 국립과학원회보PNAS에 실린 루마니아 고아원 아이들을 대상으로 한 연구가 그 예를 제시하고 있습니다. 킹스칼리지, 런던대학 등의 영국 연구진은 생후 1년 동안 다른 사람의 품에 안긴 적이 없는 루마니아 고아 67명의 뇌를 자기공명영상MRI으로 관찰했습니다.[11]

---

9 『The Hechinger Report』, 「'A drastic experiment in progress':How will coronavirus change our kids?」, 2020.4.15.

10 『Korean Journal of Biological Psychiatry』 2014 ; 21(4) : 118-127

그 결과 일반 입양아들에 비해 루마니아 고아원 입양아들의 뇌 부피가 약 8.6퍼센트 작은 것으로 나타났습니다. 심지어 고아원에서 보낸 시간이 1개월 늘어날수록 뇌의 부피는 0.27퍼센트 더 감소했다는 결과였습니다. 코로나 시기 태어난 유아들의 경우, '관계 맺기의 어려움이 생기면 어떻게 하나'라는 걱정은 사소한 걱정이 아니라 실제 중요한 걱정일 수 있다는 근거입니다. 봉쇄 조치로 인해 부모와만 지내는 영유아와 그 이전에 다양한 확대가족과 함께 지냈던 영유아들 사이의 사회성에 차이가 있을 것으로 예측하는 연구자들은 이런 결과에 주목을 하고 있습니다.

이번 코로나 시기, 부모 혹은 자신의 가족과만 지낸 기간이 그리 길지 않기 때문에, 친구들과 짧게 떨어졌던 경험이 아이들에게 영향을 줄 수 있느냐에 관해 지금 진행 중인 연구도 많습니다. 다트머스대학의 스톨크 팀에 의한 5세 유치원 아동 연구는 두 가지 중요한 시사점을 주고 있습니다. 하나는 아동의 가족 이외의 다양한 사회적 경험이 또래와의 경험에 긍정적으로 작용한다는 것이고, 둘째는 이런 다양한 사회적 경험의 일시적 부재가 있다 하더라도 아이들은 또래와의 상호작용이나 협력에 위축이나 소극성이 발생한다는 것이었습니다.[12]

---

11 『조선일보』, 「코로나 리포트_코로나 블루, 뇌까지 바꾼다」, 2020.4.8.

12 『Korean Journal of Biological Psychiatry』, 「Introduction of the Concept of Social Dysfunction Spectrum」, 2014.11.4.

코로나 시기 짧게는 한두 달, 길게는 서너 달의 가정 내에서의 경험이 아이들의 발달에 충분하지 않았다는 사실을 우리는 받아들여야 합니다. 아이들에게는 부모만으로 충분하다거나 혹은 친구가 반드시 필요한 존재는 아니라는 생각을 수정해야 합니다. 코로나 시기 또래 경험, 학급 경험, 친구와의 친밀함을 형성하는 경험이 부족했던 아이들에게 이 경험을 보완할 수 있는 다른 방책이 필요하다는 것도 인정해주셔야 할 것입니다.

형제의 경우도 형제가 있는 것이 더 도움이 되는 경우와 형제가 있지만 더 괴로운 경우도 있을 수 있습니다. 관계가 좋을 시에 형제는 귀중한 존재이지만, 나쁠 시에는 오랜 시간 밀착되어 지내는 것이 힘들 수도 있습니다.

청소년기에는 친구가 더욱 필요하다

친구와의 밀착된 경험은 청소년기 아이들에게는 특히 정신적 고통이나 방황을 완화해주는 중요한 효과가 있습니다. 부모로부터 떠나면서 발생하는 빈자리를 일시적이라도 채워주는 효과부터 시작하여 동반자가 되는 우정 효과까지, 좋은 또래관계는 청소년기 정신건강에 안정감을 주는 중요한 경험을 제공합니다. 청소년기는 사회성 발달에 더 민감해서 또래가 주는 자극이 없다는 것만으로도 괴로워할 수 있는 시기입니다.

우리는 청소년기의 사회적 박탈감이 어떻게 광범위한 결과를 가져올 수 있는지를 강조하는 연구 결과들을 수용해야 한다고 생각합니다. 특히 동물 연구에서는 사회적 박탈감과 고립이 다른 삶의 단계에 비해 청소년기의 뇌와 행동에 독특한 영향을 미친다는 것을 보여주고 있다고 합니다. 사회적 접촉에 대한 박탈이 지속되면 세로토닌, 도파민 체제의 변화가 발생하여 사회관계에 필요한 시스템의 조절이 어렵고 결핍이 발생한다고 합니다. 반면 일부 느슨한 관계, 연대라도 맺게 되는 소셜 미디어는 대면 접촉에 비해 효과가 낮긴 하지만, 아예 효과가 없는 것은 아니라고 합니다. 효과가 두드러지는 그룹도 있고 미약한 그룹도 있고 해악이 되는 그룹도 존재하지만, 건강한 방식으로 사용이 가능하다면 비대면의 부정적 효과를 일부 개선할 수 있다고 보고되고 있습니다.[13]

---

13 Lancet Child Adolesc Health 2020; 4: 634-40

02 소중한 경험들을 빼앗기다
: 사회적 관계와 지역사회 경험의 박탈

"코로나 이후 아무 행사도 못 하잖아요! 모이지도 않고요. 문도 다 닫고요. 올해는 우리 동네 도서관에 한 번도 못 갔어요. 열지를 않거나 시간이 안 맞아서요. 모든 것이 방구석 랜선이잖아요. 방구석 랜선 음악회, 다들 말만 잘 만들어내는 것 같아요. 하지만 콘서트 한 번 못 가고 끝나는 것은 너무한 것 같아요."(고2 여학생)

"올해는 극장도 한 번 안 갔어요. 올해는 그냥 다 집이에요. 지겨워 죽겠어요. 내 생일 파티도 집, 아빠 생신 파티도 집, 그리고 나머지는 다 전화로 해결하기. 내 졸업식도 입학식도 다 안 했고, 그냥 올해는 아무것도 없이 넘어가나 봐요."(고1 남학생)

축제가 없어졌다

청소년들과 청년들은 축제를 통하여 자신의 젊음과 창의성을 쏟아붓고 발산하곤 합니다. 그런 축제가 올해는 모두 온라인, 디지털, 랜선, 방구석으로 바뀌었습니다. 그것도 초기에는 모두 생략되거나 연기

되었고, 중반 이후부터는 새로운 방식을 만들고 찾아가면서 그나마 소극적이고 간접적인 형태로 개최되고 있습니다.

축제는 여러 의미가 있습니다. 열정, 노력, 그리고 새로운 스타의 탄생, 숨은 이야기 등이 담겨 있고 그 안에서 사랑과 단합, 우정과 경쟁이 모두 펼쳐집니다. 다행히 우리 팀이 운영하는 별학교에서는 1학기 성장 발표회를 해냈습니다. 거리 두기를 잘 반영하고, 진행의 요령을 잘 발휘하여 한 학기 아이들의 노력을 다른 사람들과 공유할 수 있었고, 그 축제의 장에서 아이들의 성장을 함께 확인하고 축하할 수 있었습니다. 자신의 성장과 성취를 기뻐하는 아이들의 모습과 만족스러워하는 부모들의 만남이 주는 효과는 아주 컸습니다.

축제를 잃어버리면 생기는 일들

올해 축제가 사라지면서 축제를 주도해야 할 2학년들이 1학년들에게 전수해줄 경험과 내용이 없어졌습니다. 축제의 상실은 계승과 전수의 상실도 가져왔습니다. 그래서 고등학교 동아리, 대학 동아리들이 모두 주춤합니다. 중학교의 스포츠 클럽도 주춤하고 초등학교에서의 다양한 체험 프로그램, 그리고 종교, 지역사회, 시민 단체의 행사들도 올해는 모두 쉬고 가는 상태이므로 코로나가 물러간 이후를 기약해야 합니다. 그래서 아이들의 경험과 그 기억에는 올해가 사라질 수도 있습니다. 사람들마다 다르겠지만 저는 이것이 아주 소중한 경험의 박탈이라고 생각합니다. 성취를 빛내볼 기회가 주어지지 않았다는 것이 아이들에게는 못내 아쉬움으로 남고, 더 나아가 축제 속에 담긴 수백 가지 만남과 전수와 계승의 내러티브들이 사라져갈까 걱정이기도 합니다.

축하는 사라지고 입금만 남았다

축하도 사라졌습니다. 온라인 결혼식이 방송에 나온 적이 있었지요. 사람들은 신기해하면서 안쓰러워하기도 하였습니다. 잔치가 사라지면서 잃은 것이 한두 가지가 아닙니다. 만남도 없어지고, 축하도 없어지고, 아이들 입장에서는 용돈벌이도 줄어들었습니다.

코로나가 빼앗아 간 여러 가지 중 핵심이 만남이었습니다. '몸은 멀리, 마음은 가까이'를 수없이 외치고, 온라인상에서의 만남으로 대체하는 것에 익숙해지려고 전 국민이 노력하는 분위기입니다. 그중에서 가장 기분 좋은 만남이라 할 수 있는 잔치가 없어졌습니다. 백일잔치, 돌잔치, 생신 잔치, 합격 잔치, 승진 잔치, 입학 잔치, 칠순·팔순 잔치들이 사라졌기에 우리 모두 단조롭고 조용한 생활을 해야만 했습니다.

회사도 달라졌습니다. 회식은 사라지거나 현격히 줄어들었고, 회의도 많은 부분 온라인으로 전환되었습니다. 온라인이나 전화로 소통하는 것이 불편하지 않은 사람들은 괜찮지만, 직접 만나서 이야기해야 편하다는 사람들은 너무도 불편한 시기가 되었습니다.

잔치는 없지만 이미 받은 것도 있고 해서, 해당 날짜 혹은 전후에 축의금은 보냅니다. 그래서 코로나 시기에 받아야 할 축하와 응원, 격려는 소위 '입금'으로 대체되는 경우가 많았습니다.

축제와 축하의 의례는 사회적으로나 개인적으로 다양한 의미와 기회가 될 수 있습니다. 유럽의 젊은이들이 매우 아쉬워하는 사회적 경험의 박탈 중 하나가 이런 의식과 제례의 상실이라는 보도도 있었습니다.

우리는 축하를 받으면서 사람들 앞에서 더 굳게 결심하는 의식을 치렀고, 구름 떼처럼 모인 사람들 앞에서 맹세를 하기도 했습니다. 집단의 일원이 되는 통과의례를 하기도 했고 또 집단의 일원임을 밝히는 걷는 행사, 올라가는 행사, 달리는 행사 등등 다양한 방식의 관례를 실천해왔습니다. 축하하는 행사나 관례 없이 올 한 해를 보내고 있는 당사자들도 아쉬움이 클 것입니다. 그런데 앞으로 이런 절차나 의식, 관행들은 어찌 될까요? 사람들이 기획하고 상상하는 '뉴노멀' 안에 이런 상호적, 문화적, 전통적 절차가 사라질까요? 아니면 계승 발전되고 더 풍요로워질까요?

시민 민주주의 교육 및 문화 교육의 결핍

박물관, 도서관, 전시회장, 공연장이 꽤 오랜 시간 문을 닫고 운영되지 않았습니다. 학교 교육이 중단되듯이 마을 교육, 지역사회에서의 교육도 중단이 되었습니다. 미국 아메리칸대학의 교수인 데이브 마코트는 단지 학교에 가서 수업을 못 한 것뿐만 아니라 지방자치 단체에서 운영하는 곳곳의 박물관, 역사 유적 현장에서 배움의 기회를 갖지 못한 것에 대해 깊은 우려를 표했습니다.[14]

더불어 시민 단체가 주최하여 열리던 시민 민주주의 교육의 중단도 이 세대의 불행입니다. 그나마 현재 많은 프로그램이 원격으로 혹은 온라인으로 개발되었거나 개발 중에 있습니다. 이런 간접적인 방식으로나마 지역사회에서의 교육이 지속되면 명맥은 유지될 수 있다고 보입니다. 하지만 코로나 시기 이전에 진행되었던, 직접 방문해서 여러 어른들과 직접 교류하며 이루어지는 교육보다는 효과와 가치가 떨어지지 않을까도 생각합니다.

또한 지역사회의 공공기관에서 진행하는 교육과 활동이 중단됨으로 인해 여러 지역의 다양한 직종의 어른들에게 아이들이 배우지 못한 것도 아쉽습니다. 이런 학습은 학생들에게 지역에 대한 애정과 함

---

14 BBC, 「How COVID-19 is changing the world's children」, 2020.6.4.

께 복수의 다른 효과들을 가져다줍니다. 지역의 어른들과 역사, 그리고 지역을 지켜온 전통도 알게 됩니다. 자신이 살고 있는 고장에 대한 애정, 마을에 대한 유대감, 시민들 간의 연대감은 시민들이 자신의 지역에서 민주주의를 지켜가는 데 소중하고 가치 있는 감정들이고, 아이들이 전수받아야 할 자산이었습니다.

코로나로 인하여 현재 이런 활동의 상당수는 중단되었고, 일부 행사가 온라인으로 대체되고 있습니다. 별학교가 있는 봉천 지역에서는 매년 강감찬 축제가 성황리에 개최되곤 했습니다. 이 행사를 통해 강감찬이 누군지, 왜 이런 행사를 봉천 지역에서 하는지, 그리고 이 행사에 어떻게 참여할 것인지 이야기를 나누며 우리는 그 축제와 지역에 담겨 있는 정보와 지식을 복합적으로 체험하게 되지요. 일단 올해는 규모가 작더라도, 그리고 온라인으로라도 이런 지역 행사들에 참여하는 것으로 만족을 해야 할 것 같습니다.

[5]

감염 실태와
건강 영향

01 위험하지는 않지만 '조용한 전파자'가 될 수 있다

우리나라 전체 아동(만 17세 이하) 인구수가 대략 800만 명이라고 할 때, 현재 2000여 명이 코로나바이러스에 감염되거나 완치된 상황입니다. 다행히 20대 미만에서의 감염자 수가 많지는 않습니다. 몇몇 아이들끼리 "우리 중에는 감염자가 없는데, 왜 이렇게 난리냐"고 하는 말을 합니다. 다음은 실제 감염 현황과 특징에 관한 정리입니다.

어린이, 청소년, 청년 감염 현황

(10월 4일 자정 기준)

연령	감염자 수	사망자 수	
20-29	4,785 (19.86)	0 (0.00)	-
10-19	1,321 (5.48)	0 (0.00)	-
0-9	588 (2.44)	0 (0.00)	-

코로나에 감염된 20대는 대략 5000여 명이고, 10대가 약 1300여 명, 9세 이하는 600여 명이었습니다. 10대 이하만 보면 전체의 8퍼센트 내외이고, 20대는 전체의 20퍼센트 정도에 해당하였습니다. 코로

나 감염으로 사망한 20대 이하는 현재 한 명도 없는 것으로 나타났습니다.

서울시 보라매병원 소아청소년과 한미선 교수가 2020년 2월 18일~3월 31일 국내에서 코로나19 확진 판정을 받은 19세 미만 91명의 데이터를 바탕으로 성인과 구별되는 아동·청소년 코로나19 환자의 임상 특징에 대하여 분석해 발표한 것을 정리해보면 다음과 같습니다.[15]

- 대다수가 무증상이거나 경미한 증상을 보여 스스로 감염 여부를 판단하기 어렵다.
- 중증도에 비해 체내 바이러스 검출 기간은 17.6일로 상대적으로 길어 자신이 감염된 사실을 모른 채 지역사회에 전파할 위험이 큰 것으로 나타났다.
- 감염 경로는 가족 감염이 압도적으로 많았고, 해외에서 감염된 채로 들어오거나 모임, 집단에 의한 감염 순서였다.
- 전체 환자 중 20명은 아예 증상이 없었고, 65명은 양성으로 진단된 후 증상이 나타났다. 증상은 경미하거나 감염 후 시간이 지난 뒤에야 나타난다.
- 증상이 나타난 65명 환아의 증상은 다양한데, 기침·가래·콧물 같은

---

15 『국민일보』, 「아이들 코로나19 '조용한 전파자' 될 수 있다」, 2020.9.17.

호흡기 증상이 60퍼센트, 미열 30퍼센트, 고열 39퍼센트로, 열보다 호흡기 증상이 더 심했다. 이 증상만 있을 때 코로나를 식별하긴 어렵다. 후각·미각 등의 감각 손실은 16퍼센트에 해당하였다.

이런 특징이 시사하는 의미는 19세 미만의 코로나 감염자 대다수(85퍼센트)는 치료가 필요할 정도의 중증도를 보이지 않아 자신이 감염된 사실을 인지하지 못한 채 활동할 가능성도 있다는 것입니다. 문제는 진단 이후 평균 17.6일이라는 긴 기간 동안 바이러스가 검출이 되어 어린이와 청소년들이 조용한 전파자가 될 가능성이 높다는 것입니다. 그러므로 아동에 대한 역학 조사도 게을리해서는 안 된다고 합니다(이 연구 결과는 『미국의학협회 소아과학회지JAMA Pediatrics』 8월호에 발표되었다고 합니다).

02 굶주림이 다시 시작되었다

코로나 유행 기간 동안 우리나라 아동들은 건강상의 어떤 변화를 겪고, 어떤 위협과 기회의 상황에 처해 있을까요? 현재 이 자료를 체계적으로 바로 구하기는 어려웠습니다. 비만, 스트레스, 정신건강 등에 관한 기사는 많지만, 아동 전반에 관한 체계적인 자료는 많지 않은 상황입니다.

그래서 미국의 카이저 가족재단이 발행한 자료를 통해 우리 체계의 통찰에 대한 단초를 얻어보려고 합니다. 미국 전역의 학술적 보고서, 보험 자료, 국가기관의 통계에 기초해서 요약한 보고서입니다.[16] 카이저 가족재단은 민간 재단으로 건강 관련 정보를 조사하고 여론 형성에 기여하며, 건강보험 회사와 관련이 있는 기관입니다.

• 어린이가 성인보다 무증상일 가능성이 높고, 심각한 질병을 경험할 가능성은 적지만 다른 어린이와 성인 모두에게 전파할 수 있다.

---

16 KFF, 「Children's Health and Well Being During the Coronavirus Pandemic」, 2020.9.24.

- 코로나로 인한 직접적인 질병 및 질병의 위험 외에도 코로나는 학교 교육, 의료 서비스 제공 및 기타 정상적인 일상의 중단을 초래하여, 감염 여부에 관계없이 어린이의 건강과 복지에 영향을 미칠 수 있다.

- 코로나 대유행 시기 아동의 건강을 위협하는 세 가지 위험 요소는 1) 사회적 거리 두기와 학교 휴업 및 등하교 2) 가족의 수입 감소 3) 의료 기관 이용의 어려움이었다.

- 등교 과정에서 개인 교통편을 이용하지 못하는 아이들의 감염 위험이 더 클 것으로 예측하고, 이에 대해 교통편을 제공하지 못하는 부모의 걱정이 더 컸다.

- 학교에 오지 않는 아이들의 건강이 지속적으로 위협을 받을 것으로 예상된다. 학교에 오는 아이들은 학교에 기반하거나 연계된 다양한 서비스를 제공받고 있다. ···▶ **학교 밖 청소년 지원 정책**

- 코로나 초기 아동 연구들에서 증가한 질환은 초등생은 산만한 행동과 공포, 불안이었고, 청소년들은 약물 오남용이었다.

- 모든 가정이 안전하지는 않다. 여러 스트레스로 인하여 3분의 1 이상의 부모가 코로나 이후 아이들로 인해 부담을 느끼고 있고, 아동 학대 가능성이 이전보다 높아졌다고 답한 자료들이 여럿이다.

···▶ **아동 학대 및 부모 스트레스 지원 정책**

- 부모가 실직한 가정의 아이들 중 상당수는 여러 가지 압박을 받을 것이다. 실직한 가정의 아동에 대한 특별한 지원이 필요하다. 아동수당

이 반드시 지급되어야 한다. ···▸ **실직 가정 지원과 아동수당 정책**

- 휴교로 인하여 밥을 굶거나 제대로 된 끼니를 먹지 못하는 아이가 훨씬 늘었다. 이를 정확히 파악하고 이에 대한 지원이 이루어져야 한다. ···▸ **급식 지원 정책**

- 빈곤 가정의 경우, 코로나로 인하여 신체적·정서적 충격을 더욱 크게 받을 수 있고 주거 복지 상황이 좋지 않아 사회적 거리 두기 기간 동안 아동 학대의 가능성이 높아진다. ···▸ **빈곤 가정 아동 지원 정책**

- 예방 접종을 포함한 필수적인 의료를 제공받아야 하는 경우나 중증의 만성 질환을 가진 어린이들이 의료 제공을 지속적으로 받고 있는가를 모니터해야 한다. 첫째, 부모의 실직으로 돈이 없고 위축되어서 의료기관을 가지 않거나 둘째, 부모의 우울이나 정신적 스트레스 증가로 가지 않거나 셋째, 만성적인 질환이 있음에도 불구하고 사회적 거리 두기로 인해 뒤바뀐 여러 정보를 모르고 이용하지 않는 비율이 높은 것으로 나타났다. 적극적인 부모 개입이 필요하다. ···▸ **부모 개입 및 의료 지원 모니터링**

- 코로나의 여러 영향, 사회적 거리 두기로 인한 외로움과 우울 증가, 부모와의 장기간 밀착 동거, 부모의 스트레스 증가 및 수입 감소 등으로 거의 절반 이상의 아동과 청소년들이 정서적 스트레스를 겪고 있다. ···▸ **아동·청소년 정서 모니터링과 정서적 지원**

- 유전, 희귀 질환 및 중증 질환에 대한 치료를 부모들이 포기하지 않도

록 병원과 지역사회 서비스와 연계하여 도와야 한다.

    ···▸ **의료 지원 대상의 어린이와 연계 강화**

- 자폐증 및 지적 장애 등 부모의 돌봄 피로나 간병 피로가 쉽게 올 수 있는 사례의 경우 특별히 부모 지원, 일시적인 쉼터 운영 혹은 지역 안에서의 순환 근무나 순환 개방과 같은 방식의 지원 정책이 필수적이다. ···▸ **장애 아동 부모 지원**

- 실직으로 인한 수입 감소의 연쇄적 위기로 인해 아동에게 큰 충격이 가고 학대가 늘어날 수 있으므로 아동 복지 프로그램이 충분히 가동되어야 한다. ···▸ **아동 복지 강화 및 모니터링 강화**

- 코로나 시기 동안 사회적 거리 두기와 봉쇄 등으로 아동·청소년의 신체 활동이 줄어들고 있으므로 이로 인한 부정적 영향에 대처하는 프로그램과 활동을 지원해야 한다. ···▸ **아동·청소년의 신체 활동 지원**

카이저 가족재단의 보고서는 아주 긴 자료는 아니었으나 다양한 아동의 위기 측면을 검토하고 있고, 통계를 기반으로 아동의 상태를 진단하고 있었습니다(수치는 굳이 제가 기입하여 설명하지는 않았습니다). 실직, 장애 가정의 아동에 대한 지원과 모니터링을 강화하고, 부모 스트레스를 현실적으로 인식하고 부모를 위한 지원을 강조하는 내용이 인상 깊었습니다.

미국에서도 코로나로 인한 아주 큰 비극 중 하나가 아동의 굶주림이 늘었다는 것이었습니다. 학교 휴교와 복지기관의 폐쇄가 가져온 타격은 아동과 청소년에게 학습이나 놀이만의 중단이 아니라 굶주림으로부터 시작되는 빈곤의 아픔이었습니다.

03   불안과 우울에 감염되다

"마음이 불안해요. 그냥 이것저것 하는데 아무것도 하지 않은 것 같기도 하고, 한 것 같기도 하고……. 비슷한 하루가 막 지나가긴 하는 것 같은데, 그냥 이 날이 저 날 같고, 저 날이 이 날 같고 그래요. 그리고 우울한 게 무엇인지 모르겠지만 계속 축 처져요."(고1 여학생)

"게임이나 넷플릭스 정주행하다 보니 잘 모르겠어요. 좀 불안하기도 하고, 애들이 만나자고 하는데, 좀 귀찮아지기 시작했어요. 학교 또 나오라고 하면 개짜증 날 것 같아요. 이것도 솔직히 좋아요. 다 귀찮아지기 시작했거든요."(중1 남학생)

코로나로 인한 아동·청소년들의 정신건강에 대한 영향은 사회적 고립, 박탈 이외에도 불안과 공포, 게임과 스마트폰 중독 등등 다양한 측면에서 알려지기 시작했습니다. 하지만 아동과 청소년에게 직접 조사한 내용은 그리 많지 않았습니다.

어릴수록 두려움 크고, 클수록 집중에 어려움

중국 아동의 심리적 영향에 대한 이야기가 초기에는 가장 많이 인용되었습니다. 유럽의 소아과학협회들이 중국의 코로나바이러스로 인한 영향을 파악하기 위해 협력팀을 꾸렸고, 이 협력팀이 국제 학술지에 중국의 현실을 간추려 보고했습니다.[17]

이 팀에서 부모들을 대상으로 온라인 조사한 바에 따르면, 코로나는 신체보다 확실히 심리에 영향이 더 큰 것으로 나타났습니다. 3~18세 아동 310명(여아 168명, 남아 142명) 사이에서 가장 흔한 심리적 증상은 집착, 산만함, 짜증, 두려움이었다고 합니다. 이 중 3~6세의 아동들은 감염에 대한 두려움과 함께 부모에 대한 집착이 더 컸고, 6~18세 아동과 청소년들은 집중하기 어려워하는 행동과 반복적인 질문 등의 증상이 더 컸다고 합니다. 모든 연령대에서 짜증과 부주의, 집착은 높아져 있는 상태였다고 합니다.

연구팀은 아동·청소년에게 제공되어야 할 스트레스 해소에 초점을 맞춘 심리적 지원이 필요하다는 결론을 내립니다. 그리고 중국의 상황에서 이런 스트레스 해소에 대한 지원은 전적으로 가족에게 달려 있으므로 가족의 역량 강화가 필요하고, 동시에 다른 지원 체계를 구축하고 지원하는 것도 필요하다는 제안을 하였습니다. 가족이 취약하면 아동도 취약해질 수밖에 없는 상황이고, 봉쇄를 하고 있다면 아

---

17 『The Journal of Pediatrics』, 『Behavioral and Emotional Disorders in Children during the COVID-19 Epidemic』, 2020

이들이 도움을 받을 길도 봉쇄될 수 있다는 두려움 또한 이 논문은 전하고 있었습니다.

혼자 지내고, 생활 패턴은 이미 바뀌었는데

국내에서는 코로나로 인한 사회적 거리 두기, 그리고 이로 인한 장기간의 가정 내 양육으로 인해 가정의 양육 역량이 새롭게 주목되기 시작했고, 동시에 이 모든 돌봄을 가정에만 맡길 수 없기 때문에 사회적 돌봄에 대한 논의가 다시 제기될 수밖에 없는 상황인 것 같습니다.

정부 부처 합동으로 보고된 아동·청소년에 관한 기본계획은 이 부분을 언급한 바 있습니다.[18]

- 감염병 확산으로 인한 가정 양육의 중요성은 커지고 있고, 가정은 경기 침체 장기화의 영향으로 소득 감소 등 여러 어려움이 늘어 아동의 위험 노출성이 증가할 것으로 예상됨. 코로나 블루로 인한 양육자들의 우울, 불안이 증가하면서 아동 학대의 가능성도 높아질 것으로 예측함.
- 비대면 일상화가 취약 계층 아동의 사회적 고립, 방임에 대한 공공기

---

18 「정부 부처 합동 제2차 아동 기본계획 전체 보고서」, 2020.8.

관 및 정부의 대응에 애로 사항으로 작용 가능. 학대 신고의 어려움과 방문 조치 등의 미흡함에 대한 대비가 필요함.

'초록우산어린이재단'이 5월에 한국리서치에 의뢰해 전국 초·중·고생 1009명을 대상으로 조사한 바에 따르면, 코로나로 인해 아동들은 덜 움직이고, 더 혼자 있게 되고, 더 스마트폰을 많이 하게 되었다고 합니다. 그 내용을 간략히 추려보면 다음과 같습니다.[19]

- 평일 낮 시간대 성인 보호자 없이 집에 머무른 초등학생은 46.8퍼센트였다. 만 18세 이하 형제와 시간을 보냈다는 응답은 37.6퍼센트, 혼자 있었다는 응답도 9.2퍼센트였다. ···▶ 초등생 방임이 우리의 가장 큰 사회적 사각지대이다.
- '밤 12시 이후 취침한다'는 비율이 코로나 발생 전 35.1퍼센트에서 62.3퍼센트로 거의 두 배 이상 증가해서, 규칙적인 생활 패턴은 거의 대부분 붕괴되었다고 할 수 있다. ···▶ 늦은 수면으로 인한 생활 패턴의 변화가 회복의 큰 장애가 될 수 있다. 늦은 수면의 원인이 게임과 스마트폰 사용인 것 또한 추후 문제가 될 수 있다.

---

19 『내일신문』, 「초등생 절반, 코로나19 개학 연기 기간 동안 성인 보호자 없이 지내」, 2020.5.4.

- 친구와 노는 시간은 급격히 감소한 것으로 나타났다. '친구들과 만나서 노는 시간이 전혀 없다'는 비율은 코로나19 전에는 10.3퍼센트였지만 이후에는 56.3퍼센트까지 늘었다. …▶ 친구와의 경험 부재가 추후 어려움이 될 수 있다.
- 운동이나 신체 활동(학교·학원 제외) 시간이 하루 평균 30분 미만이라는 비율도 31.2퍼센트에서 55.6퍼센트로 상승했다. …▶ 신체 활동의 부족이 미친 영향도 회복 시 중요 프로그램이 되어야 한다.
- 스마트폰과 태블릿PC로 노는 시간이 하루 평균 3시간 이상이라는 비율은 16.1퍼센트에서 30.1퍼센트포인트 상승했다. …▶ 단지 사용 시간이 많은 상태에서 집착이나 의존, 중독 상태로 전이되는 것에 대한 우려가 크다.
- 아이들의 걱정 순위

  1위: 나중에 해야 할 공부

  2위: 친구와 만나지 못한 불만

  3위: 체중 증가 및 외모 관리

  4위: 부모님과의 관계 악화
- 스트레스를 풀기 위해 아동·청소년들이 가장 많이 한 행동은 게임하기(38.7퍼센트), 그냥 쉬기·잠자기(14.7퍼센트), 음악 듣기(12.0퍼센트), 온라인 활동(10.2퍼센트) 순이었다. …▶ 게임, 음악, 기타 온라인 활동은 모두 스마트폰 매개 활동이라 이 기간 동안 스마트폰이나 태블릿

PC, 컴퓨터에 대한 활동이 거의 지배적이라고 해야 할 것 같다.

- 코로나19 발생 이후 자신의 미래에 대해 '불안하다'고 답한 비율(32.4 퍼센트)이 '불안하지 않다'(25.6퍼센트)보다 높았다. 특히 남학생(26.2퍼센트)보다는 여학생(39.0퍼센트)이, 초등학생(27.1퍼센트)보다는 고등학생(39.4퍼센트)이 '불안하다'는 응답이 많았다. '학교나 집에서 예전처럼 활동할 수 없겠다고 생각한다'는 응답도 59.4퍼센트였다. ⋯ 3분의 1은 불안을 느끼고 있으며, 여학생과 입시를 포함한 여러 제도적 혼란에 봉착한 고등학생이 더 큰 불안을 느끼고 있었다. 그리고 절반 이상의 아이들이 코로나가 종식된 이후에도 코로나 이전처럼 생활하는 데 어려움을 느낄 것이라고 예상했다.

사상 초유의 사태 속에서 준비가 미흡할 수밖에 없었지만, 현재의 우리 상황에서 아이들이 견딜 수 있었던 것은 어찌 보면 스마트폰을 통한 비대면 연결관계였습니다. 물론 이것이 남용, 중독의 문제를 불러일으키지만 그 영향은 매우 크다고 할 수밖에 없을 것 같습니다. 특히 이 설문의 또 다른 단면을 보면 부모나 형제와 함께하는 활동에 대한 언급이 거의 없는데, 이를 통해 아이들이 집에 있으면 가족과 함께 지내는 시간보다 혼자 지내거나 스마트폰으로 연결된 친구들과 지낸다는 것 또한 알 수 있습니다. 적지 않은 시간을 가정에서 보내지만, 가정 안에서의 공동 활동은 우리에게 생소한 영역이라고 해도 과언이 아닐 것 같습니다. 우리는 아이들이 중고생이 된 이후 아이들과 함께해본 것이 없는 문화를 갖고 있습니다. 가족과 할 수 있는 것도 없으므로 그다음부터는 스마트폰을 못 하게 하는 일만 남게 되는 것입니다. 정원 가꾸기, 텃밭 일구기, 반려동물이나 가축 돌보기, 창고나 집안 물건 정돈하기 등을 포함한 가족이 함께하는 집안일도 없으며, 집의 가구나 물건을 고치고 칠하고 만들고 하는 일도 없습니다. 이런 우리의 가정 문화가 돌봄 역량, 양육 역량이 낮아지는 데 한몫을 한다고 생각합니다.

또한 사회기관과의 연계 활동도 극히 미미하거나 없습니다. 이번 조사에 노출되지는 않았지만 풍요로운(?) 사교육을 제외하면 동아리, 청소년 단체, 종교적 활동도 거의 연계가 없는 것으로 보입니다. 사회적 돌봄 역할을 담당하는 다양한 기관 역시 아이들과 일차적으로 연계되지 않는 것이 우리의 현실이라는 것 또한 알 수 있다고 생각합니다.

한국청소년상담복지개발원이 온라인으로 조사한 바에 따르면, 청소년들이 어려움을 호소하는 문제들의 순위는 다음과 같습니다.[20]

1위: 친구들을 만나지 못하는 것(72퍼센트)

2위: 온라인 개학 실시(64.6퍼센트)

---

20 『청소년상담 이슈페이퍼』, 「코로나19로 바뀐 일상」, 2020.5.

3위: 생활의 리듬이 깨짐(64.6퍼센트)

4위: 집에서만 지내야 하는 갑갑함(62.2퍼센트)

5위: 코로나가 언제 끝날지 모른다는 불안감(57퍼센트)

반면 부모들이 걱정하고 어렵다고 한 문제들의 순위는 다음과 같습니다.

1위: 자녀의 미디어 사용이 늘어남(77.8퍼센트)

2위: 자녀의 불규칙한 생활 습관(74.2퍼센트)

3위: 일상생활의 위축(71.7퍼센트)

4위: 마스크, 손 씻기 등 개인위생 관리(65.2퍼센트)

5위: 막연한 걱정과 불안(63.1퍼센트)

코로나로 인해 발생한 스트레스에 대처하는 방식을 보면 부모와 자녀 사이의 비슷한 점과 다른 점이 발견됩니다. 다행히 이 조사에서 부모와 더 많이 싸우고 지낸다는 아동·청소년들의 수는 절반보다는 낮았습니다(48.8퍼센트). '불안과 우울'에 대한 설문에서 자녀에 대한 어른들의 불안이 80퍼센트 초반대인 데 반해, 청소년들의 자신에 대한 불안은 50퍼센트였습니다. 반면 청소년들은 어른들보다 '분노와 짜증'을 더 많이 호소하였습니다.

또한 청소년들은 어른보다 더 위생 수칙을 강조하는 반면, 스트레스에 어떻게 대처할지 모르겠다는 비율이 더 낮았습니다. 이 조사를 보면, 우리나라 가정, 특히 중고생이 있는 가정에서는 청소년보다 부모님들이 더 우울과 불안을 느끼고, 위생 수칙은 덜 걱정하면서 스트레스에 어떻게 대처해야 할지 모르는 것처럼 보이기도 합니다.

코로나19 스트레스 대처 방식

	어른 보호자	청소년
1위	위생 수칙을 철저히 지키려고 한다 (86.6퍼센트)	위생 수칙을 철저히 지키려고 한다 (91.4퍼센트)
2위	지나치게 걱정하지 않으려고 한다 (56.1퍼센트)	지나치게 걱정하지 않으려고 한다 (58.6퍼센트)
3위	가족이나 친구들과 힘든 감정을 나눈다 (37.8퍼센트)	지인들과 연락한다 (42.9퍼센트)
4위	스트레스에 어떻게 대처할지 잘 모르겠다 (26.8퍼센트)	스트레스에 어떻게 대처할지 잘 모르겠다 (13.6퍼센트)
5위	뉴스나 기사를 수시로 보지 않는다 (22.0퍼센트)	뉴스나 기사를 수시로 보지 않는다 (11.1퍼센트)

코로나로 인한 아동·청소년의 정신건강 실태를 더 뚜렷하게 조사한 자료들은 아직 충분히 발표되지 않은 상태인 것 같습니다.

학교 중단과 정신건강 서비스의 종결

코로나 시기 아동·청소년의 정신건강 악화는 피할 수 없는 사건이라고 많은 사람들이 예측했습니다. 적지 않은 학생들이 정신건강에 대한 다양한 지원을 학교에서 받고 있었기 때문입니다.

학교는 스트레스를 높이기도 하지만 다양한 방식으로 스트레스를 낮추기도 합니다. 아이들은 부모에게 말하지 못하는 것을 선생님에게 말하기도 했으며, 학교에서 배우는 심리적·사회적 지식은 본인의 정신건강 이슈를 다루는 역량을 강화하는 데 도움이 되기도 하였습니다.

코로나19를 통해 학교는 학력뿐만 아니라 다양한 기능을 갖고 있었다는 것을 많은 나라들이 새삼 알게 되었습니다. 온갖 개인 상담, 집단 상담, 예술 치료들의 플랫폼처럼 기능하는 학교들이 많았습니다. 미국의 경우 전체적인 정신건강 서비스의 35퍼센트 내외가 학교를 통해 이루어지고 있었다고 합니다. 학교가 문을 닫으면서 학생과의 정기적 상담이 중단되었는데 만약 지역사회와의 서비스가 연계되지 않는다면, 학생은 상담 자체가 중단되는 경험을 하게 됩니다.[21] 특히 어려운 가정의 아이들이 받던 상담 서비스는 학교의 중단과 함께 중단

---

21 BBC, 「How COVID-19 is changing the world's children」, 2020.6.4.

되었습니다. 얼마간은 아이들이 견딜 수 있겠지만, 일정한 시간이 지난 뒤에도 서비스가 재개되지 않으면, 증상의 악화와 초발 질병의 빠른 발병, 기존 질병의 재발은 예고된 재앙입니다. 이 학교에서의 서비스가 지역사회로 행정의 칸막이 없이 연계되는 기대를 하기는 현재 어렵습니다. 그런 점에서 우리는 코로나 이후 학교 서비스 중단 이후의 지역사회 돌봄 서비스에 대한 연계 시나리오를 작성해야 합니다. 그러지 않으면 새로운 감염병의 발생 시, 더 좋은 방식으로 대처할 수 없습니다. 이제 우리는 칸막이를 치우고 연결되어야 재앙을 예방할 수 있는 시대를 경험하고 있습니다.

장애 아동을 둔 가정의 어려움

특히 특수학교와 특수학급 아동에 대한 서비스 중단이 미치는 양육 부담과 학대 증가는 사회적으로 정말 중요한 이슈라는 것을 우리는 알게 되었습니다. 학교, 돌봄기관, 병원과의 단절이 자폐성 발달 장애를 포함한 장애 아동을 둔 가정의 부모님들께는 큰 부담이었습니다. 등교 후에도 이 그룹의 학생들을 위한 위생 수칙 준수 접근 또한 큰 어려움이 있었습니다.

그러므로 학교의 개학이나 운영에 대한 매뉴얼이나 채비는 조금 더 세심할 필요가 있습니다. 학교의 상황, 아이들의 상태, 학부모들의 상태 등을 고려해서 개학이나 부분 개학 혹은 운영에 대한 보다 세심한 지원이 필요합니다. 같은 코로나 시대를 겪고 있는 것이 아니라 불평등하고 다양한 중첩된 어려움에 처한 사람들이 존재한다는 것을 더 현실적으로 알게 되었기에 섬세하고 입체적인 대책이 필요합니다.

위험한 가정에 대한 사회적 우려

그리고 또 하나, 가정에서의 안전에 대한 이슈가 있습니다. 가정에서의 장기적인 거주가 아동 학대나 가정 폭력의 증가로 이어질 수 있다는 우려가 꾸준히 제기되었습니다. 그러나 외국에서도 그렇고 우리나라에서도 그렇고 코로나 초기 동안 아동 학대 신고는 모두 줄었던 것으로 보고되었습니다. 미국 플로리다주의 데이터 분석에서도 2020년 3월부터 4월까지 학대 혐의 사례가 27퍼센트 감소한 것으로 나타났습니다. 특히 신체 학대에 대한 보고가 줄었는데, 이것이 학대의 감소인지, 신고받는 기관의 폐쇄 때문인지는 더 시간이 지나야 알 수 있는 상태입니다.[22]

불행하게도 아동 학대와 관련된 사건은 계속 일어나고 있습니다. 국제적으로도 봉쇄 조치에 따른 장기간의 가정 내 거주에 따라 성 학

---

22 아동권리보장원, 「정책 이슈」, 2020년 창간호

대 사건도 발생하고 있고, 방임과 관련된 사건도 보고되고 있습니다.[23] 아동기에 경험한 사건의 영향이 오랫동안 지속된다는 것은 '아동기 부정적 경험Adverse Childhood Experience' 연구를 통해 잘 알려져 있습니다.[24] 코로나 시기에 일어난 신체 학대, 방임, 성 학대가 아이들에게 악몽 같은 트라우마로 남는다면, 아이들은 이 시기를 더 아프게 기억할 수밖에 없을 것입니다.

중독에 대한 우려

중독포럼이 성인을 대상으로 실시한 '코로나 이후 중독 관련 시민 실태 조사'에 따르면, 여러 심각한 징후가 발견되고 있다고 합니다. 스마트폰과 게임 이용 시간이 늘었으며, 게임에 사용하는 비용도 늘었다고 합니다. 더 우려할 것은 온라인 도박이 늘었는데, 이로 인해 발생하는 경제적 손실도 커졌다고 합니다. 1시간 이상, 3시간 이상 하는 사람들이 유의미하게 증가, 이 부분에서도 사회적 대책이 필요하다고 생각됩니다. 또한 성인용 콘텐츠를 보는 시간도 상당히 늘었다고 합니다.

이 중에서도 우울감을 느끼는 사람들이 인터넷 또는 스마트폰을

---

23 End Violence Against Children, 「Leaders call for action to protect children during COVID-19」, 2020.4.24.

24 CDC, 「Adverse Childhood Experiences」

더 많이 사용하는 양태를 보였고, 중독적 경향의 사용자들은 수면에도 더 큰 어려움을 겪는 것으로 보고되었습니다.[25]

여성가족부는 전국의 학령 전환기(초4·중1·고1) 청소년 133만 1441명을 대상으로 지난 6·7월 온라인 설문을 진행했다고 합니다.[26] '2020년 청소년 인터넷·스마트폰 이용 습관 진단 조사'를 실시한 것인데, 청소년들의 인터넷·스마트폰 중독은 작년보다 무려 11퍼센트나 증가한 것으로 나타났다고 합니다. 특히 전체 조사 대상 학생의 17퍼센트, 즉 23만여 명이 고위험군으로 제기되었는데, 그중 중학교 1학년이 가장 취약한 것으로 나타났습니다. 하지만 작년과 비교해보면, 위험군의 증가가 가장 높은 대상은 초등학교 4학년이었습니다. 초등학교 4학년은 지난해보다 16.7퍼센트 증가했고, 다음으로 중학교 1학년(10.1퍼센트), 고등학교 1학년(6.6퍼센트) 순이었습니다. 그리고 초·중·고의 위험군 수는 아주 큰 차이가 나지는 않았습니다. 학년별 과의존 위험군은 중학교 1학년(37.0퍼센트)이 가장 많았고, 고등학교 1학년(34.1퍼센트), 초등학교 4학년(28.8퍼센트)이 뒤를 이었습니다.

성별 차이를 보면 여학생 위험군은 11만 1389명으로 남학생(11만 6731명)보다 4.6퍼센트 적었습니다. 초등학교 4학년의 고위험군에서는

---

25 청년의사, 「코로나19가 가져온 변화」, 2020.6.3.
26 YTN, 「청소년 23만 명 '인터넷·스마트폰 중독'」, 2020.8.15.

남학생이 훨씬 많았고, 중학교 1학년에서는 여학생이 조금 많았으며, 고등학교 1학년에서도 여학생이 남학생보다 17.9퍼센트 많았습니다. 스마트폰 중독이 포함되면서 여학생들이 더 많은 위험성을 갖고 있는 상태로 바뀌는 양상을 보이고 있습니다.

이번 연도에 특별히 증가된 많은 수의 위험군 청소년들이 앞으로 어떻게 일상생활에 다시 적응하면서 지낼 수 있을까요? 부모님의 과도한 불안이 현실적으로 적합한 불안이라고 할 수도 있는 상황이라고 볼 수도 있을 것 같습니다. 왜 이렇게 아이들이 스마트폰, 게임, 인터넷에 붙잡힌 채 지내야 할까요?

아마 이것은 우리 생활의 문제, 즉 공부만 시키고 다른 일은 함께 할 것이 없는 우리 생활, 또 우리 주거의 문제, 즉 마당도 없고, 정원도 없고, 뒤뜰도 없고, 함께 부수고 만들고 수리하는 게 없는 아파트 중심의 주거, 요리도, 운동도, 사냥도, 조경도, 농사도, 동네 모임도, 자전거 동아리도, 댄스 동호회도 없이 지낸 지 오래된 무미건조한 도시 중심의 문화가 만든 라이프스타일 때문은 아닐까도 생각해봅니다. 코로나가 우리를 멈추게 하였을 때 우리가 할 수 있는 일이 많지 않다는 사실, 그것이 스마트폰을 더욱 손아귀에서 놓을 수 없게 하는 것이 아닌가도 생각해봅니다.

아동·청소년의 정신건강 보호를 위해 필요한 두 가지

코로나로 인해 상실될 수 있는 아동·청소년기의 정신건강은 여러 보호 요인들의 힘을 빌려 회복 탄력성을 발휘할 수도 있다고 생각합니다. 그 가운데 큰 축의 두 요인은 바로 가정과 사회입니다. 가정의 양육 역량 강화와 사회의 다양한 기관들이 아동·청소년들과 연관되어 있다면, 학교를 갈 수 없는 상황에서도 아이들을 지켜줄 든든한 지붕이 되는 것이지요. 하지만 이것이 없다면 아동과 청소년은 정말 위험한 상황에 처할 수 있게 될 것입니다. 코로나를 기점으로 아동과 청소년이 이 사회에 단단하게 묶여 있을 수 있도록 다양한 만남과 연대와 연결을 만들어야 한다는 교훈을 얻습니다. 그것이 아동과 청소년의 정신건강에 기여하는 중대한 지지대가 아닌가 합니다.

"기회를 놓치는 것에 대한 두려움은
재정적 파산의 공포만큼이나
강렬한 동기를 부여하기도 한다."

– 마이클 본드(과학 저널리스트)

세 | 번 | 째 | 이 | 야 | 기 | 마 | 당

우리 모두의
코로나

A virus that is more healier than coronav

hey Kirino
imagined

상상한 신중 키리노 바이

Kirino virus pandemic

키리노20 목스크를 착용합시다.

new coronavirus

코로나로 인해
내가 느낀점

좋은점

안좋았던 점

별학교

내가 학교어서 오전 수업
끝나고 내가 홈플러스 스퀘어
원에 가서 내가 좋아하는 레고와
장난감을 자족 보았던 게 생
각난다.

몇몇 친구들이 점심때
가끔 마스크 안쓰고 대화
하는게 비말감염이 될수 있어서
안좋았다.

[6]

아이들에게는
어떻게
들렸을까?

재난 시기에 약자는 자기 자신이 약자임을 확실하게 알게 된다고 합니다. 응급과 비상의 시기에 우선적으로 도움을 받을 수 있는 체계는 아직 우리 사회에서 그림의 떡입니다. 논의는 있으나 아직 희미하고, 굳건한 남성 어른 관료들의 눈에는 국가만 보일 뿐, 국가의 맨 앞줄에 서 있는 아동과 청소년은 눈에 띄지 않는 일이 많다고 합니다.

이번 코로나 시기의 온갖 대책과 수칙, 그리고 많은 중요한 정보는 어떻게 소통되고 전달되었을까요? 어린이날 딱 한 번 정은경 질병관리청 청장이 어린이와 함께하는 브리핑 시간을 가졌고, 우리는 감동을 하였습니다. 그런데 적지 않은 수의 다른 나라 정부가 어린이와 청소년, 노인들, 다문화권 이주민들을 위한 브리핑을 별도로 실시했다고 합니다.

영국의 아동위원회 위원장 앤 롱필드는 코로나 시기인 지난 6개월 동안 아동과 청소년의 권리가 후퇴되었다는 보고서를 발표하고, 정부가 아동과 청소년의 권리 회복뿐 아니라 아동과 청소년의 피해에 대한 복구 로드맵을 제시해야 한다는 주장을 하였습니다.[1]

우리 아이들과 학생들은 어떻게 느꼈을까요? 그들의 이야기를 제가 4가지 관점에서 재구성해보았습니다. 이번 코로나 시기, 정부는 어

---

1 『Children's Commissioner』, 「A comprehensive recovery package is needed tack le rising tide of childhood vulnerability caused by the Covid crisis」, 2020.9.29.

른들 관점에서만 이야기했다는 성인 중심 담론, 학력에 치중하는 정보만 쏟아졌다는 학력 중심 담론, 국민을 통제의 대상으로만 보고 함께 규칙을 만들어나갈 주체로 여기지 않았다는 통제 중심 담론, 끝으로 아동과 청소년의 돌봄을 부담의 관점에서 다루는 모습들이 비쳤다는 4가지 관점입니다.

01   어른들끼리만 이야기하고 결정했다
: 성인 중심 담론

코로나에 대해 지금까지 진행된 수많은 이야기들 중에 아이들 이야기는 어디에도 없습니다. 있어도 작은 목소리, 교실의 자상한 선생님들이 전해주는 목소리뿐이었습니다. 관련 조사는 성인 중심으로 진행된 경우가 대부분이었고, 아이들에게는 제대로 물어본 적이 없었습니다.[2]

재난 시기의 최약자에 속하는 아이들에게는 무엇이 어려운지 싫은지 아무것도 묻지 않은 채로 의무만 부과되었고, 많은 계획들이 진행되었고, 그렇게 올해가 지나갈 모양인 것 같습니다.

모든 의견은 부모가 대신 냈는데, 부모는 아이들을 대변하기보다 자신들의 목소리를 내는 경우가 많았다고 합니다. 부모님들도 그렇게 말하고 아이들도 그렇게 말하고 있지요.

감염 재난에 대한 많은 계획은 그렇게 성인들이 느끼는 문제를 성

---

2   몇몇 시민 단체와 여성가족부의 스마트폰, 인터넷 실태 조사가 있었는데, 그야말로 통제의 관점에서만 서술되었다.

인들이 생각하는 방식의 해결책으로 추진되어가고 있습니다. 아이들에게 무슨 일이 일어났는지, 그들끼리는 무엇을 걱정하는지, 실제로 어떤 일들이 벌어지고 있는지, 청소년들의 메신저에서는 코로나가 어떻게 다루어지고 있는지를 모른 채로 무려 30~40세 더 많은 아저씨, 아줌마들이 세운 계획대로 진행이 되고 있는 것입니다.

02   어른의 걱정은 오로지 학력뿐인가?
: 학력 중심 담론

　코로나 시기, 아이들에게 가장 걱정이 되는 일은 공부를 안 하는 것, 공부를 못 하는 것이라고 하면 일단 아이들은 콧방귀를 뀝니다. 아이들의 불안, 걱정, 우울, 그리고 여러 어려움은 제쳐두고 이 시기에도 학력이 뒤처지는 것을 최우선에 두는 교육부나 어른들의 태도에 아이들은 일단 놀라는 반응, 기가 찬 반응을 보입니다. 그러고는 어른들과 자신들 사이의 차이가 얼마나 큰지를 확인하게 됩니다. 공부와 성적에 대한 관료들과 기성세대의 환원주의적 강박은 워낙 익숙하지만, 이런 재난의 시기에도 가장 큰 걱정이 학력이고 그 격차라고 하니, 이 나라가 얼마나 학력을 숭상하는지를 다시 깨닫게 되는 것이지요.

　6·25 전쟁 통에도 천막 교실에서 학업에 분투하던 그 초롱초롱하던 눈망울에 대한 이야기를 들었다는 아이도 있었습니다. 어떤 공립학교 교장 선생님은 그때에 비하면 비록 학교를 나오지 못하지만, 인터넷으로 수업도 하고 연락도 하는 이 시대에 감사해야 한다는 식의 이야기를 하셨다고 합니다. 그러자 이 말을 들은 한 선생님은 교실마다 테이프로 안내 표지를 붙이고, 아크릴판 주문해서 칸막이 만들고,

마스크 쓰고 원격으로 수업을 해내는 교사들의 고난도 기억해주셨으면 좋겠다고 했다고 합니다. 모든 이야기가 그저 '공부'로 모이는 현실이 안타깝습니다.

03   학생들은 통제의 대상이기만 한가?
: 통제 중심 담론

학생들은 계획, 지시, 수행의 대상이기만 했습니다. 학생들의 공포와 불안, 당황함에 대한 배려가 없는 것은 아니지만 그것이 언제나 우선은 아니었습니다. 사실 초유의 상황에 대처하는 과정에서 우선순위는 아이들의 안전이라고 했지만, 그 안전을 실현하는 방법은 통제, 그리고 실천 방법으로는 잔소리였습니다. 학생은 감염 예방을 위한 통제를 따르지 못하거나 혹은 위반할 가능성이 높은 대상으로 간주되는 일이 많았고, 그 위반과 불복종으로 인한 사고가 더 큰 우려의 대상으로 다루어진 일이 종종 있었습니다. 하지만 언론에 나온 더 의도적이고, 더 부정적인 사례는 어른들이 훨씬 많이 저질렀습니다.

지난 학기에 등교 수업을 절반 정도는 했던 별학교에서의 경험에 비추어보면, 학생들의 위생 수칙 준수율은 생각보다 훨씬 높았습니다. 그리고 위생 수칙의 중요성을 잘 인지하고 있기도 했습니다.

또한 학교에 가지 않고 집에 머무르는 동안 부모님의 걱정 중 가장 큰 걱정은 스마트폰 중독, 게임 중독이었습니다. 그래서 아이들은 스마트폰을 어디에 두고 있는지를 계속 추적당하고, 손과 스마트폰 사이의 관계가 늘 주시되었습니다. 부모님과 아이들은 동시에 스마트폰이 없어지지 않는 한, 아이가 독립해서 살지 않는 한 기성세대와 아이들 사이의 스마트폰 다툼은 중단되지 않을 매우 힘든 순간들 중 하나였다고 말하고 있습니다.

이런 통제 대상으로서의 아이들은 자신들이 주도적으로 해야 할 일이란 공부밖에 없는 상태에서 집에 있어도, 학교에 있어도 불편한 마음뿐이었다고 합니다. 멕시코 교사의 말을 빌리자면, 코로나 방역 과정에서 아이들이 주인공이 될 수 있는 자리는 거의 없었습니다. 아이들은 바이러스보다는 낫지만, 자칫 잘못하다가는 바이러스를 전파할 운반자들처럼 취급되느라 발언권을 갖거나 의견을 제안하거나 정책을 결정하는 자리에 참여할 기회가 주어지지 않았던 것 같습니다.[3]

---

3 「Fimem, Pédagogie Freinet」, 「Children in the face of pandemic」, 2020.8.13.

04 돌봄은 부담인가?
: 부담 중심 담론

아이들에 대한 돌봄은 부담이라는 관점에서 다루어지곤 하였습니다. 아마도 준비가 되지 않았던 것이 가장 큰 원인이었을 것으로 생각합니다. 장기적인 학교 휴업 때문에 맞벌이 가정에서의 걱정은 아주 컸습니다. 아이들이 있을 곳, 아이들이 해야 할 원격 수업. 그래서 가슴을 눈물로 적신 부모님들도 적지 않습니다.

'혼공, 혼밥, 혼활'. 혼자 활동하는 것을 축약한 이 단어들은 과거 1인 성인 가구에 주로 따라다녔지만, 이제는 일부 아동들에게도 그런 용어를 적용하고 있습니다. 심지어는 혼공을 잘하도록 돕는다는 광고까지 나왔습니다.

긴급 돌봄이라는 제도가 있기도 하고, 다양한 지원책이 없었던 것은 아닙니다. 그러나 어떤 경우에는 기준이 높았고, 어떤 경우에는 부모가 동행하지 않으면 혜택을 받는 게 불가능했습니다. 아프면 쉬라는 말이 언젠가부터 새로운 시대의 원칙이라는 홍보 문구로 제시되긴 했지만, 그것이 가능한 직장과 가능하지 않은 직장이 있기에 부모님들은 상당한 어려움이 있었습니다.

학교에 가지 않고 지낸다는 일을 생각해본 적이 없고, 학원도 갈 수 없는 시기도 생각해본 적이 없던 우리 생활 스타일에서 이 두 가지가 동시에 발생했을 때는 여러 경우의 대책이 모두 필요하다는 것을 알게 되었습니다. 특히 학교에 대한 대책만큼 가정에 대한 계도, 대책, 지원이 필요하다는 것을 알게 되었습니다. 집이 좁고, 형제들이 있고, 컴퓨터는 하나밖에 없는 경우 혹은 형제들은 없지만, 집에 함께 있을 부모가 아무도 없는 경우, 컴퓨터가 없는 경우, 스마트폰도 없는 경우 등등 가정마다 사정은 제각각이니까요.

부담이라는 측면에서 아이들에 대한 대책이 논의되고, 불평등이라는 측면에서 아이들의 삶이 엿보였습니다. 만일 새로운 감염 재난으로 다시 학교가 휴업을 한다면, 학교의 기능만큼 가정의 기능에 대해서도 이야기를 나누고 준비를 해야 할 것으로 생각합니다.

아동의 권리를 강조하는 사람들의 관점에서 아동을 보호하기 위한 최선의 노력을 다했다고 하기에는 무언가 부족하고 공허한 대책들이었습니다.

오해는 마세요!

그렇다고 어른들이 아무것도 안 했다거나 모두 잘못했다는 것은 아니니 오해는 마세요. 우리는 최선을 다해서 아이들과 학생들에게 피해가 가지 않도록 노력했습니다.

다만 우리는 이런 일을 하면서 어떤 관점이 필요한지에 대해 충분히 숙의할 기회를 잘 마련하지는 못했습니다. 그래서 우리의 대처 과정을 수정하고 보완하고 또 더 잘 준비해가면서 우리 자신을 포함해 아이들을 위해 더 좋은 프로세스를 해나가야 할 것입니다.

개별적인 차원에서 부모님들과 선생님들 모두 아이들에게 여러 좋은 이야기들을 해주었고, 또 정말 잘해준 것도 많습니다. 그렇지만 거시적인 차원에서 아이들에게 이야기가 전달되는 형식은 앞에서 살펴본 것처럼 성인 중심, 학력 중심, 통제 중심, 부담 중심으로 진행되었다고 해석할 수 있다고 봅니다.

더불어 코로나 시대 혹은 코로나 종식 이후 아이들의 상처에 대한 회복 전략은 잘 기획하고 준비할 필요가 있다고 봅니다. 그 전략을 세울 때는 아동·청소년의 권리와 관점에서 다가서는 획기적인 전환도 있었으면 좋겠습니다.

[7]

부모와
교사들이 겪은
코로나

01 부모들의 이야기
: 하나도 놓치지 않기

입장과 처지에 따라 상당히 다르긴 하지만, 제가 만난 부모들의 상당수는 자녀가 힘들거나 본인도 아픈 분들이 많았기 때문에 앞으로 제가 드리는 말씀이 객관적인 정보가 되지는 않을 것입니다. 다만 힘든 부모들은 무엇을 가장 큰 문제로 느끼는가 하는 정보는 일부 얻으실 수 있을 것입니다.

실제로 아이들이 많이 힘들어했기 때문에 부모들도 함께 힘들어했을 것임이 틀림없습니다. 특히 지속적인 경제적 어려움이 있거나 코로나로 인해 경제적 어려움이 발생해서 큰 위기를 겪는 분들은 더 힘들어하셨습니다.

제가 들은 아이들과 관련한 부모님들의 이야기만 모아보면 다음과 같습니다.

- 아이들과 온종일 같이 있는 즐거움과 함께 괴로움도 있다.
- 내 생애 가장 많은 설거지를 하고 지낸다. 설거지 하루 횟수가 나날이 경신되고 있다. 1일 10회를 혼자 한 날도 있다.

- 직업 선택의 중요성을 절감한다. 코로나에 직격탄을 맞은 직업의 지인들이 힘들어하는 것을 보면서 걱정과 안타까움이 든다.
- 스마트폰은 대학생 이전에 쓰면 안 된다. 한국 가정의 평화를 위해 국가가 해야 할 일은 바로 이것이다.
- 원격 수업을 한다고 앉았다가 누웠다가 하는 아이를 보면서 안타깝지만 정말 때려주고 싶다.
- 출석만 체크하고 자는 아이, 이렇게밖에 하지 못할까?
- 모든 불확실성과 불안정성이 걱정이다. 무언가 빨리 확고하게 정리가 되었으면 좋겠다.
- 아이들도 힘들고, 교사들도 힘들고, 모두가 힘든 시기라고 생각하지만, 아이들이 공부를 하지 않고 넘어가면 큰일 날 것 같다.
- 여러 학사 일정들이 빨리 확정되고 정리가 되었으면 좋겠다.
- 아이들이 때로는 부럽다. 저렇게 자고 놀고먹고 자신이 좋아하는 것만 하고. 그렇게 살아서 무엇을 할까 걱정이긴 하다.
- 맞벌이 가정의 엄마들은 더 힘들다. 재택근무를 할 수 있는 직종과 할 수 없는 직종의 차이에서 심각한 불평등을 느낀다.
- 도대체 무엇을 하고 사는지 마음이 너무 부산하다. 직장에 나와 있으면 애들 걱정이고, 집에 있으면 직장에서 잘리지 않을까 걱정한다. 돌봄과 직업 사이의 저글링에서 둘 중 하나도 놓치면 안 된다는 압박이 힘들다.

- 학교의 무성의한 원격 수업에 불만이 크다.

- 계속해서 마음이 복잡하다. 학교에 보내자니 감염 위험이 크고, 집에 데리고 있자니 아무것도 되지 않을 것 같아 힘들다. 마음이 계속 바뀐다.

- 코로나 시기가 아이들에게는 잃어버린 시간이 될 것 같다.

- 자신들만 아는 집단이 너무 가증스럽고 힘들었다. 이런 시기일수록 국가나 사회의 지원이 중요하다.

- 사교육이 없었으면 더 힘들었을 것 같다. 하지만 사교육만으로 공부를 할 수는 없다.

- 부모가 어떻게 대처를 해야 하는지에 대한 국가 차원의 홍보나 계몽이 피부에 와닿지 않는다.

- 경제적인 어려움에 짓눌려 아이들을 제대로 돌보지 못해 미안한 마음뿐이다.

- 가족이 소중하다는 것을 느낀다. 다만 너무 오래 같이 있으니 지겨워지기도 한다. 아이들이 빨리 컸으면 좋겠다.

- 아이들이 할아버지, 할머니를 자주 뵙지 못해 걱정이다. 코로나가 여럿 힘들게 한다.

- 코로나로 인해 불평등이 더 많이 드러났다고 생각한다. 나라에서는 코로나 때문에 힘든 가정들을 더 적극적으로 지원해야 한다. 특히 실직한 가족 구성원이 있는 경우에는 더 적극적으로 지원해야 한다.

- 장애인 자녀가 있는 경우는 정말 힘들다. 코로나로 인해 모든 기관이 폐쇄되어 자폐증 아이와 아무것도 할 수가 없었다. 이러다가 위험해질 수도 있다는 생각이 든다. 최소한 쉼터는 운영해야 한다.
- '이거 못 하겠다, 저거 안 하겠다'는 교사 집단에 대한 실망이 크다. 교사가 저러니 학교를 믿을 수가 없다.
- 학교와 가정의 연계, 정말 이것이 중요하다고 느꼈다. 이런 상황에서 교사와 부모가 더 절실히 의사소통하는 것이 필요하다고 생각했다.
- 제대로 가르치지도 않고, 급식도 제공하지 않고, 원격 수업이라고 교육방송만 틀어주는 상황에서 학비를 다 내는 것은 억울하다. 고등학교 학비의 일부는 돌려주어야 한다.
- 코로나가 조금 더 지속되면 가족이 해체될 것 같다. 지금 다들 감정이 폭발하기 직전이다.
- 사회적 거리 두기 2.5단계에서는 정말 숨쉬기 힘들었는데, 서양처럼 록다운을 하면 큰일이 나겠다는 생각도 든다. 아동 학대, 가정 폭력은 남의 일이 아니었다.

여러 의견이 더 있지만 부모님들은 주로 돌봄의 어려움, 경제적 어려움, 그리고 학교, 교육청, 교육부에 대한 아쉬움과 불만까지 다양한 관점에서 이야기를 하셨습니다. 그렇지만 공통적으로는 코로나 사태가 장기화되면서 지쳐가는 자신들의 모습에 대한 이야기를 많이 하셨습니다.

가장 시급한 것은 스트레스에 대처하는 기술

가정에 대한 지원을 이야기하는 학자들은 우선 실직한 가족 구성원이 있는 가정과 장애 학생이 있는 가정에 대한 지원이 가장 시급하다고 말합니다. 실직하거나 소득이 감소된 가정의 경우, 경제적 스트레스로부터 시작된 여러 불화나 스트레스가 자녀들에게 전달되는 것은 흔히 있는 일입니다. 이와 함께 자녀들과의 싸움, 집 안에서의 답답한 생활로 인해 부모의 스트레스가 가중될 수 있습니다. 가족 구성원끼리 밀착하여 지내면서 서로에 대한 관여도가 높아지면 폭력이 빈발할 수도 있습니다. 이 시기 아이들에 대한 학대, 가정 폭력의 증가는 여러 나라에서 보고되고 있습니다. 어떤 경우, 아동 학대와 가정 폭력의 신고 자체는 늘지 않았는데, 이는 신고 자체를 하기 어려운 상황 때문이라는 보고도 있습니다.

자녀에 대한 돌봄이 증가하면서 정신건강에 좋지 않은 영향을 미치기도 합니다. 신체적인 지병이 있는 부모들은 이 가중된 스트레스로 인해 건강이 악화되기도 합니다. 이 과부하의 현상들이 부모와 자녀 사이, 학교와 부모 사이를 악화시키는 주요 요인이 될 수도 있습니다. 그래서 일부 학자들은 학부모에게 가장 시급한 것은 자녀와의 관계에 대한 교육보다 자신의 스트레스에 대처하는 기술이라고 말합니다.

코로나 시대에 불거진 또 하나의 중차대한 문제는 돌봄이었습니다. 특히 학교가 휴교했을 때, 맞벌이 가정에서는 아이를 돌볼 사람이 없어 가슴을 졸여야 했습니다.

일단 나라마다 긴급 돌봄 지원, 유급휴가 지원, 양육비 및 물품 지원과 같은 돌봄 지원이 다양한 방식으로 제공되었습니다. 특히 필수 노동자들의 경우, 국가가 지원하는 방식이 매우 상이했습니다. 아이를 전적으로 돌볼 수 없는 필수 노동자에게 어떤 국가는 아이 걱정 없이 업무를 수행할 수 있게 많은 혜택을 주기도 한다는 것을 알게 되었습니다. 우리나라는 아직 긴급 돌봄 지원에 대한 사회적 합의도 미비하고, 필수 노동자에 대한 사회적 합의도 미비하다는 것을 이번 기회에 크게 알게 되었습니다. 물론 학교가 문을 닫고, 유치원 및 여러 아동 복지기관들이 문을 닫은 사례가 없었기 때문에 그랬을 수도 있었을 것입니다.

또한 세계 각국은 돌봄 비용 부담이 늘어난 아동 양육 가구를 지원하고자 양육비를 지급하였습니다. 우리나라는 코로나로 위축된 지역경제를 활성화한다는 차원에서 '아동 돌봄 쿠폰'을 지급한 바 있습니다. 보건복지부가 아동수당을 받는 만 7세 미만 아동에게 1인당 40만 원 상당의 상품권을 한시적으로(4개월간) 지원한 사업으로, 이 지원은 기존 아동수당 10만 원과는 별개였습니다. 이와는 별도로 아동 양육과 돌봄을 위해 유급휴가와 양육비 지원을 하는 나라들도 있었습니다.

부모들의 안정적인 사회 참여와 돌봄에 대한 부담을 덜기 위한 여러 제도가 우리나라에서도 정리될 필요가 있습니다. 특히 학교가 휴교를 하는 기간 동안에는 더 그런 지원에 대한 논의가 필요한데, 코로나가 끝나기 전 혹은 끝난다 하더라도 반드시 필요한 논의라고 하겠습니다.

다음은 이화여대 사회복지학과 정익중 교수님이 정리, 발표하신 내용입니다.[4] 코로나 기간 동안 각 나라가 가정에 제공한 지원이 잘 소개되어 있어 인용합니다.

---

4 『국제사회보장리뷰』, 「코로나19로 인한 아동 돌봄 문제에 대한 해외 대응과 그 시사점」, 2020년 여름호

긴급 돌봄 관련 지원

국가	대상자 조건	특이 사항
미국	필수 근로자만 이용 가능 또는 우선권	이용 가능 돌봄센터 지도 제공 가족, 친구, 이웃 또는 돌봄 제공 가능한 그 외 사람 에게 보육보조금 제공
영국	필수 근로자와 취약 계층 자녀	무상 보육 및 세금 감면 혜택을 받는 가정이 계속 받을 수 있도록 함
호주	필수 근로자와 취약 계층 자녀에게 우선권 제공	집에서 자녀 양육 시 수수료 지불하지 않고 등록 상태 유지 가능
싱가포르	필수 근로자만 이용 가능	유치원 참석 불가능한 경우 온라인 지원 및 지원금 제공 (정부 50 : 보호자 50)
일본	방과 후 아동클럽 이용하는 저학년 또는 보호자의 피치 못할 사정으로 곤란한 초등학교 저학년 아동	교원 자격을 가진 교직원 투입
한국	만 12세 이하 아동을 둔 맞벌이 가정 등	시간제/종일제 돌봄 이용 가정의 소득 유형 따라 차등 지원

아동 양육비 및 물품 지원

지원 유형			지원 내용
양육비 지원	[아동 대상] 기존 지원 수당에 추가 지급 형태	일반 가정	**미국 텍사스**(National Head Start Association, 2020) - 아동당 500달러 추가 지원 **미국 뉴욕**(NYS Office of Children and Family Services, 2020) - 주 정부 평균 소득 수준 85퍼센트까지 자격 확대 **독일** - 한 달에 아동당 최대 185유로 지원 - 가구당 300유로 추가 보너스 지급
		한 부모 가정	**독일[한 부모 자녀 보너스]** - 세금 감면액이 일반 가구의 2배 이상 혜택
	[보호자 대상] 양육비 지급		**미국 뉴욕[육아 장학금]** - 모든 필수 근로자에게 육아 지원금 제공 **독일[부모수당]** - 기존 부모수당의 기준 완화, 15퍼센트 세금 감면 (소득에 변동이 생긴 부모, 맞벌이 부모에게 우선 혜택) **싱가포르[보호자수당]** - 휴원 기간 동안 유치원과 보호자에게 50:50 보조금 지급 **한국[가족 돌봄 비용]** - 코로나19로 인한 가족 돌봄 휴가 사용자, 1일 5만 원 최대 10일 지원
바우처			**싱가포르** - 모든 아동 대상, 식료품 및 양육비 바우처 지원 **프랑스[응급 식료품 바우처]** - 보육 시설 등교, 월 소득 1000유로 이하 가정, 바우처 지원 **영국** - 무상급식 아동 대상, 식료품, 현금, 바우처 지원 **한국[아동 돌봄 쿠폰]** - 아동수당 대상자(만 7세 미만 아동), 40만 원 상당
아동 물품 지원			**미국 뉴욕** - 필수용품(기저귀, 물티슈 등) 제공

돌봄 휴가 지원

국가	제도	가족 돌봄 허용	유급 인정
미국	Paid Leave	가족 중 돌봄 필요한 구성원이 심각한 건강 상태인 경우	최소 5일간 유급병가 제공 및 근로자 권리 보호
	Paid family & Medical leave	가족 돌봄 병가 및 개인 병가 제도	유급 및 휴가 지원
프랑스	특별 육아휴직	16세 미만 자녀 보호자인 직원, 육아 돌봄 위한 휴직	유급휴직이 어려운 경우 유급휴가 지원
	특정 병가 제도	자녀 돌봄 가정의 부모 휴직 권고 및 병가 절차 간소화	임신 등 건강 취약 직원 (보수의 84퍼센트 지원)
영국	법정 유급휴가 기간 연장	동거인 중 확진 및 격리 대상자 있는 근무자 해당	법정 유급휴가로 최대 28일 고용주 지급 보장
한국	가족 돌봄 휴가	돌봄 필요한 가족 (확진 및 격리 대상자, 돌봄 자녀) 있는 자 신청	[가족 돌봄 비용] 가족 돌봄 휴가 신청자 중 1일 5만 원 최대 10일 지원
	워라밸 일자리 장려금	자녀 돌봄을 위한 주 15~35시간 근무 시간 단축	사업주에게 지원금 지급

스트레스 과부하와 대처 방법

코로나로 인한 장기적인 긴장과 스트레스는 우리의 마음과 몸에 변화를 일으키고 있습니다. 젤리를 누르고, 비비고, 던지기를 여러 번 반복하면 결국 터져버리게 되는 것과 같은 이치입니다. 코로나로 인해 참고, 애쓰고, 견디면서 지내온 여러분들의 마음과 몸 중 터져버리기 일보 직전인 부분은 없나요?

스트레스 해소되고 있나요? 쌓여만 가고 있나요?

오랜 시간 아이들과 함께 지내면서 스트레스가 해소되기보다는 누적되는 느낌을 받고 있는 부모님들은 자신이 스트레스를 어떻게 다루고 있는지를 적극적으로 파악하고 대처해야 합니다. 외적 스트레스에 대처하기 위해 에너지를 쏟아붓다 보니 아이들의 사소한 요구에도 버럭 화를 낼 수도 있고, 아이들에게 "이젠 너무 지겹다"고 하면서 "어디에 보내버리고 싶다"는 투의 말을 집어 던지듯이 할 수도 있습니다.

평상시보다 높은 스트레스 상태에서 안정을 유지하려면, 스트레스를 스스로 낮추기 위한 활동을 하거나 훨씬 더 많은 에너지를 만들어서 스트레스를 받지 않게 몸을 새로운 시스템으로 작동해야 합니다. 하지만 시간이 길어질수록 이 시스템이 계속 유지되느냐 마느냐 하는 것은 결국 각자의 스트레스 조절 능력에 따라 달라질 수 있습니다.

코로나바이러스로 인해 생겨난 여러 심리적, 신체적 스트레스를 조절하는 데 실패하거나, 더 많은 에너지를 요구하는 스트레스를 경험할 때 몸과 마음이 제대로 대처하지 못하면 원래 지니고 있는 질병이 악화되거나 새로운 질병이 발병될 수 있습니다.

만성 누적 스트레스 과부하를 다루는 4가지 방법

세계적인 의학자들이 많은 환자들의 증상 악화나 사망 혹은 새로운 환자의 발생에 대해 '신체 마모 현상allostatic load'을 본격적으로 이야기하기 시작했습니다. 만성적 스트레스의 누적이 그 원인이지요. 이런 현상이 지속되면 원래 지니고 있던 심장병의 악화, 뇌출혈, 그리고 비만과 이로 인한 합병증도 증가할 수 있습니다.

만성 누적 스트레스 과부하(신체 마모) 상태가 되지 않기 위해 해야 할 자기 돌봄 4가지 방법을 소개합니다.

첫째, 내 몸과 마음의 상태를 알아차려야 합니다. 코로나19 시작과 함께 스트레스를 받지 않은 사람은 없습니다. 하지만 스트레스를 받기 전 건강 상태는 모든 사람이 달랐습니다. 여러분 자신의 몸과 마음의 상태를 알아차리는 것, 특히 스트레스가 내 몸과 마음에 어떤 변화를 일으키고 있는지를 알아차리는 것이 기본적으로 가장 중요합니다.

혈압, 혈당, 맥박, 수면과 같은 기본적 생리 상태부터 출발하여 걱정, 근심, 분노, 불안, 괴로운 감정 등이 얼마나 자신을 차지하고 있는지를 아는 것이 필요합니다. 여러분의 상태를 알고 조절할 수 있도록 여러분 자신을 살펴보며 지내세요!

둘째, 내 몸과 마음을 최대한 고요하게 안정시키고 회복할 시간이 필요합니다. 지금은 전쟁 중 난리 중인 상태처럼 긴장하며 지낼 수밖에 없습니다. 마스크를 쓰고 지내면서 확진자의 동선을 파악하기 위해 뉴스를 듣고, 또 온갖 부정적 뉴스를 들어야 합니다.

그러므로 내 몸과 마음의 상태를 파악한 후에 남은 에너지를 효율적으로 쓰도록 해야 합니다. 효율적으로 에너지를 쓰는 가장 쉬운 방법은 마음과 몸을 시끄럽지 않게, 고요하게 안정시키는 것입니다. 비행기 폭격이 시작되었을 때 집에 불을 켜고 마루와 방, 지하실을 오고 가는 사람은 없습니다. 그것은 자살 행위이니까요. 불을 끄고 조용히 지하실에서 지내듯이 최소한의 에너지만 쓰면서 몸과 마음을 고요한 상태에서 쉬게 합니다.

셋째, 스트레스를 줄일 수 있는 나만의 활동, 특히 몸을 쓰는 활동을 해야 합니다. 몸을 쓰는 활동은 호흡으로 시작하여 호흡으로 끝나게 하되, 요란하지 않은 편하고 쉬운 운동을 하세요. 몸에 무리가 가지 않게, 혈중 코르티솔이라는 스트레스 호르몬이 줄어들 수 있게, 살짝 땀이 나고 호흡의 가빠짐을 느낄 정도의 운동을 하루 30분 이상 해주세요. 약보다 더 좋은 스트레스 감소 효과를 발휘합니다.

넷째, 자신의 몸과 마음에 긍정적 기운을 불어넣어 주는 활동을 해야 합니다. 자꾸 걱정과 의심, 부정적 생각에 끌려가는 자신을 붙잡아야 합니다. 스트레스에 더 빠져들수록 나쁜 뉴스에 더 집착하거나 나쁜 생각을 많이 하게 된다는 연구 보고도 있습니다.

자신의 상태를 파악하고 마음을 고요하게 하며, 호흡에 집중하고 운동을 하면 전반적인 스트레스 상태는 완화되고 낮아집니다. 이 상태가 유지되도록 하기 위해서는 끝으로 자신에게 긍정적인 말을 해주어야 합니다. 긍정적인 기운과 말들은 스트레스가 침투하지 못하게 하는 보호막을 우리 몸과 마음에 형성해준다고 합니다. 긍정적인 느낌으로 하루를 마무리한다면 더욱 좋습니다.

02 교사들의 이야기
: 넘쳐나는 담론, 그리고 번아웃

교육부는 최선을 다했다고 하겠지만, 교사들의 불만은 아주 높았습니다. 교육부에서 쏟아내는 세세한 방침에 따라 교육청도 오락가락하고, 학교는 더 오락가락하였습니다. 초유의 사태이므로 모두 그러려니 합니다. 하지만 교육부는 교사를 학교 시스템을 운영하는 주체로 대하기보다 학부모의 민원에 대응하는 말단 공무원처럼 대하는 과오를 저질렀다고 봐야 옳을 것 같습니다. 코로나 시기 교육부 관료들의 무능력과 현장에 대한 몰염치성은 관료주의의 극단이었다는 교사들도 많습니다.

일선의 교사들은 학부모의 민원 총알받이가 되었다가, 다른 직종의 노동조합에는 적이 되었다가, 교육청이나 교육부라는 톱니바퀴의 톱니가 되기를 반복하면서 1학기 내내 거의 초인적인 능력을 발휘해야 했습니다. 하지만 그 결과로 번아웃 상황에 빠진 교사들도 많은 것 같습니다.

2020년 미증유의 코로나 시기를 맞아 학교는 그래도 많은 교사들의 노고로 어느 정도는 선방했다고 저는 개인적으로 생각합니다. 그러나 정작 선생님들은 그런 격려를 현장과 교육부로부터 충분히 받지 못하는 것 같아 안타깝습니다. 일부 선생님들은 1학기에 1년 치 에너지를 다 쏟아부었다고 하시기도 합니다. 실제로 교사들이 겪어야 했던 과정을 생각해보면 엄청난 일들이 일어났다고 할 수 있습니다.

코로나 시대를 건너온 교사들의 마음 기록

- 이런 상황은 처음이었기에 두려웠다.
- 처음엔 모두가 갑자기 방역 전문가가 되어야 했다.
- 얼마 지나지 않아서는 원격 수업 전문가가 되어야 했다.
- 디지털 공간에서 일어나는 사이버 폭력이나 괴롭힘 등으로 인해 디지털 리터러시의 전문가가 아님을 아쉬워했다.
- 무엇보다 내가 감염되지 않아야 했다. 내가 감염되면 학교 전체가 문을 닫는 것뿐만이 아니라 교사 집단이 모두 욕먹을 수도 있다. 또한 내 사생활이 언론에 다 노출될 수도 있다.
- 코로나 초창기부터 여기저기서 욕을 먹어야 했다. 학부모부터 언론에 이르기까지, 학교는 욕하기 만만한 조직처럼 보였다.
- 불확실성의 시대에 불확실함으로 비판을 받아야 했다. 일정의 변경, 활동의 변경을 알릴 때마다 연락하는 교사가 비난을 감수해야 했다.
- 내 자식은 내버려둬야 했다. 많은 새로운 일을 하려다 보니까 정작 내

자식을 챙기기 어려운 순간이 많았다. 마음이 아팠다.

- "전쟁 통에는 천막을 치고 학생들을 가르쳤다"고 그 시절을 이야기하면서 '코로나 시절, 테이프로 동선 만들고, 아크릴 설치하고, 마스크 쓰고 가르친' 이 현실은 왜 국민들, 학생들, 학부모들에게 감동으로 전달되지 않을까.

- 1학기는 그럭저럭 버텼는데 2학기는 더 잘해야 한다고 하니 겁이 나고, 쌍방향 수업이 주를 이루어야 한다는 교육부의 방침에 영혼이 타들어간다. 그것이 그렇게 쉽게 되는 것이 아님을 그들은 모른다. 하지만 대한민국 교사들은 어떻게든지 해결해나갈 것임을 그들은 안다. (왜, 공문을 보냈으니까!)

- 1학기의 온갖 상황에 대처하면서 영혼을 이미 반 이상 갈아 넣었는데…… 앞으로 남은 영혼을 어떻게 더 갈아 넣어야 할지 걱정이다.

- 대감염이 온다고 할 때마다 마음이 착잡하다. 학교가 열리지 않아도 고민이고, 열려도 고민이다. 올 한 해는 이래도 저래도 모두 힘들다.

- 자신을 돌보는 것이 제일 중요하다고 여기저기서 말하고 있는데, 나는 이미 어디에 있는지 모르겠다.

- 그 와중에 반 아이를 동네 식당에서 우연히 만났는데, 담임인 나를 알아보지 못해 당황했다. 마스크를 쓰고 지내다 보니 알기 힘들었다고 말하는 그 녀석이 못내 섭섭하다. 곰곰이 생각해보니, 한 학기 내내 아이들과 마스크를 쓰고 만났던 것이다.

(이 기록은 여러 공교육 선생님들의 이야기를 편집하여 구성한 것입니다.)

교사들, 무엇이 힘들었나

학교의 소명은 학생들을 안전하게 보호하고, 좋은 환경에서 잘 배울 수 있도록 하는 것입니다. 그러나 코로나 시기 학교에서 일어난 여러 현실들은 교사가 번아웃되는 것이 당연할 정도로 힘들어 보였습니다.

일단 다양한 나이대의 어린이와 청소년은 어른보다 조절이 힘듭니다. 아이들은 모여서 신나게 놀고, 장난치고, 몸을 만지고, 침을 뱉기도 하고, 목청을 높여 떠드는 등 선생님들이 감당하기 부담스러운 상황을 종종 연출하곤 하였습니다.

더군다나 일선 교사들은 방역이나 온라인 수업의 전문가가 아닙니다. 학생들과의 심리, 의사소통 영역에서의 대처도 교육부의 방침을 유용하게 활용하기 어려웠습니다.

힘든 아이들을 지원해야 하는 경우에는 교육부, 지자체, 보건소 모두의 '칸막이 효과'로 인해 아이를 중심으로 체계적인 도움을 주거나 돌본다는 것은 현실적으로 어려워서 분통이 터졌다는 선생님들의 이야기도 많이 들었습니다. 선생님들이 가장 힘들었던 것을 정리해보았습니다.

- 교육부의 우물쭈물 정책과 2주 단위 정책을 현장에서 대처하기 어려웠다.
- 긴급 돌봄을 포함해 안타까운 아이들을 돕는 과정에서 부처 간, 기관 간, 지역 간의 의사소통에 어려움이 있었고, 이견과 칸막이 효과를 통한 단절 문제도 심각했다.
- 갑작스레 원격 수업을 준비하기 어려웠다. 그에 대한 교육부의 방침은 따로 없는데도 학부모들은 높은 기대를 안고 있어 부담스러웠다.
- 교사와 상의하지 않은 교육부의 일방적인 방침은 언론과 맘카페에 먼저 알려지곤 했다. 교육 당국에 대한 불신과 분통, 그리고 소외감이 느껴졌다.
- 교사들의 어려움에 대한 사회적 무관심, 그리고 교사가 편안한 직업이라는 사회적 오해와 왜곡된 의사소통에 상처받았다.

교사가 정말로 힘들었던 5가지

교사를 위한 강의를 준비하면서 코로나 시기의 교사에 관한 여러 보도와 학술 저널을 찾아보았는데, 대부분이 교사의 감염 공포 혹은 책임에 대한 부담감, 그리고 휴직과 이탈에 대한 내용들이었습니다. 특히 제가 주로 참고하는 영미권 자료들에선 코로나 시국에 수업까지 욕심내어 수업의 질을 평가하는 나라들은 찾기 힘들었습니다.

교사들에게 실시되는 여러 연수나 교육은 주로 학생들과 관계 맺기, 교사들 자신의 불안과 스트레스 다루기, 힘들거나 여건이 어려운 학생 잘 도와주기, 그리고 교사들의 도덕적 상처에 대한 돌봄 등의 이슈 위주로 진행되었습니다.

그중 하나만 소개해보겠습니다. 캐나다의 위니펙대학에서 캐나다 교사들을 대상으로 실시한 조사는 교사가 힘들게 되는 요인과 함께 코로나 시기 교사들의 내면이 어려워지는 5가지 교훈을 다음과 같은 요인으로 설명하였습니다.[5]

첫째, 취약하고 도움이 절실한 학생들이 제대로 도움을 받지 못하고 있는 상태에 대해 교사들이 스트레스를 많이 받고 있다고 하였습니다.[6] 돌봄의 문제부터 학력의 격차까지 장기적으로 이 그룹의 아이들이 받을 영향이 마음을 무겁게 한다고 하였습니다.

둘째, 이번 코로나 시기에 교사들이 직접 목도한 것 중 가장 크게 느끼는 것은 증폭된 불평등이었다고 합니다. 각 가정의 원격 수업 여건 등을 알아보는 과정에서 아이들 사이에 엄연히 존재하는 불평등

---

5 『The Conversation』, 「How to prevent teacher burnout during the coronavirus pandemic」, 2020.6.17.

6 우리나라 교사들도 그런 것 같다. 실천교육교사모임에서 발행한 『코로나 시대의 교육』에서도 긴급 돌봄 내용과 특수학급 아동들에 대한 안타까운 대담이 상당한 분량을 차지하고 있다.

을 마주하게 된 것입니다. 현격한 격차로 인해 충격을 받고 희망을 갖기보다 절망감을 떠안은 교사들도 많습니다.

셋째, 새로운 기술에 기초한 원격 수업에 대한 적응상의 어려움도 컸다고 합니다. 아무래도 연배가 높은 교사들은 구글 미트, 마이크로소프트 팀스, 줌 등 새로운 원격 수업 플랫폼 자체가 불편하게 느껴졌다고 합니다. '단순하고 직접적인 것이 더 좋고, 아날로그가 진짜'라는 식의 방어를 하긴 했지만, 마음속으로는 젊은 교사들이 원격 수업 애플리케이션, 소프트웨어, 플랫폼을 다루는 것에 위축되고 밀려나는 기분을 느끼곤 했다고 합니다. 이 스트레스도 만만치 않았다고 합니다.

넷째, 어려운 상황 속에서도 기운을 내서 여러 도전을 해내려고 할 때마다 국민의 차가운 여론, 교육부의 뻘짓, 교육청의 무책임함 등등을 감당해야 할 때면 사기가 저하되어 의욕이 꺾이곤 했다고 합니다.

다섯째, 원격 수업을 포함해 힘든 아이들을 지원하기 위한 전문 직종 간 협동과 타 부처와의 협력이 잘되지 않는 것에서도 스트레스를 많이 받고 있다고 합니다.

캐나다 교사들의 조사 결과이지만, 한국 교사들에게 이 주제를 인용하여 설명했을 때 우리와 큰 차이가 없다고 말씀해주시는 분들도 많았습니다.

미국의 교사들 이야기는 더 직접적인 설문 조사 결과로 발표되고 있는데, 미국 정부의 방역에 대한 소극성과 정책 실패로 교사들은 학생들이 집단적으로 모이는 학교에서 등교 수업을 꺼리고 있고, 코로나 이전보다 퇴직이나 전직을 생각하는 경우가 늘었다고 합니다. 그리고 타 직종보다 코로나 감염에 대한 공포가 더 크다는 보도도 있었습니다.[7]

우리나라 교사들의 상태를 면밀히 조사한 연구 결과는 아직 제대로 접해보지 못했는데, 이번 코로나로 인하여 교권 침해를 포함해 대처를 잘하지 못하는 행정 당국을 비판하는 목소리가 높았습니다.[8] 무려 60퍼센트 이상의 교사들이 코로나 대응 방침에 불만을 호소하였습니다.

이 상황에서 1학기를 마치고 2학기 개학과 함께 쌍방향 수업을 전면에 내세웠으니 일반 교사들의 마음은 상당히 불편했을 것으로 생각됩니다. 현재 학교에서 쌍방향 수업을 구현하는 것은 기술 등의 여러 가지 측면에서 불가능하다고 보는 선생님들이 적지 않았는데, 더군다나 수업의 책임을 교사들 개인에게 떠넘기는 경향이 많았기 때문입니다.

---

7 『Education Week』, 「Surveys : Most Teachers Don't Want In-person Instruction, Fear COVID-19 Health Risks」, 2020.7.24.

8 『베리타스 알파』, 「교사노동조합 설문 조사…교사 64% '교육부 코로나19 대응 못했다'」, 2020.5.12.

9월 개학이 다시 원격 수업으로 시작되면서 학생들의 실망은 컸고, 교사들의 쌍방향 수업 준비는 더 속도를 내야 했던 것 같습니다. 정말 인간은 적응의 동물인지라 지금 우리는 이 상황에 적응해가고 있습니다. 이러다 어느 날 다시 현장 지도 수업, 오프라인 출석 수업으로 전환이 되면, 또 그 모드를 바꾸어야 합니다. 현장 강사와 원격 강사, 그리고 방역 전문가 역할을 넘나들고 돌봄 행정 지원과 상담 업무까지 소위 멀티태스킹을 해야 하는 상황이 쉽지 않습니다. 저는 개인적으로 한국의 교사들이 유능해서 가능한 일이라고 생각합니다. 하지만 이렇게 여러 상황과 정체성을 가로지르면서 일한다는 것은 번아웃으로 쉽게 접어들 수 있는 길입니다. 그래서 교사의 자기 돌봄이 그 어느 때보다 중요하다고 할 수도 있습니다.

교사들에게 드리는 편지[9]

영국 국민 건강 관련 기관의 수석 디자이너인 딘 비폰드는 코로나바이러스 대유행이 닥친 올 3월에 사내 블로그를 통해 후배 디자이너들에게 이렇게 말했다고 합니다.

"힘든 상황에 처할수록 기본에 충실해지십시오. 새로운 기술을 익히는 데 너무 시간을 허비하지 마시고, 원래 쓸 수 있는 기술을 더 풍부하게 활용하십시오. 기술에 집착하지 말고 접촉에 집착해주세요."

이 내용은 영국 전역의 관련 업무자에게 공유되었고, 실무자들이 한결 편안한 마음으로 일을 할 수 있게 만들었다고 합니다. 구 기술에 속하는 전화나 문자 메시지, 영상 전화와 오래된 소셜 미디어를 이용한 다양한 방법이 자연스러운 혁신으로 이어졌다고 합니다. 그래서 이 분의 글이 널리 퍼지게 되었다는데, 저도 여러 선생님들에게 같은 이야기를 전하고 싶습니다.

9　이 글은 저자가 전교조 『교육희망』에 게재한 것을 수정한 것이다.

불안한 상황이 닥칠 때 화장실에 가게 되는 것은 생리적으로 몸을 가볍게 하기 위함입니다. 이동을 빠르게 하기 위한 오래된 습관, 우리 뇌에 깊숙하게 새겨진 반응입니다.

또한 위급한 상황, 돌발 상황, 처음 해보는 생경한 일을 맞닥뜨리게 되면, 우리 뇌는 대니얼 골먼이 이야기한 전두엽 경유 회로high road보다는 전두엽 비경유, 즉 해마-편도체 반응 회로low road를 더 많이 쓰게 됩니다. 평상시와 다른 반응을 해야 생존하니까 이 또한 인간의 기본 반응입니다. 마찬가지 이유로 행동경제학자 카너먼이 말한 '심사숙고 시스템'은 지금 작동되기 어렵습니다. 지금은 직관 시스템을 잘 활용하는 사람들이 효율적으로 움직이고 있습니다. 예를 들자면 지금 줌 사용의 알파와 오메가까지 다 배우려고 하면 뇌가 작동되기 어렵습니다. 필요한 것만 먼저 배우고, 나중에 여유 있을 때 샅샅이 배우면 됩니다.

올해 상반기에 '마비되었다'고 하는 선생님들을 여럿 만났습니다. '두뇌가 정지되었다, 너무 걱정이 되었다, 원격 수업에서 동영상 기술을 사용하기 어려웠고, 뒤떨어진 기분이 들어 힘들었다'는 분들은 안심하셔도 좋습니다.

지금 완벽하지 못한 것은 정상입니다. 아주 잘 해내지 못하는 것이 보통입니다. 익숙하게 잘 할 수 있는 일 중 정말 해야 하는 일을 하고 있다면 괜찮습니다. 아이들과 전보다 더 전화 통화를 많이 하고, 필요할 때는 카톡도 하고, 자료도 이메일로 보내주고, 정말 아이의 근황이 궁금할 때는 영상 통화도 하면 됩니다.

"하는 일 없이 피곤했다"는 이야기도 선생님들에게 정말 많이 들었습니다. 그렇지 않습니다. 방역부터 수업까지 많은 일을 했고 또 본인의 면역 강화와 가족 돌봄까지 모두 긴장감 속에서 성공적으로 해냈습니다. 이렇게 평상시보다 몇 배의 에너지를 소비하면서 지내고 있기에 피곤은 더 쉽게 찾아오기 마련입니다. 이런 피로가 누적된 상태가 현재 우리 상태이고, 그래서 전보다 소진이 빨리 오고 있는 것이 정상인 상태입니다. 교사들이 코로나 시기에 스트레스를 받는 것은 여러 이유로 어쩔 수 없는 것 같습니다. 즐기라고까지 말하긴 어렵고, 비교적 잘 견딜 수 있기만 해도 다행입니다.

이 시기에 가장 피해야 할 것은 위축과 절망입니다. 코로나 상황이라 더 이상 아무것도 할 것이 없다고 하지 말아주세요. 그리고 '학생들은 스마트폰에 빠져 사는 중독자들'이라고 섣부른 절망을 하지 말아주세요. 어떤 아이들은 선생님이 위축과 절망으로 연락을 주시지 않으면 접촉 자체가 끊기는 상황인 경우도 있습니다.

'2학기 증후군'(학기가 지나면서 자신의 자리가 없어지거나 친구관계가 어려워져 적응을 어려워하는 증후군)으로 인해 힘들어하는 아이들, 올 한 해를 망쳤다고 괴로워하면서 혼자 고민에 빠진 고3들, 혼자 지내면서 현실감을 잃었고 원격 수업의 시간들을 은둔으로 대체한 아이들

등등. 선생님보다 먼저 절망한 위험한 아이들이 다른 어떤 해보다 늘고 있으므로, 선생님의 절망은 조금 미루어주십사 부탁드립니다. 이 시기의 외로움이나 고립감, 존재감·소속감·정체성 등의 부족과 결핍이 시간이 지나면서 아이들에게 어떻게 나타날지 모두 크게 걱정을 하고 있답니다.

그리고 지금 현재의 시간들이 공백의 시간, 결핍의 시간이 될까 봐 가장 두려워하는 사람들은 아이들 본인입니다. 많이 외롭고 큰 두려움으로 지내고 있는 아이들이 적지 않습니다. 존재감이 지워지고 있다고 느끼면서 관계의 단절을 걱정하며 감염에 대한 걱정에 시달리고, 일상을 유지하기 힘들고, 버거운 '혼공'이 주는 스트레스 등으로 기진맥진하는 아이들 말입니다. '코로나 블루'를 넘어 무기력해지고, 코로나로 인해 자신이 깨졌다고 하는 아이들에게 우리의 접촉이 필요합니다. 따뜻한 접촉이 약이자 치유입니다.

학생들에게 코로나로 인해 무엇이 힘들었고, 그리웠으며, 혹시 좋았던 것이 있느냐고 물어봐주시고, 학교에 오면 제일 하고 싶은 것이 무엇인지도 물어봐주세요.

불행히도 아이들에게 이런 것을 물어보는 주변 어른이 많지 않다고 합니다. 걱정해주고 생각해주고 슬기롭게 잘 극복하기를 바라는 따뜻한 마음을 아이들에게 전해주세요. "너희들은 어떻게 지내고 있니?"

코로나 시기에 선생님과 가장 많은 접촉을 해서 선생님만큼은 훗날까지 기억한다면, 코로나의 심리 위기를 잘 극복한 아이가 될 것입니다.

"사람은 결코 실제 삶에서 꼬인 것들을

완전히 풀어내지는 못한다."

– 마이클 아이건(정신분석가)

지금 우리에게
필요한 것들

싫은점

무조건 마스크 껴야

하고 너무 답답 ㅠㅠ

코로나 19 방역수칙 연간 기준

튀밖위 봇어 틀 대위 차질

건물을 쳐 죽여의 핵심듈 제한 X

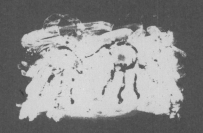

과잉과 결핍, 부재의 시기

2020년 코로나바이러스 대유행이 가져다준 가장 큰 경험은 결핍과 중단입니다. 학생은 학교의 결핍으로부터 시작된 다양한 결핍을 겪었고, 교사들도 마찬가지로 학생이 결핍된 학교를 경험했습니다. 가정 또한 등하교의 중단을 경험했습니다. 감염을 막기 위해 시작된 사회적 거리 두기 혹은 잠시 멈춤은 관계의 결핍, 관계의 중단을 초래했고, 그 결핍, 중단과 함께 우리는 견뎌내기만 해야 하는 시간을 경험했습니다.

존재를 연구하는 신학자나 실존을 연구하는 철학자들은 보통 결핍과 부재는 분명한 효과가 있는 경험이라고 합니다. 헨리 나우웬 신부는 자신의 책 여러 곳에서 부재가 임재를 증명하는 가장 기본적인 경험임을 이야기한 바 있습니다.[1] 결핍, 중단, 부재는 반드시 충족과 연속, 존재에 대한 통찰을 가져다준다고 할 수 있지요.

우리 역시 평범하기 그지없던 '일상' 속에 들어 있는 것들을 재발견해야 했습니다. 등교, 출석, 친구, 수업, 만남, 입학식, 졸업식, 팔순 잔치, 출산, 결혼식, 이 모든 것에 대해 우리는 재경험을 해야 했습니다. 우리가 흔히 말하곤 했던 "없어봐야 안다" 혹은 "있을 때 잘해"라는 말이 얼마나 뼈아픈 말인지 이번 기회에 알게 되었습니다. 물론 없어도 아무 고통이 없는 것들은 사라져야 할 운명이라는 것 또한 우리는

1 　헨리 나우웬 지음, 『안식의 여정』, 복있는사람

이 시기를 통해 알게 되었습니다. 그런 것들이 드러난다는 것 역시 우리들 마음의 바닥에 불안과 함께 동요를 일으키는 일들이라고 할 수 있습니다.

01   가정의 과잉과 결핍, 그리고 차이

부모는 좋은 놀이 친구가 되기 어렵다

코로나 시기, 학생들은 학교의 결핍을 경험했고, 가정의 과잉을 경험했습니다. 이 과정에서 가정은 신음했고, 학교는 희미해졌습니다. 가정에서 많은 시간을 가족과 함께하는 동안 아이들은 무엇을 경험했을까요?

각각의 아이들이 경험한 가정은 너무도 달랐습니다. 가족과 함께 매우 행복한 아이들부터 주거 빈곤과 불안정한 삶의 바탕 속에서 더 밖으로 나가고 싶고 빨리 가정을 떠나고 싶은 아이들까지, 가정은 우리가 다시 규정해야 하는 사회 단위라는 것을 알게 되었습니다. 그리고 국가에서도 가정의 역량 강화, 부모 교육의 강화를 어젠다로 삼기 시작했습니다.[2]

코로나바이러스로 인해 우리는 가정의 불평등에 대해 더 깊이 알게 되었습니다. 각 나라에서 아동의 불평등을 적나라하게 알려준 상

---

2 「부처 합동 아동 기본계획 보고서」, 2020

징적 사건이 일어났는데, 우리나라에서는 그 대표적인 것이 라면 형제 사건이었습니다. 코로나 시기, 가난한 아이들의 삶은 학대와 방임, 그리고 굶주림의 확장, 돌봄의 위기 그대로였습니다. 지하 셋방, 옥탑방 등에서 함께 생활하는 빈곤 가정에 코로나는 가정 폭력, 아동 학대의 시간을 조용히 확대하는 시간이었다고 볼 수 있습니다.

한편으로 가족과 함께 알토란 같은 시간을 보낸 아이들도 적지 않았습니다. 학교 다니는 동안에는 부족했던 가족들과의 시간을 영양제 먹듯 보충했다는 아이들도 있었습니다. 중산층 아이들에게는 시간 빈곤time poor을 충족하는 저축 같은 시간이기도 하였습니다.

하지만 시간이 지나면서 장기화·만성화 논의가 대두되기 시작했습니다. 많은 가족들이 힘들어했고, 아이들도 힘들어했습니다. 서로가 괴물 같다는 '괴물 가족' 유머들이 SNS에 돌기도 하였습니다.

아동기 사회 발달에 대해 연구하는 많은 학자들이 주장하듯이 아이들은 가족만으로는 충분하지 않다는 것이 증명되는 일들이 시작되기도 하였습니다. 아이들은 강력히 또래를 필요로 했습니다. 부모는 아이들에게 좋은 놀이 친구가 되기는 어려웠습니다. 부모는 노는 것이 아니라 놀아주는 것이었고, 정말로 재미있게 즐기는 것은 놀이 초반 잠시였을 뿐이며, 놀이를 공부로 바꾸고 싶어 했습니다. 만성화되고 장기화되는 코로나 속에서 많은 부모는 가정에서 탈출하기를 바랐고, 아이들도 또래를 외치는 시간이 늘어나면서 직접적인 다툼이 늘기도 하였습니다.

학교의 결핍, 지역사회의 중단

올해는 6·25 전쟁 이후 가장 등교일 수가 적은 한 해가 될 것이라고 합니다. 학동기 아동과 청소년들이 학교를 가지 않음으로 인해 발생하는 결핍과 중단은 시리즈로 찍으면 대하드라마가 될 것입니다. 책으로 쓰자면 종이가 모자라고 시간이 모자랄 정도로 이야기들이 많습니다. 하지만 우리가 생각하는 것처럼 학력의 문제가 전부는 아닙니다. 그것은 전반적 발달의 문제이고 성장의 문제입니다. 그만큼 학교는 복잡하고 다양한 인간 집단의 이행기를 겪게 하는 과정이자 장소이며 역사의 현장입니다.

아이들은 학교에 가지 않음으로 인해 또래와 어울리지 못하고, 소속감·정체성의 형성에 어려움을 겪으며, 사회성과 도덕성 발달에도 문제를 겪고 있습니다. 또한 언어적, 비언어적 능력에도 지연이 생길 수밖에 없습니다. 원숭이의 또래 실험부터 쥐들을 대상으로 한 실험, 유치원 아이들 대상의 실험 등등이 근거를 뒷받침해주고 있습니다. 이때의 또래 경험 결핍은 그냥 마음이 아픈 정도에 그치는 것이 아니라 뇌의 발달, 뇌의 기능적 문제에 영향을 준다는 논문들도 꽤 많이 검색되고 있습니다.

어른들이 특별히 걱정하는 학력 문제는 이 모든 결과 안의 한 부분일 뿐인데, 가장 큰 이슈가 되는 것처럼 언론이 보도하는 경우도 이미 여러 차례 있었습니다.

발달과 관계를 더 중요하게 여기는 사람들, 인본주의자를 비롯한 다양한 발달학자들은 아마 학력 문제보다 친구 집단의 형성, 정체성 형성, 그리고 아이들 삶의 추억과 역사가 되는 온갖 인생 사건들의 집합 등 일련의 발달적 사건의 결핍을 더 크게 우려할 것입니다. 제가 상담하고 있는 청소년 친구의 표현을 빌리면 '종합 이벤트의 토털 상실'이지요. 입학식, 졸업식, 축제, 파티, 발표회, 총회, 수학여행, 졸업여행 등으로부터 시작해서 학교 혹은 지역사회를 중심으로 계승되어 발전해가는 온갖 세리머니, 의례, 절차들의 결핍이 더 큰 문제라고 하는 것입니다. 이 종합 이벤트들의 결핍은 아이들에게 문화를 단절시키게 하는 뼈아픈 결과를 낳을 뿐 아니라 축하, 축복, 감사, 새 출발, 이별, 만남, 시작, 끝 등의 인생이 주는 온갖 문화적 양식을 중단시켰습니다.

'사회적 의례'를 '단지' 혹은 '그저' 노는 것이라고 하는 인식은 매우 절망적인 인식입니다. 사회적 의례는 개인과 집단의 정체성을 포함한 문화적 통합을 이루는, 삶의 연속성에 대한 과제들입니다. 부디 단지, 그저 노는 것으로 치부해 회복을 논의하는 어젠다에서 삭제되지 않기를 간절히 바랍니다.

아이들에게 학교에서의 삶은 교사가 생각하는 것보다 확장되어 있습니다. 교사들이 학교에서의 삶은 수업을 중심으로 펼쳐진다고 생각한다면, 학생들은 친구를 중심으로 펼쳐진다고 생각합니다. 교사들의 생각이 과제 중심적이라면, 학생들의 생각은 관계 중심적이지요. 수업과 함께 중요시되는 많은 것들이 있다는 것입니다.

이런 결핍과 중단, 부재가 모이고 모여 만나는 결과는 자기와 자아의 약화, 그리고 해체입니다. 얼마 전 외래 진료실에 각각의 중1들이 와서 '중1인지 모르겠다, 내가 누군지 모르겠다, 관계가 희미해졌다, 시간이 멈춘 것 같다'와 같은 정체성 약화와 자신의 경계에 대한 불안을 호소하였습니다. 반면 아이들의 쪼개진 마음 조각을 이해하기 위한 어른들의 인식, 부모들의 인식은 충분하지 않았습니다. '그까짓 친구 좀 몇 달 적게 만났다고 무슨 대수냐'는 인식으로는 아이들의 결핍이 메꾸어질 수 없습니다. 아이들은 다양한 회복 패키지가 필요합니다. 아이들이 제기하는 여러 결핍과 중단, 부재와 미비의 리스트를 우리는 모아야 합니다.

02   업무와 비난의 과잉

교사의 업무 범위는 어디까지일까?

교사에게 부과된 업무의 과잉은 불안의 과잉으로부터 시작된 것 같습니다. 초유의 경험이 주는 불안에 잘 분담되지 않은 업무까지 더해졌으니 어쩌면 예고된 일인지도 모르겠습니다. 교사는 방역과 원격 수업에 돌봄 업무까지 다양한 정서적 경험과 실무적 격동을 겪어내신 것 같습니다. 학생의 결핍이 주는 공황 상태에서 학생 관련 일들을 채워 넣는 여러 업무는 마치 먹기 불편한 음식을 먹고 힘들어하는 위장관을 부여안고 있는 것 같아 보였습니다. 학생들과의 만남과 수업이라는 큰 범주가 생략된 채 해야 할 여러 일들에 대한 과잉은 교사의 자존감을 낮추고 에너지 소진 현상을 촉진합니다.

대감염 시기 교사의 업무 범위는 어디까지일까요? 아마 많은 교사들은 이 혼란 속에서 시간을 흘려보내고 있는 것 같습니다. 아마 이 부분이 정돈되지 않으면 시간이 지나서도 교사의 마음은 계속 괴로울 것 같습니다. '그냥 어지러운 시간이 흘렀고, 시키는 일을 하다 끝났는데, 정말 내가 무엇을 하는 것이 옳았는지, 그리고 그것을 교육부·교육청과 어떻게 합의해야 했는지, 또 학부모·국민들과는 어떻게 관계를 맺어야 했는지'를 잘 정리하는 시간이 반드시 필요합니다.

정말 많은 시민들이 교사들은 학생이 없는 동안 '놀고먹었다'고 생각하고 있습니다. 학생 없는 학교에서 할 일 없이 앉아 있다 온 사람처럼 치부하는 겁니다. 교사들이 갈아 넣은 영혼과 정성, 고귀한 노력은 흔적 없이 사라진 것이지요. 이 큰 부조화의 문제를 해결할 다른 방안이 필요합니다.

학생이 없는 곳에서 학생을 안전하게 반기기 위해 방역과 매뉴얼, 시나리오를 준비하고, 또 학생을 온라인으로 만나기 위해 원격 수업을 준비하면서, 그래도 교육과 학교를 잘 지켜온 과정을 국민과 함께 교감할 수 있는 좋은 방안이 필요합니다. 인식의 부조화가 크면 발바닥의 작은 티눈이 걸음을 걷지 못하게 하듯이 앞으로 나아가는 발걸음에 제동을 걸 수도 있습니다.

가르칠 학생이 없는 교사라니

교사는 학생을 전제하여 존재합니다. 학생의 결핍은 교사에게 존재의 이유를 빼앗아 가는 일입니다. 그러므로 학생의 결핍은 교사들에게도 큰 파열구를 냅니다.

학교에 근무하면서 학생과 수업을 하지 않는 어른을 우리는 교사라고 부르지 않습니다. 임상 의사로 훈련된 사람이 환자를 보지 않으면 녹슨 칼을 지니고 어슬렁거리는 한량처럼 보입니다. 학생과 만나지 않고 수업을 하지 않는 교사도 스스로를 비슷한 존재로 느낄 수 있습니다. 불안, 걱정, 부자연스러움으로 가득 찬 하루를 보내면서도 할 일을 하지 않은 것 같은 기분 속에서 살아가게 됩니다.

교사는 이렇게 아이들과의 만남이 결핍되면 아이들과의 이야기를 만들어내지 못하고, 아이들의 성장과 발달을 위한 열정을 쏟아부을 수가 없습니다. 마치 자리를 잃은 사람처럼 정처 없이 보내게 됩니다. 이번에 그런 자신을 발견했다는 선생님들을 여럿 뵈었습니다. 자신이 교사인 것을 알았다는 것이지요!

코로나로 인한 아이들과의 불완전한 만남과 뒤엉킨 수업으로 교사의 존재도 현재 깨져 있습니다. 평상시 마음과 다른 상태로 존재할 수밖에 없습니다.

여느 해의 10월은 반이 단합되고 추억이 넘치는 절정기인데, 지금은 마스크 쓴 얼굴로 보다 보니 반 아이들의 얼굴도 놓칠까 봐 긴장한다고 하는 상태입니다.

교사들도 아이들과 마찬가지로 수업의 불완전, 불충분, 어정쩡함, 그리고 무엇보다 아이들을 잘 알지 못한다는 괴로움에 시달렸습니다. 어떤 선생님이 페이스북에 올린 '아이들을 이렇게 잘 알지 못하는 상태에서 10월을 보낸 적이 없는데'라는 탄식은 교사의 정체성이 깨진

틈 사이로 나오는 안타까움의 마음 가루 같은 것입니다.

그런 안타까움 속에서 학생과의 만남을 꾸준히 시도한 교사들이 의외로 많았습니다. 존재를 살아나게 하려면 연결되어야 하므로, 다양한 방식의 만남으로 교사됨을 찾고자 하는 분들을 많이 만났습니다. 하지만 이런 결핍을 채우려는 노력이 좌절되는 순간도 많았습니다. 깨진 학생과 깨진 교사들이 만나면 기대가 너무 컸다는 사실을 서로 깨달아야 하기도 했던 것 같습니다.

여러 불편함이 교사들에게 짜증과 우울을 만들어내기도 하였습니다. 그래서 우울, 불안, 그리고 분노의 반응을 보이는 교사들도 많았습니다. 그러므로 교사들에게도 다양한 회복 패키지가 필요합니다.

담론의 과잉과 불안 시대의 도래

포스트코로나 교육, 미래 교육의 담론 역시 과잉을 겪고 있습니다. 사회적 사건의 변천이 새로운 패러다임을 만들어 그것을 교육으로 가져오는 과정은 피할 수 없는 사건처럼 여겨지기도 합니다.

어떤 선생님은 "코로나와 포스트코로나는 동시에 학교로 걸어 들어왔다. 그래서 그 현재를 보살피고 분석하기도 힘든데, 미래부터 챙기자는 논의에 사람들은 마법에 빠지듯이 빨려 들어가는 것 같다"고 말씀하셨습니다. 많은 교사들이 혼란과 결핍, 불안을 동시에 겪고 있는

데, 그 위에 미래 담론이라는 짐까지 얹힌 기분이라고 표현하기도 하였습니다. 코로나를 겪으면서 드러난 문제들, 과제들을 정리하기도 전에 새로운 패러다임이 등장해 저 높은 언덕 위에서 모이자고 하니 교사들은 괴로울 지경이라고 합니다. 때로 교육부·교육청은 그런 담론을 제시하는 화자와 연사들을 선각자처럼 환대하니, 평교사들의 소외감과 피로감은 더 커지는 것 같다고 하는 분들도 계셨습니다.

03   시간은 과잉, 관계는 엉망

걱정만큼 잔소리도 늘었다

코로나 추억은 '설거지의 추억'이라는 분들부터 '스마트폰 싸움'이라는 분들, 또는 '부모 자신의 역량을 테스트한 기간'이라고 하신 분들까지, 부모들 또한 아이들과 긴 시간을 보내면서 다양한 고민을 겪었습니다. 양육에 대한 자신감의 결여는 물론이고 코로나로 아이들이 힘들어하는 가장 큰 문제는 공부가 아니라는 것을 깨달았지만, 그렇다고 공부를 강조하지 않을 수 없는 현실이 괴롭다는 분들도 많았습니다. 또한 아이 손에서 핸드폰을 빼앗고 싶은 열망, 저 스마트폰이 아이를 오염시키고 타락시키며 영혼을 다른 곳으로 데려간다는 강박적 걱정을 떨쳐버리기 어렵다는 분들도 적지 않았습니다.

코로나 시기, 감염되지 않고 건강하게 지내면서 자신의 일을 기본적으로 자율적으로 해주고 있다면, 그것만으로 감사하다는 생각을 아예 안 하는 것은 아니라고 했습니다. 그러나 대부분은 아이를 잡아먹을 것 같은 괴물로 자신이 변신해 있다는 아이의 지적을 듣는 것이 자신의 현실이라는 것을 받아들여야 했다고 합니다.

아이들과 나눌 이야기 소재의 빈곤도 이번에 더 알게 되었다는 이 야기도 많았습니다. 한집에 오래 머무를수록 대화가 풍요로워지기보 다는 결핍이 더 커졌다며, 안타까움을 호소하시는 분들도 있었습니다.

'학교는 언제 가는가?' 힘들 때마다 빨리 학교로 아이를 추방했으 면 하는 생각이 들면서, 학교라는 곳이 더 안전한 쉼터가 될 수도 있겠 다는 깨달음을 얻었다고 합니다. 아이와 함께 있는 시간의 과잉은 부 모 자신의 마음을 가난하게 만들었기에, 부모들은 그 과잉을 중단하 고 학교를 더 외치셨던 것 같습니다.

부모들도 지금 깨져 있다

아이들이 학년이 올라가고 새로운 것을 배우면서 흥도 났다가 또 화도 났다가 하는 역동적 생활을 해오다가, 매일 집에서 정지된 채 슬 로모션만 하니까 부모들은 마음의 평정을 유지하기 어려웠다고 합니 다.

그러면서 부모들 마음 안에 생긴 큰 구멍은 '아이들이 지금 잘 자 라고 있는가' 하는 의문이었다고 합니다. 이 질문이 부모님들의 마음 을 괴롭히고 있다고 합니다. 무언가 부모로서의 역할이 결핍되었다는 느낌이 마음을 무겁게 하고 있다고 합니다.

동시에 부모의 일상도 무너졌습니다. 원래는 아이들이 학교에 가고 난 뒤 혹은 출근을 해서 하나의 패턴으로 규칙화된 일상이 있었는데, 그 생활이 송두리째 사라진 것입니다. 하루에 여러 번 식사를 준비하고, 아이를 감시하고 잔소리하는 체계가 다람쥐 쳇바퀴 돌듯 반복되는 기분이었다고 합니다. 이처럼 자신의 일상이 결핍된 생활로 인해 마음의 여유가 없어지다 보니 더 빈번히 화를 내는 자신을 발견해가고 있다고 합니다.

아이들 성장의 발견이 결핍되고, 부모 일상 속에서의 자기 충족이 결핍되면서 부모들은 힘겨운 자신을 발견했다고 합니다. 그래서 여러 교육을 찾아보기도 하고 옆집 아줌마에게 자신이 나쁜 부모가 아님을 확인받기도 하고, 또 이 일상의 파괴를 함께 겪고 있지 않은 배우자에게 분노 수류탄을 던져보면서, 자신에게 점차 인내심의 한계, 자제력의 고갈이 다가오고 있다는 것을 확인하면서 지냈다고 합니다. 코로나로 인해 부모들의 심정 또한 여러 갈래로 깨져 있었습니다. 그래서 부모들에게도 회복 패키지가 필요한 상태였습니다.

04   회복 패키지가 필요하다

저는 모두에게 코로나 회복 패키지가 필요하다고 생각합니다. 코로나로 인해 우리가 겪은 결핍과 과잉을 정리하고, 부재와 존재를 정돈하고, 그리고 쉬고 재충전하는 시간이 필요하다고 봅니다.

비움과 채움을 차분히 정리하면서 부재, 결핍, 중단을 구분하고 연속, 보충, 계승과 발전의 공정을 각 분야와 각 주체가 해나갈 수 있는 사회적 과정을 제안하고 싶습니다. 실무적이고 행정적인 것도 있지만, 사소하고 작은 것들도 있을 것으로 생각합니다. 하지만 부재에서 존재로, 중단에서 연속으로의 경험은 작은 일이 아니라 죽음에서 살아나는 것과 비슷한 일이라고 생각합니다.

사소하게는 입학식 못 한 아이들, 졸업식 못 한 아이들도 챙기고, '우리 반'으로서의 소속감이 없는 채로 끝날 아이들과 이 제한된 시간과 여건 안에서 열정 충만하게 소속감을 높일 이벤트를 하는 것, 그래서 깨진 우리 반의 응집력을 다시 강력 접착제로 붙이는 일, 이런 일들이 우리를 회복시킬 것으로 생각합니다.

우선 나부터 정리하기 시작해서 가족들과도 과잉과 결핍의 항목들을 정돈하고, 특히 결손이나 부재의 목록들에 주목해 가능한 복원들을 시도하면 좋겠다고 생각합니다. 마찬가지로 학교에서도 그런 패키지가 필요하다고 생각합니다.

영국 아동위원회 위원장 앤 롱필드는 다음과 같이 말했습니다.[3]

"COVID-19에 대한 대응은 우리 사회가 거대한 도전에 어떻게 대응할 수 있는지 보여주었습니다. 지난 몇 달 동안 우리는 아이들 권리의 희생으로 시작해서 함께 아프고 괴로워했습니다. 그렇지만 그 희생을 헛되게 하지 않기 위해 노력해야 합니다. 이제부터는 아동을, 그리고 아동의 관심사를 최우선으로 생각해서 모든 아이들에게 종합적인 회복 패키지를 제공해야 합니다. 멈춰서 침묵하고 바라보면서, 그리고 곳곳에서 모든 아이들에게 치유의 물결이 일어날 수 있도록 하는 순간을 만들어야 합니다."

---

3 『The Guardian』, 「Time for a 'Nightingale moment' for England's children, says watchdog」, 2020.8.28.

05   아동과 청소년의 권리 복구하기

　코로나 시기에 발생한 여러 조치들이 아동·청소년들의 권리를 어떻게 침해했을까요? 코로나가 아이들의 학습, 돌봄, 놀이, 평등, 그리고 탐험과 진보를 침범했지만, 무수한 어른들도 아이들의 세계를 침범했습니다. 학대와 방임 같은 중차대한 침범도 있었고, 이 책의 6장에서도 살펴보았듯이 코로나를 아동·청소년을 배제한 채 '성인, 학력, 통제, 부담' 중심으로 다루는 국가적 차원의 침해도 있었습니다. 대감염 시기에 학습, 돌봄, 놀이, 그리고 평등한 아동·청소년의 세계가 최대한 유지되기 위해서, 그들의 안전과 참여에 기반한 주장을 담고자 하는 노력이 필요합니다. 언제나 그렇지만 아동·청소년의 직접적인 발언과 주장, 그리고 그들의 참여를 보장해야 합니다. 대감염으로 인한 사회적 회복과 복구의 과정에서 아동·청소년이 자신도 그 과정의 주역이 될 수 있도록 함께해야 합니다. 아동·청소년에게 그런 자리를 마련해 주는 사회가 되어야 합니다.

"우리 모두에게 매우 중요한 관계 중 하나는

우리 자신의 자기와의 관계이다.

자신과의 관계를 잃어서는 안 된다."

– 크리스토퍼 볼라스(정신분석가)

エ

에필로그

다행히 모든 것이 잘못되지는 않았다

다행히 모든 것이 잘못되지는 않았습니다. 코로나가 전해준 것들이 여러 가지가 있다는 것 또한 우리가 깨달아가고 있습니다. 그래서 여기에서는 코로나가 알려준 것들 중의 일부, 특히 제가 알게 된 것들 중 일부를 함께 나누어보려고 합니다. 아마 많은 분들이 이 시기에 깨달은 소중한 것들이 있을 것으로 생각합니다. 여러분들도 그런 것들을 정리하는 기회가 되기를 바랍니다. 물론 아직 코로나가 종식되었거나 백신이나 치료제가 개발된 것이 아니라 이런 작업들이 섣부르거나 조급하다고 여기실 수도 있습니다. 그렇지만 정리를 조금씩 해나가다 보면, 코로나 방역의 단계가 더 낮아지거나 혹은 다른 대책이 수립되는 상황이 생길 수 있습니다.

그렇게 새로운 일상이 찾아오면, 정리도 못 한 채 혹 하고 빨려 들어갈 수도 있습니다. 우리는 그런 경험을 많이 했지요. 만일 지금 정리할 수 있는 것들이 있다면 지금부터 하기로 해요.

코로나로 좋아진 것 5가지

코로나는 우리에게 알려주고 있는 것이 많습니다. 코로나와 같은 신종 전염병이 생기는 이유는 인간에 대한 지구의 경고라는 것도 알게 되었고, 코로나에 대처하면서 우리 자신에 대해 알게 되었으며, 그 과정에서 약속과 연대, 인내심과 성실함이 얼마나 감염병 대처에 중요한 요소들인지에 대해서도 알게 되었습니다.

앞서 언급한 멕시코의 한 교사가 보내온 편지에서 한 아이가 정리했다는 내용입니다. 우리에게 코로나가 가져다준 긍정적 측면입니다.[4]

- 가족 구성원들 사이가 더 좋아졌고, 가족이 어떻게 지내야 하는가를 깨닫게 되었다.
- 우리 자신은 아주 큰 파괴성을 지니고 있고, 지구를 무척이나 파괴한 상태라는 것을 알게 되었다.
- 일상의 소중함과 그 소중한 시간들에 대한 가치를 깨닫게 되었다.
- 당장은 어렵겠지만, 우리의 소비 습관과 방식을 바꾸어야 함을 알았다.
- 학교가 아이들에게 얼마나 중요한 곳인지를 알게 되었다.

---

4 「Fimem, Pédagogie Freinet」, 「Children in the face of pandemic」, 2020.8.13.

별학교 친구들도 비슷하게 말했습니다. 별학교 친구들이 대답한 '코로나가 우리에게 가져다준 좋은 것'입니다.

- 공기가 맑아졌고
- 가족과 많은 시간을 보냈고
- 충분한 휴식과 면역의 중요성을 알게 되었고
- 손 씻기를 열심히 하여 감기에 걸리지 않게 되었고
- 개인적인 시간도 많이 가졌다.

코로나 대감염 이후 좋아진 점에 대한 이야기는 대동소이한 경향이 있습니다. 봉쇄 혹은 거리 두기로 인하여 발생한 자연정화의 효과, 가족들과의 관계 향상, 손 씻기와 마스크 쓰기로 인한 다른 질병의 차단 효과 등은 자주 거론되는 것이었습니다.

코로나로 알게 된 소중한 가치 4가지

코로나로 인하여 우리가 더 소중하게 여겨야 할 가치가 무엇인지 알게 되었습니다. 다음은 미국 교사들을 위한 한 잡지에 실린 '코로나로 인하여 대두된 새로운 가치 목록 4가지'입니다.[5]

- 평등
- 기술
- 관계
- 자연

여러분들이 깨달은 코로나로 인하여 인류가 소중히 해야 할 새로운 가치는 무엇일까요?

코로나로 알게 된 원헬스One Health

하나가 아프면 모두가 아프게 된다.
모두가 아프지 않으려면 서로 아프지 않게 해야 한다.

코로나 초기에는 박쥐, 천산갑 등을 숙주로 지목하다가 시간이 갈수록 우리는 코로나의 출현과 자연과의 관계에 대한 많은 이야기를 했습니다. 그리고 그 논의에서 대두된 중요한 개념이 바로 '원헬스'였습니다.

세계보건기구가 정의한 원헬스란 '공중보건의 향상을 위해 여러

---

5 『Quartz』, 「The coronavirus pandemic is reshaping education」, 2020.3.29.

부문이 서로 소통·협력하는 프로그램, 정책, 법률, 연구 등을 설계하고 구현하는 접근법'입니다. 식품 위생, 인수 공통 감염병 관리, 항생제 내성 관리 등의 분야에서 주로 그 개념이 논의되고 있다고 합니다.

원헬스라는 단어 자체의 역사는 짧습니다. 그러나 사회, 의학, 환경적 영역의 통섭이라는 기본 개념, 즉 사람, 동물, 환경이 서로 연결되어 있다는 사실을 잘 이해해야 한다는 관념은 오래전부터 이어져 내려왔습니다.

21세기에 들어 원헬스 개념의 연구 및 실천을 위한 다양한 국제적 노력들이 시행되었는데, 2003년 이 용어를 최초로 쓴 사람은 미국의 수의학자 윌리엄 카레시입니다. 그는 원헬스라는 단어를 사용하여 생태계와 인간, 동물의 상호의존성에 대해 설명하기 시작했습니다.

1999년 뉴욕시에서 웨스트나일바이러스가 유행했다고 합니다. 그런데 사람들에게 발병하기 전에 야생 까마귀들이 죽기 시작했는데, 당시 까마귀의 죽음에 주목한 뉴욕 동물원의 수의사 트레이시 맥너마라가 까마귀와 인간에게 동시에 발병하는 것을 보고했다고 합니다. 이런 일은 서양에서는 거의 처음이었다고 합니다. 이 일로 인해 미국의 질병통제예방센터CDC는 '국립신종인수공통전염병센터'를 설립하게 되었다고 합니다. 1997년 홍콩에서 발생한 고병원성 조류인플루엔자HPAI H5N1 유행병도 인간과 동물이 서로 연결되었다는 것을 국제적으로 인식하는 계기가 되었습니다.

한마디로 말하면 우리는 자연과 동물과 모두 연결되었다는 이야기이지요. 동물이 아프면 인간도 아플 수 있고, 또 자연이 아프면 동물이 아플 수 있고, 그러면 또 인간이 아플 수 있는, 그래서 우리는 모두 연결되었다는 것입니다.

코로나로 알게 된 지구중심주의[6]

우리는 인간중심주의에서 지구중심주의로 나아가야 한다는 것을 알게 되었습니다. 인간이 지구의 중심이 아니라 지구는 지구가 중심이라는 것, 인간이 지구를 황폐하게 만드는 주범이라는 것을 다시 한번 깨달았습니다.

'지구법학'이라는 것은 미국의 생태신학자이자 문명사상가인 토머스 베리(1914~2009)가 처음 제안한 학문으로, 인간뿐 아니라 나무나 강과 같은 자연물도 법과 거버넌스의 보호를 받아야 하는 주체로 봅니다.

인간의 우월성에 도취해 모든 것을 인간 중심으로 생각하는 인간중심주의와 달리 자연과 우주의 모든 성원들이 권리를 가지고 있다는 생각을 담고 있는 사상입니다. 토머스 베리는 인간의 민주주의로는 지

---

6 『한겨레』, 「나무와 강도 인간만큼 법적 권리 누릴 때 지구 구할 수 있죠」, 2020.9.29.

구를 구할 수 없다면서 데모크라시(민주주의)에서 바이오크라시(생명민주주의)로 가야 한다고 주장했습니다.

이러한 영향으로 에콰도르는 2008년에 '자연의 권리'를 처음으로 헌법의 독립된 장에 표기하였고, 유엔은 2016년 총회에서 토론 주제로 지구법학을 채택했습니다. 또한 뉴질랜드 의회는 3년 전에 북섬 황거누이강에 법적 인격을 부여하는 법안을 통과시켰습니다.

지금 아이들에게 필요한 것 한 가지[7]

미국의 한 지역에서 어린이들에게 물었습니다. "코로나 때문에 지역이 봉쇄되어서 힘들었을 때 가장 필요한 것이 무엇이었니?" 한 아이가 대답했습니다.

"도서관에 가지 못한 것이요!

도서관을 텔레비전이나 핸드폰에 담아주세요!

그러면 우리가 다시 만날 때까지 그 책을 다 보고 만날지도 몰라요!"

어려운 문제지만, 많은 기관들이 시도하고 있습니다. 온라인으로 공연도 했고, 전시회도 했습니다. 박물관, 미술관을 온라인으로 많이 옮겨 놓아서 이전보다 훨씬 더 온라인으로 만날 수 있는 문화적 유산

---

7   BBC, 「How COVID-19 is changing the world's children」, 2020.6.4.

들이 늘었습니다. 우리는 머지않아 온라인, 모바일 도서관들을 갖게 될 수도 있습니다.

20대 초반의 젊은이가 바란 것[8]

이제 우리는 크고 넓은 공동체가 위험한 순간이 많다는 것을 알게 되었습니다. 입학식, 졸업식 등의 사회적 의례 같은 경험은 얼마간 불가능하다는 것을 받아들이기도 합니다.

"넓은 공동체에서는 할 수 없을지 몰라도 작은 공동체에서는 할 수 있을 겁니다. 아니면 개별적으로 할 수도 있겠죠. 그래도 그 일은 여전히 상징적일 수도 있고, 여전히 강력한 의미가 있을 수도 있습니다. 작은 축제, 작은 축하 행사의 릴레이를 통하여 젊은이들을 위로하는 것은 어떨까요?"

정책 입안자들이 오늘날의 젊은이들이 이 위기의 결과를 미래로 옮기는 것을 원하지 않는다면, 젊은이들을 위한 복구 패키지를 설계하고 실행해야 합니다.

OECD 정책분석가 에이더는 "역사적으로 잘못된 시기에 태어났다는 이유만으로 이전 세대보다 취업 전망, 소득, 진로 면에서 기회가

---

8 『Equal Times』, 「'Generation Corona' is also grieving lost moments」, 2020.8.26.

적은 세대인 '코로나 세대'가 되지 않도록 해야 한다"고 말했습니다.

우리 모두에게 필요한 새로운 마음가짐

코로나 이전까지 우리는 '무엇을 더 많이 해야 할 것인가'라는 성장과 성취 중심의 사고를 해온 것이 사실입니다. 그러나 이제는 '자신을, 서로를, 지구를 잘 보살피고 있나'라는 돌봄의 생각으로 전환이 필요하다는 것을 깨닫습니다.

무엇인가를 더 해야 한다는 큰 압박에 시달리기보다는 서로를 잘 돌보기 위해 할 수 있는 일을 찾아보는 것이 훨씬 중요해졌다고나 할까요.

사회적 거리 두기로 인해 만나지 않고 지내는 것의 단점도 알고 장점도 알게 되었습니다. 이제 앞으로 어떻게 만날 것인가를 고민해야 합니다. 힘을 빼고, 탐욕을 버리고, 더하기 만남이 아니라 나누기 만남, 덜하기 만남을 생각해봅니다.

우리는 연결되어 있고, 그 연결이 우리를 행복하게 하기도 하고 불행하게도 만든다는 사실 또한 더 뼈저리게 알게 되었습니다. 우리의 연결 마디마디를 잘 살펴보아야 할 것 같습니다.

새로운 사회로 나가기 위해서 무언가를 해야 한다면, 평등을 향해, 지구를 중심으로, 우리의 연결에 대한 신뢰를 높이기 위해 노력을 기울여야 할 것입니다.

그런 점에서 포스트코로나의 그린뉴딜은 관계의 뉴딜, 연결의 뉴딜이어야 하지, 토목과 시멘트, 개발의 뉴딜이 되어서는 안 될 것입니다. 골목, 사람, 관계, 지구의 그린뉴딜이 되기를 희망합니다.

지구에도 고요와 안정, 휴식을 주어야 하듯이 우리 자신들에게도 더 많은 휴식과 안정, 돌봄과 협력이 있기를 바랍니다. 그래서 포스트코로나 시대의 새로운 모토로 다음과 같은 것을 생각해보았습니다.

- 지구가 먼저다.
- 우리는 연결되어 있다.
- 이해가 기본이다.
- 관계가 미래다.
- 돌봄을 실천한다.

스트레스에 대하여 말하기[9]

정부의 보건 캠페인은 스트레스에 대처하는 방법에 대한 지침을 제대로 주지 못하고 있습니다.

---

9 BBC, 「Coronavirus: What I learnt in Oxford's vaccine trial」, 2020. 7. 22.

"많은 아이들이 이제 바이러스 전염에 대한 전문가가 되었지만, 스트레스에 대해서는 여전히 이야기하지 않고 있고 스트레스를 처리하는 중요한 방법들을 배우지 못하고 있습니다."

코로나로 인하여 느끼는 감정을 서로가 솔직히 나누어야 하고, 모든 사람이 스트레스에 대해 이야기하기 시작하면 상황이 더 좋아질 수도 있습니다.

모든 계층의 아이들이 코로나가 주고 간 상처로부터 회복하려면 부모, 교사, 사회복지사, 정신과 의사 및 정치인의 공동 노력이 필요합니다. 코로나 이후 찾아올 위기는 번창하고 확대될 준비를 하고 있습니다. 이 위기가 번식되지 않도록 모두가 함께 준비해야 할 필요가 있습니다.

스트레스 잘 해소하기

- 불확실성uncertainty 대처하기
- 일상을 유지하기
- 심리적 유대감을 연결하기
- 자기 돌봄
- 새로운 시대를 준비하는 마음가짐 – 새로운 변화를 수용하기
- 마인드풀니스

스트레스를 잘 해소하기 위한 많은 어젠다를 여러 언론에서 제공하고 있습니다. 그 키워드를 잘 뽑아보니 위에 서술한 6가지였습니다.

현대 사회는 불확실성의 시대입니다. 코로나는 그 불확실성을 더 확대했습니다. 이 불확실성의 스트레스에 유연하게 대처하면서 일상을 파도 타듯이 잘 유지하고, 어떤 상황에서도 심리적 유대감을 놓지 않고, 중요한 주변의 사람들과 관계를 잘 다지고 지내는 것이 필요합니다. 힘든 것을 이야기하고 도움을 청하면서 사람들과 스트레스를 공유하고, 자기 돌봄을 잘할 수 있는 방안을 함께 찾는 것도 해야 할 것 같습니다. 더불어 위생 수칙도 성실하게 지키고, 공감에 기반한 자기 돌봄을 통해 자신도, 타인도 모두 잘 보살필 수 있도록 지내는 것이 필요합니다. 그리고 다가올 새로운 시대의 변화를 큰 스트레스로 여기지 않고 수용하면서 지내야 할 것입니다.

이번 코로나 대감염의 시기에 전 세계적으로 아주 많이 소개된 자가 치유법 중 하나는 마인드풀니스입니다. 이 마인드풀니스를 통해 자각하고 보살피고 마음을 정돈하면서 지내는 것이 스트레스가 쌓이지 않게 하면서 잘 지내는 현명하고 지혜로운 방법으로 소개되어 있습니다.

외로움, 고립, 소외감을
호소하는 아이들

오늘도 한 아이가 다녀갔습니다. 존재감에 관해 이야기했습니다. 그 아이는 1학기 친구들 중에 자신의 가슴속에 남아 있는 아이들이 별로 없다고 합니다. 동시에 다른 친구들에게 본인도 그럴 것이라고 합니다. 사라진 관계, 만남으로 인하여 가슴속이 텅 비었다고 합니다.

혼자 지내면서 자신의 가슴도 비었지만, 다른 사람과 어떻게 조율할지에 대한 감각도 잊어가고 있다고 했습니다. 외로움, 공허함과 더불어 본인이 타인과 조율하는 것이 잘되지 않을 것 같다는 소외감이 느껴지면서, 아이는 우울보다는 분노가 심해지기 시작했다고 합니다.

외로움, 고립, 소외감, 그리고 본인이 사회를 거부한다는 느낌이 마음에 쌓여가고 있다고 했습니다. 아이 마음에 쌓여가고 있는 감정은 결코 좌시할 수 없는 것들이었습니다. 미국의 FBI에서 일했던 심리학자 캐슬린 퍼킷은 이런 감정이 사람들에게 폭력을 가할 수 있는 조건을 잉태하는 것

이라고 했습니다.[10]

다행히 그 아이는 그런 감정의 불편함을 부모와 이야기하던 중에 상담을 올 수가 있었습니다. 정말 다행이라고 생각합니다. 아이는 곳곳에 자기 같은 아이들이 있다고 했습니다. 이런 친구들이 고립되지 않게, 소외되지 않게 불러내야 합니다. 그래서 희미해져가던 존재감을 채워 넣고 관계에 기반한 삶, 타인과 함께하는 삶을 살아가게 해야 합니다.

상반기엔 정서적 트라우마, 하반기엔 인지적 트라우마

트라우마 기억은 우리 뇌에 특별히 깊이 뿌리를 내려서 우리의 사고들을 침습한다는 사실은 널리 알려져 있습니다. 2020년 코로나로 인해 자기 방에 갇혀서 친구들과 카톡을 나누긴 했지만, 불안해하는 마음에 시달렸던 아이들의 트라우마 기억은 회복의 여정에서 모두 새로운 변형의 기회를 가졌으면 합니다.

하지만 안타깝게도 아이들에게는 회복이 아니라 또 다른 트라우마가 안기고 있습니다. 아이들의 다양한 트라우마 기억은 철저히 무시되면서, 학습 능력을 향상시키기 위한 과도한 채찍질만 가해지고 있습니다. 상반기에는 관계에서의 정서적 트라우마를 받고, 하반기에는 공부에 대한

---

10 마이클 본드 지음, 문희경 옮김, 『타인의 영향력』, 어크로스

인지적 트라우마를 받으면서 2020년이 끝나버리는 셈입니다. 이 글의 서두에 말씀드린 것처럼 '떨어지기 전에 붙잡기'를 해야 하는데, 떨어질 때 붙잡기는커녕 밀어 넣어서 아이들이 코로나 괴물로 자라나는 것은 아닐지 걱정입니다.

코로나 트라우마 회복 여정을 시작해요!

저의 작은 제안은 코로나 트라우마 회복 여정을 유치원부터 대학교까지, 아르바이트 현장에서 직장에 이르기까지, 종교적 기관에서 다양한 사회단체까지 모두 함께 만들어서 온 국민이 함께하자는 것입니다. 내용과 형식은 약간씩 상이할 수도 있겠지만, 지역사회 특성에 따라, 문화에 따라, 발달 단계나 주기에 맞추어 신종 감염병 트라우마로부터 우리가 회복되는 여정을 같이 걷고, 특히 아이들과 그런 기회를 함께 나누었으면 좋겠습니다.

코로나가 주고 가는 상처를 이겨내는 과정에서의 성장과 성숙을 아이들이 자신의 역사로 만들 수 있다면, 그것은 극복의 과정이 될 수 있습니다. 그리고 이 극복의 과정을 마스크의 물결처럼 모두가 함께하면 우리는 더 연대된 연결체로서의 자긍심, 외상 후 성장의 실체를 얻을 수 있기도 합니다.

이미 흘러간 시간 속에서 우리는 과거의 자신이 아니라는 것을 분명하게 깨닫고 있습니다. 코로나를 겪으며 잃은 것도 있고, 얻은 것도 있으며, 어떻게 살아가야 하는가에 대한 달라진 감각을 가진 사람들로 바뀌었습니다. 그래서 타인과의 관계에서도 다른 관계를 맺을 수 있는 사람이 되었습니다. 일상의 파괴를 경험하면서 알게 된 것들을 소중히 지키고자 하게 되었습니다. 포스트코로나를 거대 담론으로 받아들이기는 부담스럽지만, 코로나가 준 상처를 치유하기 위해서 필요한 것에 관해서는 더 당당히 말하고 외상 후 성장, 회복의 여정을 함께 지속해나가고 싶습니다.

저는 이 글을 쓰고 난 뒤, 별학교 학생들과 기후 행동을 위한 기획을 정리해야 합니다. 회복의 여정에서 더 나아가 코로나와 같은 상황을 만든 원인을 해결할 수 있는 실천을 함께해나간다면, 코로나 방정식의 해답을 더 많이 찾은 것이 아닐까 생각합니다. 선생님들 그리고 별학교 학생들이 지구를 위한 1인 1과제를 선택하기로 했는데, 저는 빨대를 사용하지 않기로 했습니다. 코로나가 우리에게 가르쳐준 길이 아마 이런 길이 아닐까 합니다.

01 코로나 시기 아이들의
5가지 트라우마 [11]

장기화되는 코로나 감염 속에서 1학기부터 이어진 사회적 거리 두기의 영향이 가장 크게 미치는 세대는 아마도 10대이지 않을까 생각합니다.

청소년기 특유의 외로움, 존재감과 정체성에 대한 확인 욕구, 또 사이버상의 관계 공격이나 따돌림으로 무척 힘들어하는 청소년들의 호소가 늘었습니다.

하지만 아이들을 오해하는 어른들이 너무 많습니다. 부모님들이나 어른들이 "학교 가지 않고, 스마트폰 실컷 하면서 편히 지낸다"고 오해하면서 내뱉는 말들에 아이들은 상처를 크게 받는다고 합니다.

---

11 '서울시 코비드19 심리지원단' 홈페이지(covid19seoulmind.org)에서 이 콘텐츠로 만들어진 카드뉴스를 다운받을 수 있다.

아주 힘들어하는 아이들이 호소하는 코로나 시기 청소년들의 트라우마는 다음의 5가지라고 합니다.

1. 사회적 단절 ···▶ **외로움 트라우마**

　: 친구를 만나지 못하는 사회적 만남의 박탈

　: 가족만큼 가까운 친구들과 만나지 못하는 외로움

　: 존재감에 대한 걱정, 잊힐까 봐 두려운 마음

　: 학교, 학급에 대한 희박해진 소속감과 불안감

　: SNS상으로 소통하면서 생긴 오해와 소문, 사이버 따돌림과 괴롭힘

2. 위생 수칙 강조 ···▶ **잔소리 트라우마**

　: 마스크에 대한 잔소리

　: 손 씻기에 대한 잔소리

　: 위생 수칙에 대한 종합적인 잔소리

3. 불규칙한 일정 ···▶ **일상 유지 트라우마**

　: 잦은 일정의 변경

　: 온라인 수업 참여의 어려움

　: 불규칙한 생활의 어려움

4. 코로나로 인한 부족 ···, **결손 트라우마**

  : 놀았다는 비난

  : 제대로 한 것이 없다는 주변 어른들의 걱정

  : 뭔가 제대로 배운 것이 없다는 기분

  : 공허한 기분

5. 조절 곤란 ···, **중독 트라우마**

  : 조절이 쉽지 않은 드라마 정주행

  : 조절이 쉽지 않은 게임

  : 조절이 쉽지 않은 유튜브 시청

  : 그러려고 하지 않았는데, 스마트폰이 손에서 떨어지지 않아 반복되
    는 조절 실패의 괴로움

청소년들의 우울과 극단적 선택을 예방하는 5가지 백신

1. 친구 백신 : "혼자 집에만 있으면서 놀고 있으니 정말 좋겠다"라고
    하지 마시고, 외로움과 두려움을 알아주세요. 친구에게 연락하고
    함께 산책이라도 하고 오라고 해주세요.

2. 격려 백신 : 마스크 쓰기, 손 씻기를 열심히 하는 청소년들에게 마스

크 스트랩도 준비해주시고, 좋은 향의 비누도 선물해주세요.

3. 규칙 백신 : 일정을 함께 확인해주시고, 알람도 서로 맞추어놓고, 불규칙한 일정을 잘 상기할 수 있도록 함께 노력하고 도와주세요.

4. 안심 백신 : 코로나 시기 누구나 예전에 하던 방식 그대로, 예전에 했던 만큼 그대로 할 수 없었습니다. 한 것이 없다는 것을 부각하지 마시고, 그래도 잘했던 것들을 알려주세요.

5. 조절 백신 : 어른들도 코로나 시기 스마트폰으로 다양한 콘텐츠를 보느라 잠도 설치고 생활이 어렵습니다. 아이들과 함께 조절 계획을 짜고, 그 계획을 잘 지켰을 때 많이 칭찬해주세요.

02   코로나 시기 아이들에게
상처 적게 주는 대화법

1. "놀면서 집콕하니 정말 좋겠다."(X)

…→ "학교에 가지 못하니 친구도 못 만나고 답답하겠구나."(O)

2. "마스크 좀 제대로 쓰고, 손 좀 제발 철저히 씻어라."(X)

…→ "마스크 쓰기 힘들지? 그렇지만 사람들과 지낼 때는 노력해주길
   바란다."(O)

3. "일정 좀 똑바로 챙겨라. 지금 자고 있으면 어떻게 해?"(X)

…→ "일정을 함께 이야기하고, 같이 알람 맞춰서 까먹지 않게 잘해보
   자."(O)

4. "이렇게 공부 안 하고 놀고 지나가서 어떻게 하나?"(X)

…→ "힘든 시기에 그래도 기본은 잘하고 있는 것 같다. 조금만 더 챙겨
   보자."(O)

5. "스마트폰 하느라 하루가 가는 줄 모르고 지내네."(X)

…→ "심심하고 지겨우니까 자꾸 스마트폰을 찾게 되는구나. 산책도 하
   고, 할 수 있는 활동을 만들어보자."(O)

온라인 수업이 어려운 학생들을 위한
트라우마 공감적 접근

사상 초유의 온라인 개학, 아무도 가보지 않은 길을 가다 보니 모두가 스트레스를 경험하고 있습니다. 좋은 배움을 준비하는 교사들도 엄청난 스트레스를 겪고 있고, 맞벌이 부모를 포함한 여러 조건의 부모들도 마음이 편하지 않습니다.

아이들도 아마 처음 해보는 온라인 수업으로 다양한 경험을 할 것입니다. 그중 상처 입은 아이들, 어려움이 있는 아이들은 더 배려를 필요로 할 수 있습니다. 온라인 수업에서의 트라우마 공감적 접근을 위하여 앨릭스 셰브린 베넷 교수가 제안한 내용을 정리해보았습니다.[12]

---

12 『Mind shift』에 게재된 Alex Shevrin Venet 교수의 웨비나 내용의 일부를 저자와 '관계의 심리학을 위한 교사단' 구소희, 김가람, 류재향 선생님이 축약하고 변형한 내용이다.

예측 가능한 것이 좋다

트라우마가 예측 불가능성에 대한 강렬한 감정을 야기할 수 있다고 합니다. 어려움이 있고 힘든 친구들은 규칙적이지 않으면 불안이 커집니다. 코로나19로 우리는 트라우마를 경험했는지 여부와 관계없이 일상적인 삶이 무너지는 경험을 통해 슬픔을 경험하고 있습니다.

- '일과 만들기'를 통해 예측 가능성을 제공하기
  - 매일 같은 시간에 학생들을 위한 동영상 게시하기
- 친숙한 일상 제공하기
  - 점심시간, 휴식 시간 후에 큰 소리로 읽기 활동
  - 원격 학습 하는 동안 조절을 위한 활동 제공
- 학급 학생들과 일정하게 연결할 수 있는 기회 제공하기
  - 일정한 시간에 정해진 학생들과의 온라인 미팅

융통성 있는 것이 좋다

어려움이 있고 힘든 친구들은 자신의 방법도 인정받기를 원합니다. 수용의 경험을 할 수 있도록 돕습니다. 학생들이 필요로 하는 것을 알아차리고, 학생들을 잘 지원할 수 있는 일과 자원, 전략을 찾아

야 합니다. 코로나19로 인해 우리는 모두 똑같은 조치를 받아야 하고 통제되어야 하는데, 이것이 아이들에게는 힘들 수 있습니다.

- 학생 개개인의 상이한 학습 환경을 고려하기
  - 인터넷이나 컴퓨터 접속이 어려울 수 있다는 것을 이해하기
  - 가정 상황이 모두 다르다는 것을 이해하기
- 아이들이 요청하는 것을 알아보고 지원하기
  - 자료를 미리 원하는지 알아보기
  - 온라인 접속에 대한 공포나 온라인 평가에 대한 두려움이 있는지 알아보기

관계 증진을 돕기 위해 할 수 있는 일을 우선순위에

온라인 학습에 로그인했는지 여부만 체크하는 기계적 메시지를 보내는 것보다 '보고 싶다', '관심이 있다'는 메시지를 전하는 것이 중요합니다.

코로나19는 분리나 고립에 대한 트라우마를 다시 자극하기 때문에 아이들은 이 시기 과거에 힘들었던 분리나 고립에 대한 상상을 할 수도 있습니다. 또 트라우마의 영향을 받는 사람들은 중립적 신호를 부정적으로 받아들이기도 합니다.

- 온라인 수업이나 활동에 관계 증진의 시간 만들기
    - 단절, 고립의 느낌을 줄여주기
    - 소속감을 증진하는 의식 만들기
- 다양한 방식으로 연락하고 만날 수 있는 활동 제안하기
    - 함께 참여할 수 있는 캠페인 알아보고 참여하기
    - 지역에서 사회적 거리 두기를 하면서도 만날 수 있는 활동 고려해 보기

권한을 부여하는 것이 좋다

아이들은 일방적으로 진행되는 것에 흥미를 잃기 쉽습니다. 따라서 온라인상으로도 할 수 있는 의사 결정 과정을 만들어 적용하는 것이 좋습니다. 코로나19로 인한 여러 조치가 통제에 대한 트라우마를 회상시킬 수도 있으므로, 최대한 자신의 통제력을 유지하고 있다는 느낌을 주는 것이 중요합니다. 강압적인 것을 견디기 힘들어할 수 있는 아이들은 일방적인 전달을 힘들어할 수 있으니까요.

- 동의와 제안 활동 권장하기
    - 온라인 에티켓, 온라인 활동 등에 대한 동의 절차 구하기
    - 온라인 수업 구성과 참여에 대한 학생 제안 받기

- 민주적 운영을 위한 장치 만들기

    - 여론 조사나 의견 조사하기와 같은 활동 포함하기

    - 피드백 활용하기

    - 학생 참여 시간 만들기

코로나19 감염의 확산으로 개학이 연기되면서 대화가 쉽지 않고 말도 잘 듣지 않는, 덩치는 커졌고 고집도 더 세진 우리 10대들과 더 많은 시간을 보내는 것이 힘들다는 부모님들이 적지 않게 있는 것 같습니다.

물론 10대들도 친구도 제대로 만나지 못하고, 밖에서 오랫동안 지내지도 못하는 이 시간이 쉽지 않다고 합니다. 그래서 자녀와 싸움이 잦아졌다는 분들도 계시고, 반대로 함께 지내는 시간이 길어져서 좋은 대화를 더 나누게 되었다는 분도 계십니다.

10대가 모두 그런 것은 절대 아니지만, 일부 친구들은 어른의 규칙을 달가워하지 않고 반항 혹은 허세 등으로 부모님들을 힘들게 하기도 합니다. 하지만 그 까칠한 10대 청소년들의 마음속에는 두려움, 유

---

13 청소년과 잘 지내는 법을 권면해달라는 시민의 요청에 의해 '서울시 코비드19 심리 지원단' 단장 자격으로 저자가 작성한 것으로, 2020년 3월 2일 자 『뉴욕 타임스』에 실린 「10대의 불안과 코로나바이러스」 기사에 착안해 변형했다.

약함도 동시에 가득하고, 안타까운 사진 한 장에 마음이 한꺼번에 내려앉는 여림도 있습니다.

허세와 위반, 스마트폰 보기와 게임하기, 누워서 뒹굴뒹굴하기, 시도 때도 없이 먹기 등으로 우리를 울렸다 웃겼다 하는 사랑스러운 10대들과 잘 지내기 위한 태도를 소개합니다!

첫 번째, 잘 지내고 있다면 그냥 두기

학교에 가고 있거나 혹은 가지 않고 있을 때, 이전처럼 잘 지내고 있다면 더 잔소리를 하지 않고 최대한 잘 지내고 있는 지금 생활을 지지해주세요.

"학교도 못 나가고, 여러 생활의 제한이 있는데도 잘 지내주어서 고맙다."

두 번째, 중요한 기본 지식과 수칙에 대해 대화 나누어보기

코로나바이러스부터 위생 수칙까지! 중요한 기본에 대해서 서로 의견을 나누고, 자신과 모두를 위한 좋은 습관을 지니도록 기분 좋게 권면해주세요.

"규칙적인 생활 리듬을 잘 지켜주길 바라. 건강에도 큰 도움이 되니까."

"좋은 습관을 부탁해. 너 자신을 위해서, 또 가족을 위해서!"

"노력하는 모습이 고맙다. 지금처럼 잘 지내주니까 좋구나."

세 번째, 아이들끼리 나누는 의견에 관해 알아보고 토론하기

코로나 시기 아이들 사이에 도는 잘못된 소문, 왜곡된 뉴스에 대해 이야기를 나누고 편견, 배제, 혐오 등 극단적인 견해에 관해 대화를 나눠주세요.

"혹시 너희들끼리는 뭐라고 이야기하니? 그런 이야기가 있으면 해주면 좋겠다."

"친구나 사람들의 이야기 중에서 이해가 되지 않는 것들이 있으면 함께 이야기해보자!"

네 번째, 아직 마음이 여려 감정이 폭발할 수도 있다는 사실을 알기

재난에 관한 사진을 보거나 전염에 대한 공포 혹은 아주 안타까운 사연을 들을 때 마음이 갑자기 흔들릴 수도 있다는 사실을 알아주세요. 덩치는 커졌지만, 10대 자녀의 마음속에는 아직 아이 같은 공포가 생길 수도 있다는 사실을 알아주세요.

"힘든 사람들의 이야기를 듣다 보면, 눈물이 쏟아질 수도 있단다."

"실제로는 참 무서울 수도 있을 것 같아. 누구라도 그럴 수 있을 것 같아."

다섯 번째, 위기 대처법을 아이들과 나누기

가족과 본인에게 생길 수 있는 위기에 어떻게 대처해야 하는지 함께 대화하고 교육해주세요. 또한 역할을 주어서 책임감을 느끼도록 해주세요.

"너도 이제 컸으니까, 힘든 순간에 도움이 되는 일을 나누어서 했으면 좋겠다."

"만일 우리(부모)에게 무슨 일이 있을 때 어떻게 해야 할지 가르쳐 줄게."

여섯 번째, 허세나 만용을 부릴 때 협력의 의미 알려주기

본인의 평소 건강 상태나 자신의 패턴을 고집하고 협조가 되지 않을 때, 실제 일어난 위험성과 진행을 객관적으로 공유하고, 감염기에 한 사람 한 사람이 위생 수칙을 지키는 노력에 기반한 협력이 얼마나 중요한지를 잘 설명해주세요.

"너는 강하고 훌륭하지만 언제나 그런 것은 아니란다."

"사람들과 함께 협력하고 같이 행동하는 것은 나약해서 그런 것이 아니란다."

일곱 번째, 함께할 수 있는 활동 찾아보고 실천하기

모두 힘겨운 이 시기에 나 자신과 가족, 그리고 사회를 돕는 일들을 찾아보자고 제안하고, 좋은 느낌이 들 수 있도록 해주세요.

"모두가 힘들어하는 시기에 우리가 할 수 있는 좋은 일이 무엇이 있을까?"

"힘든 상황에 처한 분들에게 좋은 일을 하려고 해. 네가 도와준다면 좋을 것 같은데, 그럴 수 있겠니?"